李红岩 著

走出東拉河

ZOUCHU DONGLAHE

南京大学出版社

图书在版编目(CIP)数据

走出东拉河 / 李红岩著. —南京:南京大学出版
社,2021.7
ISBN 978‑7‑305‑24705‑7

Ⅰ.①走… Ⅱ.①李… Ⅲ.①杂文集-中国-当代
Ⅳ.①I267.1

中国版本图书馆 CIP 数据核字(2021)第 140471 号

出版发行　南京大学出版社
社　　址　南京市汉口路 22 号　　　　邮　编　210093
出 版 人　金鑫荣

书　　名　**走出东拉河**
著　　者　李红岩
责任编辑　刘　飞　　　　　　联系电话：025‑83686531

照　　排　南京紫藤制版印务中心
印　　刷　南京玉河印刷厂
开　　本　880×1230　1/32　印张 8.75　字数 214 千
版　　次　2021 年 7 月第 1 版　2021 年 7 月第 1 次印刷
ISBN　978‑7‑305‑24705‑7
定　　价　35.00 元

网　　址：http://www.njupco.com
官方微博：http://weibo.com/njupco
官方微信：njupress
销售咨询热线：(025)83594756

目录
CONTENTS

第一辑　故园恋歌

第二辑　驼城往事

第三辑　长安问道

第四辑　生命之光

第一辑

故园恋歌

我的东拉河

中华民族的母亲河黄河流过陕北时接纳了此地最大的一条支流——陕北人的母亲河无定河，无定河流经陕北清涧县时接纳了我的母亲河东拉河。我的家谱告诉我，我们是宋朝抗金名将李显忠的后代，这就意味着我的先祖大概在宋朝就沿着东拉河繁衍生息。承继着祖先的荣光，我也在东拉河这片古老的土地生活了十二年。故乡曾经是我儿时的天堂，给我留下那么鲜活而久远的记忆。

在我的记忆里东拉河最忧伤的季节是早春。故乡的早春一片苍黄，年已经过完了，天上的太阳看起来很亮，却并没有多少温度。日子慢慢地变长，新衣服也叠起来放进箱子里了，脚上也换成旧鞋子了，大门上的对联被风吹得东倒西歪，有的已经不见踪影，鞭炮的碎纸屑在向阳的坡地折射出慵懒的光。此时好东西都已经吃光了，青黄不接，日子是最难打发的。在等待土地解冻的时候，农人们换下冬装，穿上夹衣开始修补农具，给黄牛加料，把去年封好的土肥扒开，往田头运输。东拉河后街里的山上有股很旺的清泉从半山腰横空而出，村上的人在石山上凿通一条水路把泉水引了下来，泉水的周围就是寒冬腊月也不结冰，热气蒸腾，常有姑娘、媳妇们在泉下洗衣浣纱，清脆的笑声随着洗好的衣服上的清香一起汇入东拉河去迎接远方真正的春天。

　　在春天慢慢走近的时候,我们也开始上学了。东拉河那时候不仅仅有小学,还有中学。我的家距离小学非常遥远,天还漆黑,母亲就把我摇醒,我闭着眼睛开始穿衣服。可不管多困,到了后街里头脑一下子就清醒过来了,这里的一户人家养了一条大黄狗,凶得很,它可以上山追得兔子,何况一个小孩。所以走到这里我都悄悄地弯着腰,屏声敛气,走过很长一段路后才敢直起腰喘口气,这段黑夜行路的紧张经历就像看反特电影《黑三角》一样给我留下很深的记忆。东拉河那时候还有公社,周围其他村子里的小孩也来上学,教室不够用,我们上完主课后,就到学校旁边的庙里上副科。我的堂哥李克在小学做老师,外面进修时学了几句英语,他就坐在庙门口,让我们排队用英语说"我可以进来吗",他用英语回答"可以",然后就没有然后,因为他也就会这一点。在经过他的允许之后我们都兴奋地迈进小庙,开始上副科。

　　春天慢悠悠地走过后,夏天立即就来到东拉河。陕北夏天的那种热很干脆,不像关中的夏天,粘粘乎乎。东拉河的夏天给我的感觉更为热辣,之所以有这样的感觉,都是因为蝉的鸣叫,天太热,蝉就扯着嗓子在树荫里聒噪,给人的感觉真的热得受不了。东拉河流过我家的时候,在我家的坡底下形成一个小水库,我们就脱光了跳进水里去戏水。可这个水库有条小路通过,我们虽然是小孩子,也懂得害羞,害怕被别人看见了,出水的时候把自己的全身用黄泥涂满,躺在岸边的石条上晒太阳。身上的泥巴晒干了,再下水涂一层,这时躺在河岸边,听身边的水轻轻地流过芦苇,看头上的白云慢慢地飘过树梢,觉得岁月是那么的悠长,蝉的叫声是那么的悦耳。

　　夏日里,放了学就得上山拾柴或去割草。那个年月陕北的光景不好,山也很瘦,村庄周围的柴禾早就被砍光了,大孩子就到更远或更陡峭的地方去砍柴,他们是不屑带我们这些小孩子的。大孩子不愿带我们去,我们小孩子就自己结伴上山去,和我一起上山的小伙伴叫红芳,他的外婆家距离我外婆家几里路,他的妈妈和我的妈妈同一天嫁到东拉河,两家大人的关系很好,我和红芳从小一块玩,也成了好朋友。我不会爬陡坡,更不会爬树,都是他先砍一些树枝让我把自己的筐子装满了,他才为自己的筐子找柴禾。筐子装满了湿漉漉的柴禾是很重的,挎在胳膊弯里勒得人生疼,我们就会把镢把穿进去挑着筐子往回走,就像风雪山神庙的林冲把酒壶系在长枪上挑着走路一样。

在东拉河的夏日里我人生第一次遇到死亡。邻居婶子家的男孩子上陡山砍柴,不小心从陡山上跌下来,摔坏了,大人们把他找回来时婶子哭得昏死了过去。这个小伙伴被装进很小的木盒子里,上山抬埋的时候有血从木盒子的角边渗出来,慢慢地滴到地上,小伙伴家的小白狗紧紧地跟着,用前边的小腿拼命地扒拉着黄土去覆盖地上的血迹,嘴里发出呜呜的哭声。我们也悲伤地跟在后边,明白死了就是永远见不着了。

东拉河的夏天常有洪水暴发,山洪下来冲走玉米、土豆和南瓜,有时把好端端的大树也连根拔走。村子里胆大的拿着粗绳、铁钩、筐子去捞河柴,就像江南人用网子打鱼一样,用绳子挽了筐子捞河里的浮柴,但我家里的人是绝对不允许我去的,我的小姑就是被洪水冲走的,给家族留下永久的伤痛。洪水过后,我和小伙伴们常到大队打谷场旁边的水渠去探宝。我们在渠沟里能找到铜元和铜钱,大一些的孩子沿着沟渠进山洞能捡到银元。陕北常闹白匪、土匪,有钱人家把自己的硬头货埋到这里，来不及告诉后人就走了，一发洪水这些宝贝就被冲了出来。

捡到的铜元、铜钱是不能流通的，买不来糖果，可和自己的压岁钱一起放进用过的凡士林铁盒里沉甸甸的，感觉自己好像是有钱人。铜元不能买糖果，但银元是可以的，大孩子们就用捡到的银元换来心仪的东西，让我们好生羡慕。那时候的东拉河还有好多人家用银元，农业社分家时，二婶用十多块银元换回来一台缝纫机；大叔家看上了一头大牲口，想用银元买回来；就是妈妈也是用外婆给她的银元换回来一块林地，她想我娶媳妇时打家具用得着上面的木材。

东拉河最美的季节是秋天。秋季东拉河山头上的颜色最好看，红的高粱，黄的谷子，白的棉花，绿的冬瓜，累了一年了，也长了一年了，承载着万物的土地像犁完地的老黄牛，静穆地盘着腿卧在地上，静候颗粒归仓。秋季东拉河的味道也是最醉人的，瓜果飘香。收获的感觉妙不可言，刨花生时你以为花生是三颗装，紧接着刨出来的还有四颗装，最后还有五颗、六颗的；挖土豆、红薯一镢头下去你以为挖完了，谁知提起蔓子，又带出一颗大家伙。东拉河的土地是贫瘠的，但是慷慨的，只要农人们下了苦水，它就给予回报。

我们家的土地并不是很多，父亲考取教师后，吃公粮，就把土地交回给大队了，弟弟妹妹太小了，还不算人口，不给分地，只有我和母亲有土地。母亲是营务庄稼的高手，有一块梯田母亲种了花生；一块坡地种高粱、谷子等杂粮，栽红薯；离家最远的地块种小麦。为了解决吃菜问题，母亲在我家坡底靠近河道平整出三条梯田，用来种蔬菜。我在东拉河的十多年的岁月就是沿着这几块地跟着妈妈弯弯曲曲地行走。现在回家给爷爷上坟,我还会去这几块地里走走,我仿佛又闻见妈妈的气味,听见妈妈的叹息,看见妈妈滴进黄土地里的汗水,锄地累了时依锄而立被风吹乱的头发,左肩水桶右肩粪桶的身影。耕耘是累人的,收获是喜人的。给土地下进了气力,它就加倍给你回报。挖花生、刨红薯、刨土豆、砍高粱、摘南瓜,身子很累,心却很实。

收割完,妈妈就会根据自家的收成计划一年的生活。那时候的学校在秋日有一个专门的假日叫腌菜假,腌菜其实就是为一年的生活做安排。晾干的麦子藏在瓷瓮里,妈妈根本舍不得磨成面粉,只有过年或来客人了才会吃白面。红薯要安置在住人窑洞的后窑里,在窑洞对面向阳的地方挖一口小窑洞放土豆、萝卜,小窑洞的顶部搭一个小平台垒白菜,玉米挂在大槐树下,辣椒串在屋檐下,秋日的农家小院,充满了收获的喜悦。

送走秋天,东拉河的孩子们迎来了一年中最快乐的时节。冬天的东拉河被冻成一条银色的长龙。小孩在这个时节最想玩的就是滑冰车。拿两根木条,像铺铁轨那样顺着铺开,然后中间横着钉上六七根木条,再在顺着的木条底部各安进去一根细铁丝,一辆冰车就做成了。如果你是大哥可以让小弟在前面系上一根麻绳牵着你滑行,你可以像电影里的少爷笼着袖子坐在冰车上看天高云淡,听风掠过耳旁。如果你想更快点,自己做两个丁字改锥,一手一个,坐在冰车上左右手同时用力,你就可以听风吹进耳朵的声音。如果还想再快,把冰车改装成脚踏车,骑到木棍上,木棍的底部穿进一根粗钉,只要把木棍底部的粗钉一戳,你就可以体会到风驰电掣、狂风灌耳的感觉。

除了滑冰车,冬日里还有开心的游戏就是玩打仗。那时候公社有基干民兵,要在冬天集训。他们集训时训练射击、投弹,我们拿支木头枪在旁边模仿,民兵们休息或拉歌的时候我们会悄悄凑上去,摸一摸神秘的真家伙,真武器的厚重、冰冷让人望而生畏。民兵集训完后要汇报表演,那是真枪实弹的汇报,我们感兴趣的不是连长讲话、谁打满环、领导颁奖,而是民兵撤走之后去拾弹壳,捡手榴弹的拉环,挖嵌进墙土里的弹头,捡回来后改造我们自己的手枪。我们把弹壳的正中间钻开一个小洞安装在木头手枪的前端,用一根钢丝弯成L形状插进弹壳的小洞里边,钢丝穿过木头手枪的后端被引进枪肚的中间,然后弯成一个扳机,手枪上梁上用一根很有劲道的皮筋把钢丝捆死,这样钢丝被拔出弹壳后就有了一种很强的张力,我们给弹壳里装进从鞭炮里剥出来的火药,用小木塞塞住弹口,一扳扳机钢丝头就击中火药,推出木塞射击瞄准的目标。有时候不小心,皮筋绷得太紧,装火药时枪就走火了,炸得人满脸黢黑,摸一把脸,露出眼睛继续战斗。有时火药不够了,我们就把火柴头卸下来收集到铁盒里做弹药,然后和对方的"军队"射击战斗,土壕里尘土飞扬,杀声阵阵,比民兵的实战训练热闹十倍。这样的模仿也是很有效的,我现在去公园打气枪,十中八九,一次还赢得摆摊摊主的一盒黄果树香烟。

当然我们也有安静的时候,那就是读小人书的时候。我刚学会看书,做教师的爸爸就给我捎回来好些小人书,妈妈在做家具时让木匠师傅给我做了一个小柜子,对开门,用红漆一刷,很有意味。小伙伴很喜欢到我家看小人书。大家最喜欢读的是《岳飞传》,那时候村上没有电,在冬日漫长的夜晚,妈妈在炕头就着微弱的灯光纳鞋底,麻绳穿过鞋底发出丝丝的声音,而我们几个小孩在木床上几颗小脑袋凑在油灯下,聚精会神地读岳母刺字、岳飞杀敌、岳云摔虎、高宠挑车,看完一本去取下一本会发现小伙伴的鼻孔被煤油灯熏得黑黑的,但大家无所谓,又拿起一本专心致志地读起来。除了《岳飞传》,还读《小兵张嘎》《林海雪原》《水浒》《晁错削藩》《十五贯》《审妻》《铁道游击队》,读着读着,时间就慢慢流走了,我们也就慢慢长大了。

我和小伙伴们长大后陆陆续续地离开了东拉河,去到遥远的他乡讨生活,流浪得久了很是思念自己的故乡,想再看一看魂牵梦绕的东拉河。再回故乡,东拉河瘦得流成一条线,后街里那汪清泉也干涸得不成模样,昔日媳妇、姑娘们用来洗衣浣纱的泉下的青石板结满了厚厚的苔藓。村上的学校还在,但没有了学生的校园寂静无声,只是微风路过时无意间带动了屋檐下的铃铛,悠扬的铃声传出很远、很远。往山上望去,地上铺满了厚厚的红枣,等待又一年的风霜把它覆盖,人们都去外边了,枣子红了都没人捡拾;树头的苹果红红的,熟得太过,间或就落下来一颗,落地的时候,并没有太大的声响,只是噗的一声,像没了牙齿的老奶奶的叹气声。

东拉河不再那么有生机、有活力了,但留在东拉河的时光是永生难忘的快乐时光,留在东拉河的记忆是刻骨铭心的美好记忆!那儿埋有我的爷爷,还埋有我出生时的脐带和换牙时换下来的门牙;那儿有我生命之树的根柢,是我灵魂回归的田园;那儿飘有母亲唤儿晚归吃饭的天籁之音。在东拉河的那段生活汇成一首最走心的歌谣,从我的童年唱起,伴随到我生命的中年,也会一直伴我到生命的黄昏。

背书包的岁月

　　天意渐凉，学校就要开学，小外甥把他母亲买给他的新书包翻来倒去，装进许多笑意与希望。望着他待了一个假期急于上学领新书本、见新同学的兴奋劲，我的心弦被猛然间触动了，我想起自己那段背书包的岁月。

　　我最初的书包是只筐子。里边有语文、算术书，有一本打了许多卷儿的练习簿，薄面上露出母亲纳鞋底用剩的麻绳截头，此外还装有学堂里根本用不着的镰刀、小镢头，放学后还得打草喂猪、拾柴做饭。这样的"书包"是挎不进教室的，进校门前我把它藏在水沟里或庄稼地里，然后夹着课本进教室。当然家中光景好的同学就有书包，是用蓝的卡布或白布剪成的，长长的，像电影里解放军背的盒子枪，令我倾慕万分！那时我常想，如果我也有个书包该有多好，那就可以证明我是一个学童，一个家族的希望，这一定会使处境艰难的母亲很高兴，可如今的我老提个筐子，跑老远的路上学，让人以为我还是个放羊娃、打柴崽！没有书包很像一支军队没有标志，没有旗帜，很有点出师无名的味道。但想归想，现实中我不会向母亲提那样无理的要求，依然勤奋地读书，勤奋地拾柴禾，在夕阳落塬的时候，一个没有书包、仅有书本的学童，背靠满筐的柴禾，在皇天后土间读书！

　　等别人都有了上面配有红五星、井冈山之类图案的军用书包的时候,我才拥有了一个在矿务局工作的亲戚捎回的野外用的帆布书包! 这个书包硕大无比,我的书是断然装不满它的。所以书包里除了我的书本,还装有弟弟妹妹的书本,还装有我们三兄妹的干粮,我的书包命中注定要装许多与书本无关的东西! 书包带子太长,母亲就剪了一大截,大书包、小带子,挎上很不协调,但我根本没有抱怨,十分自豪地以兄长的名分挎着它,二弟和小妹只能眼热地跟在我身后,俨然是小侍卫的样子,亲热地跟我套近乎,以争取一次挎书包的机会。挎着这只书包,我顺利地一级级往上升,书包里除了装回令母亲高兴的成绩单和奖状外,还装过县教育局编印的"小学生优秀作文选",那上面也有我的一篇作文——《看戏》。

背书包岁月里的三兄妹

赶到我在县城上中学时,我终于拥有了一个军用书包。但这个书包却没有给我带来好运,我未能像乡下时那样顺利地一级念完再升一级地考上大学,三年高中念完后我又回到母校继续念高中! 我第一次为再背书包而感到羞耻! 别的同学在祖国的天南地北上大学,而我依然在小城的中学重复过去的日月。为防止碰上熟人盘问,上学前我就把书包塞在衣服底下,快步朝前赶。平白无故的,肚子上面隆起一个包,这很令行人疑惑,本想逃避,不料却换回更多的关注,不得已就提前上学,等街上有人时,我已到校了!那一年的心情就像秋天的天空,格外高远、空寥,把眸子里蓄满故事的女同桌避开,一个人逃到教室最后的角落,用理智和信念理解着讲台上老师提出的每一个问题,直到收到大学入学通知书。那只黄书包装进去了我的许多来不及演绎的青春故事,许多少年的伤感。

上大学后,同学们很少用书包,很潇洒地胸前抱一大摞书出入教室、图书馆、学术报告厅,把自信、朝气都抱在胸前,好像书包里根本盛不下这些东西一样!但我却固执地挎着复读时用过的那只黄书包,让它时时提醒我,我和我的同学不一样,我应该比他们谁都要早地来到这所大学!后来那只书包装着我对往昔的悠悠留恋,装着我在大学生涯中获得的所有的获奖证书,装着足使我走完余生的勇气,伴我走上了工作岗位!

工作了,不用再挎书包上班,但看到孩子们背着的书包,心里总会酸酸的,总能想起自己那段背书包的岁月,我想只要背上书包,这个世界就有希望,明天定会迎来朝阳。

饥饿的味道

　　我出生在二十世纪七十年代,那是一个几乎谁也吃不饱、更谈不上吃好的年代。那个年代留给我最深的印象就是饥饿。

　　母亲常给我讲我小时候的事情,讲得最多的也是饥饿的故事和饥饿的滋味。我是母亲的头一个孩子,用母亲的话说,我就是她的命。那时母亲自己也才二十岁,也在长身体,可是几乎吃不到什么。母亲都没得吃,我自然没奶吃,于是母亲就把大人口里省下来的仅有的一点面粉炒干,加上一点糖,在深更半夜我饿得嗷嗷待哺的时候,点上如豆的油灯,燃着高粱秸秆用小铁勺在烟熏火烤中熬制这种面糊糊给我充饥。长大后,我的数学怎么都弄不明白,母亲常常懊悔地说,都怨小时候给孩子面糊糊喂得太多了。可这样喝面糊糊的幸福岁月并没有维持多长时间,不久我弟弟就出生了,这样的优厚待遇自然而然地顺延给了弟弟,我不得不在两三岁的时候就开始跟着大人吞糠咽菜了。不久妹妹来了,弟弟也就和我一起吃大人饭了,家里的细粮又要喂到妹妹的嘴里。

　　长大后读唐诗,读到杜甫心里很不是滋味。在国破家虽在的日子,诗人也是一个吃不饱的主,"稻米流脂粟米白,公私仓廪俱丰实",心怀魏阙的诗人此时满眼却是大米白面。赶到安史之乱诗人大难不死,回家却发现儿子竟然被活活饿死,简直是惨无人道。离开政治、离开官场,诗人也曾在成都开荒种地,为生计操劳,对老妇讨枣抱有深深的同情。后来诗人盼望落叶归根,流浪到岳阳已是饥寒交迫、贫病交加、无力站立,闻讯而至的知县送来一篮食物救急,诗人留下最后一滴眼泪写下了答谢诗歌。谁人能知,大诗人的绝命诗是答谢送食之人!诗人他很清楚一个人从小糠菜养就的胃口已经决定了他的人生路向,一个食不果腹的书生要从事葵藿倾太阳的事情,他的胃口太大了。

人的命胃注定。

后来阅读《曹刿论战》,乡人说国家外交、战争是"肉食者谋之"的事情,能否食肉已经是划分阶层的一个标准,也是衡量一个人政治身份的标准,这是很对的。在我小时候的乡下,除了逢年过节还有久旱不雨的时候人们才会祭祀杀牲,那个时候村子里到处弥漫着一种神秘的气氛,人们通过吃肉和神灵建立起一种对话和交流的平台。在农业时代,牛、猪都是非常稀缺的资源,猪是一个家庭的经济基础,也是承载一个家庭尊严和希望的宝物,牛承载着支撑一个家族、社群繁衍生存的重任,当人把自己生命中最重要的东西祭祀给上天的时候,他也就用真诚获得了一次和上天换取雨水的机会。天旱祭祀完龙王之后,就把祭祀用过的肉分割成绝对平等的份数分给每户人家,全村几十户人家几百人,分到一个家庭也就是小孩子拳头那么大的一块。可这也了不得,饥饿时代的节日是以食肉为标志的,并不是以节序为准。你在六月吃肉就是过节,而过年你吃糠就不是过节。

小小的一块肉在很短的时间内就被抱送回家,短短的时间内沁人心脾、令人眩晕的肉味就会飘满这个黄土高原上的村庄,那种全村飘着肉香的神秘、诱人的气氛让我一生都无法忘怀。肉做好了,母亲就用最公平的办法平均分给我们兄妹,她绝对不会因为我年纪大、干家务多就多分一点,妹妹弟弟小、干家务少就少分一点。一小块肉是做不出几碗美味的,妈妈只能在里边添加东西,端上属于我的那一份我会立马干掉那几块肉片,然后再吞豆腐、吸粉条,最后收拾难看的土豆和白菜。而我的弟弟却和我正相反,他是先吃最难吃的土豆、白菜,然后是豆腐、粉条,总是把亮晶晶的肉片留在最后享用。于是我就常抢他的吃,武力不行就连哄带骗,万般无奈的时候,我也会做出最大的妥协和让步,就是用小人书和他交换。我也很惊讶,在那个食物极度匮乏的时代还有我弟弟那样优雅的吃相。

我长到六岁的时候就开始帮大人干活了,同时兼职上学,由于消耗得多,饥饿就更为厉害了。我的家在村口,放学后要走很长的路才能赶回来,到了坡底还要爬山才能回家。早上天黑乎乎的就要出发上学去了,哪儿有早点让你吃!中午快十二点了才能放学回家。要命的是村里给学校的老师在学校对面留了一块自留地,供老师们做菜园子,诸如翻地、背粪、浇水、收割这些苦差全是学生的。碰到劳动课,那种饥渴、劳累真是让我心虚神游、眼冒金星,脚底就像踩了棉花一样;饥饿掏空了心里的一切,我感觉到前胸贴着后背,自己薄得就像一张纸一样,一风过来就可以把人吹到天上。这个时候除了机械地挪步,很难再能有其他作为。现在的孩子放学了快乐得像小鸟一样,飞奔着、打闹着、说笑着,那么开心。而我那时放学了,总是迈着灌了铅般的腿脚,一步一挪地往回走。

我曾经和我们单位领导的爱人在一个办公室工作,共事近十年，她对工作一丝不苟，从不迟到，可有一天早上上班她迟到了，她解释说是为等丈夫买早点迟到的。原来早上她打发丈夫去买豆浆，豆腐坊的老板见是我们单位的领导亲自来打豆浆，甚感荣幸，就给他打了满满的一盆豆浆，我们的领导就此小心翼翼，裹足不前。因为他一走快豆浆就会溢出来，还要给溅到裤子上。就这样，几分钟的路他走了几十分钟，搞得两人上班都迟到了。妻子责怪丈夫，五毛钱的豆浆你就不能倒掉一半，快步往回走！我们的领导早年受尽磨难，出生后家里穷得实在没有多余粮食给他吃，就把他过继给别人家。因此他说，上班迟到了，你迟会儿下班误掉的工作就可以补回来，粮食糟蹋掉你去哪儿找？这时他已经是我们单位党政一把手了，可他还是走不出童年饥饿的阴影。说到这里，我的那位同事已是满眼泪花。我听着听着也不禁一阵心酸。

过完十二岁的生日后，父亲把我接出大山，送我到县城去上学。我还十分清楚地记得我第一次迈进县城时的情景。那时县城竟然有两座大楼，一座是邮电大楼，一座是县医院的门诊大楼，除此之外，印象最深的是人民营业食堂逸出的令人垂涎的蒸馍和猪肉烩粉汤的美味。几十年之后，读陈忠实先生的《白鹿原》，当读到黑娃吃到鹿兆鹏塞来的冰糖热泪盈眶时，我也潸然泪下！儿时苦难留给我心里的烙印只是被岁月的尘埃层层堆掩，可一旦黑娃和我的热泪滴坠其上时，伤口还是未愈如初！

上学留给我印象最深的仍是饥饿！大灶上顿是碱煮高粱饭，下顿是玉米馍和水煮洋芋片。我曾亲眼看到大师傅炮制水煮洋芋的全过程，洋芋片最初出锅时是干稠干稠的，他们把它分舀进不同的铁盆，然后架起水管把蒸馍用过的水引进去，再用铁勺舀进去一勺事先烹好的油辣子就好了。这样的饭我整整吃了三年。同舍有教育局局长的儿子，他竟然用馍蘸着上边的辣油一吃，然后把整碗的洋芋片倾倒在外边！他每次倾倒饭菜的时候我都要痛苦地闭上眼睛，我多么渴望他能把吃剩的菜水让给我啊！同舍还有城郊菜农子弟，一天他提回来半袋子碎麻花，说是供销社称斤半价卖给他的。一根麻花一角钱二两粮票，我连想都不敢想，可那家伙竟然有半袋子！你可以想象清脆的嚼咬声伴随着顺畅的喝水声对饥肠辘辘的我的折磨。当半个月后那家伙说声："咦，怎么吃完了"时，我大概兴奋得就像白帝城遇赦的李白，庆幸自己从此可以结束噩梦般的岁月！饥饿是一种感觉，是生理性的，可我想它也是一种意识，一种判断，是社会性的。就像幸福不是你前边排队的人越来越少，而是你后边排队的人越来越多。一个时代、一个世界之所以有那么多的人吃不饱，是因为有那么多的人吃得太饱，就像杜甫所言，"朱门酒肉臭，路有冻死骨"。

后来我考上了大学，读的是师范，虽然学校每月给四十八元的伙食补助，对于饭量较小的女生可能差不多，但对于饭量大的男生是远远不够的。有的同学就去太原、石家庄贩衣服，有的同学倒腾盗版书，还有的同学去和女同学谈恋爱，女生饭量小，一个月的饭票吃不完，可以补贴自己的男朋友。我的古代文论老师，就是后来大名鼎鼎的古风先生，一次讲课时他说他上大学有时饿得不行了，就去女朋友家帮忙干活，他的女朋友和父母为他的勤快很是满意，谁知他是没饭可吃去蹭饭的。而我天性腼腆，不可能去摆摊设点，班上当时也没有女孩看上我，把自己的饭票送给我，因此虽然上大学了还是在挨饿，有时候下晚自习了五毛钱买一袋干吃面，还没有泡好，同舍的同学一筷子下去就什么内容也没有了，徒留一朵朵小油花飘溢着美妙的味道，等着你喝下去，浇灭心中的怒火。有次过生日买来一份烩菜，仅有的和公主般高贵的肉片，被我的班长神不知鬼不觉地窜出来，快速准确地夹走了，恨得我牙痒痒，却无可奈何。大学里班上有比我更饿的同学，大家戏称他"七七八八"，他来自关中道，要考研，体力付出更多，早上吃过七个馒头，晚上还能吃八个，可家里不宽裕，只能减半吃饭。他吃不饱饭，只能用知识填充肚子，一本几千页的英汉大词典他背会一页撕掉一页，最后这本大词典被他消化得干干净净，只留下硬硬的封面和封底。我不知道读了研的他在新学校里能否有馒头吃，可他撕书时撕心裂肺的声音留在我的心底，让我心灵震颤，农村孩子在饥饿岁月里为了尊严而做的努力、抗争，让我终生难忘。

等我工作了，有了单位，有了职务，有了工资，我终于彻底摆脱了饥饿的纠缠，终于可以敞开肚皮吃东西了，可短短几年时间就把自己吃得变了形，我的肚子大得就像身怀六甲的孕妇。看看自己年轻时的照片，玉树临风，清瘦干练，眼睛里有种自信，也有种清纯。对比现在我恨死了自己，那么臃肿，那么油腻。最可恶的是我吃饭的速度，妻子和儿子还没有调好呢，我就一倾而尽，就像吃人生果的八戒，还没有吃出滋味眼前的杯盘里就什么都没有了！我也很懊恼我自己的这种生活状态，追问自己，就不能吃慢些，就不能优雅点，吃相能不能不要那么难看。有人说，小时候挨过饿的人，长大了再怎么吃都吃不饱，我信了！而且吃饭太快的人一定是孩提时代挨过饿的人，不信你问问，非常正确。

现在的孩子就不同于过去的我了。我的儿子一顿饭要吃很长时间,特别是和他的同学、表哥表姐们在一起吃饭的时候更是如此,高谈阔论、天南海北,吃什么,在哪吃都不重要,吃饭仅仅是他们交流的一个平台,他们不像我,吃饭时专心致志,目不斜视,狼吞虎咽。每每看到孩子们慢条斯理地吃饭,我就心生感慨,当有些事比吃饭还重要、吃饭也不是唯一的生存目标时,说明生命就有了弹性、自由和选择,时代也有了进步,人才会低头走路的时候驻足去抬头仰望遥远的星空。

看　戏

　　我是 20 世纪"文革"中后期出生在焦苦的黄土高原的，在我十二岁之前从没有离开过那方天地。黄土高原沟壑纵横，延续着从盘古开天地以来就有的寂寞、荒凉和宁静。农耕文明有着自己特有的运行逻辑，为了不让生活于这块土地上的农人太过寂寥，它也有自己的文化、文明点缀其间，让劳作后的农民有醇酽的休憩。每年春秋两季的唱大戏便是释放苦闷、更新内心最有效的文化仪规。

　　陕北农历三月，时序已是春天，天际线上开着极艳的桃花、杏花，可那一点点的粉红、粉白无法遮盖漫天遍野的荒凉。日子漫长到无边无际，昨天重复着前天的内容，今天重复着昨天的生活，了无一丁点希望。在天地间挥汗如雨的生民好生惆怅，放开嗓子吼出来的信天游充满无限的忧伤。陕北人歌唱得好，不仅仅是嗓音好，更是自然条件好，一嗓子出去，沟沟坎坎都在共鸣，都在传递，都在颤栗。天地太过寂寥，今天终于有人打破它，岂有不应之理。女人有愁哭鼻子，男人有愁哼曲子，为了解忧，只好唱歌。过年时缝制的新衣裳已被褪去，准备好的年茶饭早已吃光，在这青黄不接的时季，孕育着希望，也横陈着荒凉。

　　就在这个时节，县剧团下来送戏来了。夕阳西下的时候，满载着道具、音响的大卡车风尘仆仆地驶入村庄，汽车的后边是成卷的灰尘、狂奔的小孩、惊慌的小狗、乱飞的鸡群,宁静的村庄立即变得喧嚣骚动起来。大卡车进村的时候就路过我和母亲劳作的地方,这时我正和母亲在自家的地头上栽红薯,路过的卡车当然也引起我们娘俩的关注,我们强压着内心的激动,加快速度干手底的活。我们知道要去看戏,得把手头的活干好。那时的陕北少雨,春天更甚,我们只好从河里担水浇地,每隔几公分挖一个小坑,把秧子栽进去,压实之后,再用清水浇地。土地太旱了,一勺水下去立即就被吸走了,我们是那么祈盼龙王显灵,普降甘露。庄稼等待春雨的滋润,黄土高坡上劳作的人们的心灵也在等待滋润,剧团的到来暂时把人们从繁重的农活中解脱出来,让他们放下手中的活计,忘却心中的烦恼,享受灵魂的狂欢,精神的盛筵。我的东拉河那时候还有公社,县剧团送戏的车轮只能开到公社便不再下去了,要看戏的人便从四面八方赶到公社所在的地方去看。起戏了,看戏去,人们又可以穿新衣,到临时搭起的饭铺前买猪肉撬板粉吃,大家喜气洋洋,兴高采烈,像傣族人过泼水节,巴西人过狂欢节,节日里的人们,不再有忧愁,不再受熬煎。

那时候的县剧团有许多有名的角,我现在都能记得侯奋莲、卢翠英。侯奋莲是旦角,人长得极丰腴,很安静,扮相端庄,仪态大方,满眼盈泪,双唇含情,板胡一走,丹唇轻启,万般忧怨千种哀愁便如潺潺的溪水流淌,让人柔肠百结,又让人荡气回肠。她和她丈夫演绎的《周仁回府》堪称经典,百看不厌。卢翠英个儿高挑,腰很细,扮相轻柔,风情万种,她主演的《三世仇》让人义愤填膺,爱恨交加。

童年的记忆力很是惊人,到现在我还能记得好多当年的剧目情节。印象最深的是《三滴血》,那里边有一个读书不明理的县太爷晋信书，在书本上读到把两个人手指上的血滴到水盆中，粘连了就有血缘关系，不粘连了就没有血缘关系，据此活活地把父子、夫妻拆散。他对自己的理论深信不疑，并且还得意地说：做官还需他们这些读书之人。印象深刻的还有《窦娥冤》，窦娥被错杀之后，她发下的三桩誓言桩桩灵验，先是六月飞雪，然后就是血溅白练，最后大旱三年。特别是大旱时我并不为饿死的人难过，反而有种复仇的快感，因为这些人在窦娥蒙冤时没有一个人替她说句公道话。最看不明白的是窦娥的父亲拜官回家了，却不去寻找自己的女儿，在一盏油灯下看书看个没完没了，很让人着急。还有《周仁回府》，周仁外面结拜了一个异姓兄长许学文，兄长的媳妇太漂亮被权相的儿子看中，他舍不得把自己的媳妇交出去，被诬告流放，临行前把妻子托付给周仁，权相的儿子不肯罢休，诱骗周仁到他府上，封官许愿，说只要交出嫂子就可以让流放的兄长回归家园。回家后无奈的周仁和妻子商议，最后他妻子怀揣钢刀钻入婚轿去相府刺杀相府儿子，谁知气力不逮，刺杀不成遂自刎身亡。最后兄长归乡听说妻子已亡，不容分说用棍棒差点打死周仁，无处诉冤的周仁只好哭倒在亡妻的墓前痛说别后凄凉。这出戏之所以给我留下印象，是因为戏里这一群不担责的男人，大难临头了，让弱小的女子去出头行刺进而受死，男人们却逃难的逃难，受官的受官，躲在了女子的后边，让年幼的我很气愤。让我更气愤的还有《十五贯》，那个无辜的熊友兰好心给苏成娟带了个路，就被官府重杖四十，判了死刑，差点丢了性命。最后真相大白，那个女孩得了二十两银子寻亲去了，他自己既没有得到赔偿，也没有得到道歉，只能逃避瘟疫似的逃离了人间天堂苏州府，他以后会不会再行善事让我很担忧。

秦腔里的秦声秦音透着一个苦字,犹如秦人的生活现状,在陕北黄土高原苍凉的大地上,秦腔演绎出的除了焦苦,好像别无他味。被县太爷棒打鸳鸯后流落江湖的李遇春只能仰天长叹,同样被暗算的周天佑也会感叹:"风尘中有谁怜念!"被判了刑的窦娥在押赴刑场前也终于明白自己的命运走向,三桩毒誓,怨气冲天,她在追问:"地也,你不分好歹何为地?天也,你错勘贤愚枉做天!"满腹委屈的周仁在妻子墓前泣血哀告:"人世间荆棘满地行人难!"当然戏剧的最后也有大团圆,但被板胡、扬琴用苦音一演绎,又成悲调,在秦腔里你很难听到舒坦、圆满、喜悦的曲调。

我的爷爷是个戏迷,在他人生中最不顺意的时候,他曾忠实地追随过一个叫"黄锡吼"的剧团,从这个剧团迈过黄河岸,他就在腰带上别一个水壶,褡裢里装着大红枣,携一个小凳子离家追随着剧团看戏,直到一个月后,这个剧团渡过黄河离开陕北。他的两个哥哥都在很年轻的时候就离开人世,他的妻子我的奶奶在生我小姑的时候大出血,血尽人亡,他的这个小女儿后来又被洪水冲走,了无踪影。这些生命都曾来过人世,却在短暂驻留后就匆匆离去,他的两个哥哥一表人才,善良又勤劳,他的妻子勤快得像一只蜜蜂,他的女儿豆蔻未开,风华正茂,可上天没来由地就收走了他们的生命。无法在现实世界找到答案,我的爷爷就希望在戏文里找到无常生命里的寻常,一年找不到就用两年,两年找不到就用三年,三年找不到就用一生去寻找,戏剧成了他生命的源泉,精神的慰藉,苦难的庇护所。

如同爷爷般的戏迷在陕北有好多,出去不易,来自己村里唱戏自然是场场不误。家乡的戏台搭在中学的操场,操场坐满了,观众就立在两边,两边也站满了,就爬在树上,或坐在对面遥远的山顶上。除了行走的云板,汽灯冒出的热气,戏台下鸦雀无声。在陕北唱戏是非常神圣的,不像在关中道上婚丧嫁娶在家里就可以搭台唱戏。陕北人爱看戏,是有原因的,戏台上的演员成功地塑造过一个角色,他就成功地在观众心目中留下那个角色的生命形象,他一生塑造过的形象加起来就是他生命的厚度,更是他艺术生命的长度。台下的观众每看懂一个人物的内心,此时此刻的人世就又多了一个艺术知音。不停看戏,不停成长,他也就成了一个个艺术角色的人生知己。演员和观众互相成全、互相成就,共同缔造人生的信仰,超越苦难的生活。

家乡的戏会都是三天三夜,幸福的时光总是短暂的,三天很快就过去了,戏散了,生活又得回到现实。太阳还是挂在半空中炙烤焦苦的大地,人们还是会一颗汗水摔八瓣地劳作,但他们的内心已不像以前了,比起冤死的窦娥,亡妻的周仁,流亡的天佑,现实虽然焦苦,但性命却是无虞的。他们不再是自然的人,而是有了文化生命的人,是顶天立地与大自然搏斗的人,播种希望的种子,耕耘幼小的禾苗,以苦为乐,化苦为乐。

到了秋季,剧团又来了。这时的陕北仓廪充实,像刚刚生过小孩的少妇,有点丰腴,少了焦虑,多了沉稳,变得自信成熟起来。陕北人在日渐变长的深夜品味《下河东》《穆桂英挂帅》《空城计》,重温先贤的荣光,激发生命的意志。在这片焦苦的土地生存,是得有点心劲,有些信仰,不然很难行走下去。行走的云板,如水的唱腔,消弭了内心的恐慌,坚定了命运的航向。帝王将相尚且如此无奈,一个平头百姓何须太多慌张,陕北人在和先人的对话中再一次完成生命的重塑，再一次启动了命运的航船。

长大后漂泊到西安就食，这儿有闻名于世的易俗社、戏剧研究院，有许多秦腔名角。可是在豪华的戏院，坐在柔软的椅子里，却找不回昔日在陕北黄土地席地而坐看戏的感觉，再也找不回来那种空旷、苍凉，那种泥土的气息。在浪迹天涯的岁月，我常记得留自己一个魂灵在村子里的戏台边。有时候累得走不动了，也会回味孩提时代立在戏台前听戏文时自己内心杂陈的五味，凄凉、酸楚而又忧伤。人生的况味不过如此。我非常感怀小时候有戏可听的艰难日子，让自己的内心有了后花园、桃花园、大观园，有了心累时可以走得通的清凉之途。

爷爷的酒葫芦

我的爷爷平生有两大嗜好：栽树与品酒。

从我记事起，爷爷就在腰里别着一个类似于军用水壶的扁平小酒葫芦，在山峁山沟里辛勤地栽种着他的人生理想：营造一方属于他自己的林园。

我们家划分成份时被划为中农，依据就是有多亩枣林和十多亩经济林。合作化时这些林地被分得一干二净，随后就被整亩整亩地连根刨光种了庄稼。眼看着这些用汗水和血水浇灌大的树木被砍了个精光，爷爷疼得心里直滴血，可他一句话也不敢说，自己动手刨掉分给他的一亩果园和两亩多枣树，刨完后他一病不起，昏睡月余。病好后他的腰里就多了那只扁平的酒葫芦。

在随后的岁月里，爷爷先后送走了无法承受现实灾难的大哥、二哥和自己的老伴，他用那浓烈的老白酒祭奠完自己的亲人以后，就躺在亲人的坟头默默无泪地一口一口地品味着葫芦里边的剩酒，好像无法相信里边的老酒是辛辣的一样，他无法相信自己栽种树木有什么过错，也无法相信一个人想把日子过好又有什么不对。他朦胧地意识到不让一个农民过好日子的政策是延续不了多久的。可谁知道这一现实却无情地延续了一秋又一秋，一年又一年，每日升起的朝阳无法告诉他何时他的酒葫芦里会喝出另外一种滋味，另外一番心情，另外一番天地。

岁月无情地把一个青年后生的黑发染白,把一个陕北汉子的人生理想撕扯得依稀欲碎,爷爷品完一口老酒后沉重的叹息与浓烈的酒味在乡村小院的上空久久环绕,永难消散!可他知道他不能灭了自己的希望,停止自己的追求,他知道,只要还有希望,再苦的生活也甜如蜜糖。我常想爷爷之所以没有如他的大哥、二哥和我奶奶一样被现实击垮就是因为他有坚强的信念,而他的信念能常燃不熄就是因为他对美好生活的不懈追求和向往。

历史终于翻开新的一页,爷爷和中国所有的农民一样,终于盼来了重新拥有属于自己土地的那一天!从来不醉的爷爷那一天喝干了他的酒葫芦,憨憨地在分给他的田地里睡了一宿。

重新拥有了土地的爷爷开始和时间赛跑,他把酒葫芦装满酒挂在了脖子上,就像我的生命锁一样,开始没明没黑地干活,直到属于自己的土地都长满树木,大爷、二爷和奶奶的坟地都种成果园!

爷爷慢慢地老了,我也渐渐长大。大学毕业后我分到塞北驼城参加工作,领到第一个月的工资,我就给爷爷捎回去一壶驼城特产:用天下美泉和纯粮酿就的美酒!每年秋天,爷爷都要托人给我捎来他亲手栽种的甜甜的、红红的大枣。吃着爷爷的劳动果实,我分明听到了爷爷喝酒时的喷喷声,我分明闻到爷爷身上那淡淡的、香香的陈酒味,也慢慢领悟到爷爷那孤独的忧郁和坚强的追求!

哦!挂着酒葫芦的爷爷哟,孙儿真真地想你啊。

送你一条路

　　二十世纪七十年代的陕北,有着极为正常的气候。春天有很耐看的山丹丹,夏天一只绿皮青蛙的叫声可以穿越数公里,秋天的山野像足月待产的孕妇一脸灿烂,自信而宁静,最难忘的是冬天,大雪漫天,奇寒无比,人们的穿着比现在要厚得多,狗皮帽子,棉布大衣,兔毛耳套,走起路来肥胖得像滚动的皮球。

　　春种夏耘,秋收冬藏。劳作了一年,终于可以歇一歇了,劳作后的休憩是世界上最幸福的事。冬日还有幸福的事就是给小伙娶亲,把姑娘嫁出去。忙了一年了,终于有空闲为儿女们操劳婚事了。那时陕北的婚姻遵循的还是"父母之命,媒妁之言",我的东拉河,八十年代才开凿了一条通往镇上的土石路,那还是用几条人命换来的!路开了之后才送进来了电,可人们没钱买电,还是半煤油灯半电灯地支走黑夜。虽然人生是艰难了些,可对儿女的婚姻大事做父母的却都不敢掉以轻心,准备得很充分。

　　没有路,人的活动半径就很小,人的交往也就不多,心也就不乱。后来到关中工作,说关中的女儿不外嫁,其实,陕北的女儿外嫁的也不多。东拉河的女儿最远也就是嫁到县城跟前,再就不出去了;小伙娶媳妇也就十几里远,知根知底,门当户对。

一个女儿要出嫁,娘家要陪许多的东西过去,特别是那些殷实人家的女孩儿,陪嫁就更多了,男方家要出动好多披红挂彩的毛驴去迎亲。要过喜事了,事主家很早就开始洒扫庭院,糊窗缝被,磨面蒸馍,杀猪宰羊。农村的喜事要过三天,第一天是起事,第二天是正日子,第三天是送客。娶媳妇,嫁女儿是非常隆重的事情,往往要准备好几年!到办喜事的时候,好客的陕北人,把自己舍不得用、舍不得吃的好东西,都拿出来招待客人。

万事俱备,只待良辰吉日,可那个年代的冬天特别喜欢下雪,一下起来就没完没了,漫天遍地。雪再大,好日子是不能耽误的,平时鸡犬相闻、老死不相往来的散沙型的村庄,此时表现出惊人的团结。表面上那些嘴含烟斗闭目养神的老人家蹲在阳坡下不言不语,可一旦遇事立即表现出那种深谋远虑、高瞻远瞩的草莽英雄的胆略和本色。

我的爷爷也是如此。他清楚谁家过事,也知道迎亲的日子,根本无须事主恳求,早早就会备好除雪的工具,凌晨时分就起床,在灶台上烧一碗开水热热地喝下,把我叫醒,在后面给他提马灯、拿铁锹,他在前面用扫把除雪。不一会儿,爷爷眉毛、下巴上全是呵气而结的小冰凌,可远远地看浑身的热汗蒸腾成气雾,往上冒,很像小人书西游记里腾云驾雾的神仙,煞是好看。

雪花刚离开天,落到地上还来不及结冰,松松软软地团在一起,扫把轻轻扫过,她就知趣地挪开了,露出地面上的黄黄的厚土。扫出来的路长了,转过身去看,十分壮观,在你面前还是冰天雪地一片苍白,可在你的身后弯弯曲曲,裸露出一条通天的大路,一地金黄!不一会,我们看见对面也有一个头顶霜雪的老者相向而行,脚下也踩着一条金黄的大道,冲我们而来。他身后除了马灯还有一团火红的红云飘来,走近了才知道对方是邻村的老者和他的孙女,他们是送路来了,他的孙女一袭红衣,提着马灯,在给她的爷爷照路!会面后,两位会师的长者蹲在刚刚清开的黄土路上,互相交换着烟斗,汗涔涔地坐在扫把上,谁也不说一句话,只是很有深味地吸着古铜色的烟斗。我看着那位红衣姑娘,长长的辫子,红红的脸蛋,眼睛清澈得像一汪清泉,路走得急了,脑门前的一缕黑发被汗水浸着,小肚子一鼓一鼓的,仿佛可以听见她的心跳。

天亮了,事主家推开门看到满院子的厚雪正发愁怎么去娶亲时,邻人会告诉他,路已经给送过来了。结婚大事不仅是他家的大事,也是全族的大事,全村的大事,不管你姓什么,信什么,大家都知道婚姻大事、良辰吉日不能儿戏,如果因路不通耽误了事,那证明你们族人在邻里邻居没有威信,你们村子没有人情味,丢的是全村的人的脸!同样只有娶亲的一方在迎路,对方不送路,也是不好的,因为女儿家在陕北是十分娇贵的,自己看着长大的孩子要成了别人家的新娘,要顶门立户,生儿育女,他们也是万般心疼,千般不舍。所以也会好好地扫一条大路出来送给新人。迎路送路,全是人情世故。

我的姑姑们、堂姐妹、堂兄弟都走的是这条别人送给的路。不管以后的岁月多么艰辛,他们从来没有放弃做新人时给生活做出的承诺。在他们人生最初的大婚仪式就要来临的时候,他们是最关注天象的那个人,可再着急,新娘是不能抛头露面的,新郎也是不能跟随迎亲队伍出征的,因此,他们比谁都清楚大雪漫道时送一条路过来意味着什么。那是长者对后生的祝福,也是对延伸族群的祈盼,更是对他们坚定走完命运之路的教诲。这条道是送给他们大婚走的，更是送给新人们去完成自己人生使命的，迎路送路，是成人大礼。这条路无关结果，只求经过，连接着过去，指示着未来，新人们走过了长者用目光铺就的道路，心存感激，永不言退。

当然，走过这条道的人也并不见得全是幸福的人儿！我二爷爷的小女儿就在这条路上洒了太多的血泪！我爷爷弟兄三个，大哥二哥都走得早，儿女们的婚事全由爷爷操持。大爷的女儿嫁得好，可二爷的女儿就嫁得不太好，男方是个牲口贩子，由于二姑给他家生了一个女儿，他就迁怒于她，大打出手。二姑回娘家有时是断了胳膊，有时是破了脑袋，可伤刚养好，二姑就坐立不安了，爷爷也就一言不发地把她送回那个婆家。其实二姑回娘家，只是人回来了，心还在丈夫家。她算着时间，再过几天小羊就没草料了，小猪的食物也快断顿了，老母鸡最近老是喜欢把蛋下在别人家的草垛里，还让她牵心的是她丈夫从来不下厨房，真不知道这些天他在吃什么。二姑还记得自己大婚时的心思，她的新婚路是全族人送过来的，就是山穷水尽了，她也会咬着牙走下去，除非她不能动了。二姑又一次跟着爷爷走上自己当年出嫁时的路，那么坚毅，那么平静。

后来，二姑终于不用流着血泪走这条回娘家的道了，她给夫家生了虎头虎脑的儿子，还是两个。从此，她虽然还熬煎，但不再流泪，也不再挨打。等她的大儿子要娶媳妇的时候，她男人早早地赶了一头毛驴把我爷爷接到他家料理婚事。我的二姑在灶台前的热气里忙着蒸馍炸糕，热炕头上的热水盆里温着一壶老酒，爷爷把酒举到齐眉，停一会，才入口，那是他在告知远在天堂的他的二哥，你的女儿终于活成人做了婆婆今天要娶儿媳妇了！

喝完酒，爷爷起身出门，黄土高原的天幕上又飞扬着漫天白雪，像三月里开放了的杏花，落英缤纷、纷纷扬扬，爷爷拿起扫把又去清路。他知道，岁月不管多旧、多老，只要天依然会下雪，有人就会迎路，有人就会送路。路有时候不是你走出来的，而是别人给你送过来的，你用一生走过，便是命。

雁 栖 衡 阳

　　我的岳父岳母年事渐高,有段时间经常叮嘱儿女给他们买一块坟地,以备百年后用。老人好好的就要把坟地买好,这让儿女们觉得很忤逆。不仅不能买,连想也不能想。做儿女的怎能老想:赶快买一块地,看哪块地风水好,以利父母百年之后宅住?儿女们不买,老是推托,买墓地的事就进行不下去。谁知有一天岳母告诉大家:他们的坟地已经托一个在江湖上行走的铁匠朋友买好了,不用儿女们操心了!他们让我吃惊的不是他们先斩后奏的做事方式,而是宣布消息时的安详、平静!更让我吃惊的是他们不仅买好了自己的墓地,而且还在墓地周围栽种了松树、花草,隔一段时间很认真地去巡视一番,去的时候带着水壶、干粮,好像是去参加单位的义务劳动。中国人是很忌讳谈论死亡的,而我的岳父岳母能在有生之年淡然地抹平生死之界,让我对这对和我一块生活了二十多年的夫妻有了新的认识,也开始对死亡有了新的思考。

　　就在岳父岳母买好墓地的那个秋天,回家给爷爷上坟时有一个意念忽然闪过我的心头,我会在自己死后选择什么地方休息?冒出这个疑问让我大吃一惊。吃惊之后,我就躺在故乡的山头思索这个让我觉得心沉的问题。

　　躺在山头看我的故乡,才觉得秋天的家乡真是美丽。我的故乡是中国红枣之乡,那儿生长着世界上树龄最长的枣树。

秋日的老枣树叶绿子红,果压枝头,有一种老母亲操办完小儿婚事后的安详;山川头的套袋苹果,漫山遍野,碰碰撞撞,就像怀孕待产的孕妇,幸福而又满脸羞涩;绿绿的秋梨水灵得像等待人约黄昏后的二八少女;红艳艳的高粱、黄灿灿的谷子好像是这块土地上父老乡亲献给大地母亲的新年礼物。这里只有一趟班车,早晨你还在梦里的时候它就走了,直到上灯时分它才鸣着笛声轰然而归,司机叫嚷着村人的名字告诉他城里工作的人捎回来了东西。之后除了一股黄尘,几声小狗的吠叫,就又是一片静谧。这儿绿水悠悠,山泉叮咚;上山的人不带干粮,伸手枝头摘一颗苹果,袖口蹭蹭,大嚼而去!村人们在他祖先播种过的地方播种,在他祖先收割过的地方收割,他们守望着希望,也守望着宁静、纯朴,更在守望着灵魂的家园。但我深知故乡就是再美我是回不来了,我也埋不到爷爷的身边了。

记得我在母校补习时,每天早晨天不亮我就爬起来去跑步,我之所以在天亮之前就去跑步,是想磨炼我的意志。一个男人连热被窝都舍不得丢掉,还能干成什么事,补习需要坚强的体魄。还有一个说不出的原因是我不想碰到熟人,为了避免碰到熟人,我干脆选择去县城东边的一条公路上跑步,这条公路每隔一段距离就有一个界碑,跑到标有数字 8 的地方,柏油路就到尽头了,剩下的全是黄土路,我也就在这个地方掉头往回跑。这样算下来,我一早上跑步三十二华里。这样的坚持风雪无阻,感动自己也感动苍穹。特别是冬天,要钻出热乎乎的被窝,需要巨大的勇气。鼓足勇气跑在数九寒天,眼镜眉毛上都是呼出的热气结成的厚厚白霜,就连头发也被白霜覆盖。但我还得跑,停下脚步立即会把自己冻成冰棍。于是在坚持中我能听得到鲜血在血管里流动的声音,虽然艰涩却也有力。犹如冰层下的河水,你看不到它,却可以听得到它流动的声音。我特别喜欢聆听这种自己制造出的天地福音,人间天籁。能携着自己的灵魂一块飞奔,确实悲壮。人要远行,心得有劲。

我选择这条朝东的大路跑步最主要的原因是这是一条回家的路,我的家就在这条路的尽头。补习岁月太苦、太累,也太孤独。我一直想回家,想回到妈妈的怀抱。如果就这样跑下去,用不了多久,我就可以回家了。回到家,就不会有那么大的压力,不会有那么厚的试卷,也不会有那么多的白眼和看不起。一个孩子再不争气,也永远是妈妈的孩子,不会被抛弃。可是这条路真的就可以引导我回家吗?回去了怎么向家人交代,说自己扛不动命运的重压逃跑了?说自己坚持不下去了,向命运屈服了?等自己想清楚,一个失败者的回家路是一条没有希望的路,是一条断头路的时候,我抹了抹额头的冷汗,转过身把家乡留在身后,又向学校方向跑去。我知道只有把大学录取通知书拿到手了,我才有资格迈上这条回家的路,不然就得一生流浪,有家难归。

三年后,等我终于拿到了大学录取通知书回到家,我才发现家只是我暂时的停留地。我的外婆听说我考上了大学,用红绸子给我封了一块银元,这已是最重的礼物。我的母亲用新棉花给我缝了一床厚厚的被子,弟弟妹妹用自己卖兔子的钱给我买了一个饭盒。当我看到这些礼物打捆得整整齐齐摆放在炕头的时候,我明白了一切。我接过妈妈给我端上来的饭碗,开始吃饭,我能捞尽饭碗里的饺子,可我捞不尽滚落在热汤里的珠泪。我知道我得重新上路了,我必须走上奔波的路,必须去追求,我承担着家族的使命,妈妈的期望。

离开家的日子里,我常常回忆那条清亮的东拉河以及村中冬日都在冒着热气的那汪清泉,伴着夕阳一起滑向山外的袅袅炊烟,那只在屋檐下留下空巢离家很久了的小燕子;我也怀念故乡傍晚的蛙鸣、清晨的鸡叫;更让我留恋的是岁月流过东拉河时的淡然和从容,那种心身合一,那种岁月里没有竞争和算计的静好。故乡是我永远的心灵慰藉,永远的灵魂的庇护所。

正在出神地发呆,忽然有一队大雁从山头那边飞来,把我从沉思中惊醒,衡阳雁去无留意,抬头望天,内心很是震撼。眼前大雁展翅飞翔的情形很是类似自己多年前的人生姿态,奋不顾身,一往无前,不知疲倦。这些有灵性的鸟儿告别身后的大草原,飞向自己心中的故乡衡阳。

一个告别故乡的人不管漂泊在哪儿,也许在他内心深处,一直在追寻回家的路。人对自己精神故乡的探寻是非常执着的,也从不停息。人其实一生都在寻找自己回家的路,就像陶渊明一直在探寻芳草鲜美、落英缤纷的桃花源。哲人们拷问自己时发出的天问,我从哪里来,要到哪里去。对于他们而言这可能是两个地方,对于我而言其实是一个地方了。想到这,我也终于明白我的岳父岳母的心理,我也终于明白自己的归宿,也许我真的回不来了,但我的灵魂会回到爷爷的身边,回到我的故土,不离不弃,终生不渝。思虑至此,我想我也许得在爷爷墓边栽种更多的树木花草,等自己归来时有亭亭树冠,浓浓绿荫。

小城春秋

　　我在以盛产石板而闻名天下的小城清涧生活了八年,在这八年里,我躺在她的臂弯里,触摸到这座小城在岁月深处的脉动,她给少年时代的我留下极深的印记,这些美好的印记在远离故乡后仍一次次浮现在我的脑海中。

　　记得在我12岁生日来临前一天的那个下午,我照常背着一背柴禾依着如血的夕阳向家门走去。我之所以能清楚地记得那个日子,是因为从山外省家的父亲告诉我,秋凉后要带我到县里去读书。几十年之后,当我的儿时伙伴一个个面朝黄土背朝天几十年如一日地在土地里刨挖希望和苦涩,而我却不再看老天爷的脸色吃饭时,我就觉得我的父亲十分了不起,他很早就懂得知识可以改变命运这个硬道理。

　　小城坐落在干净的石板上,东边和西边分别流出两条河流,河水清澈见底,小城的人沿河而居。小城西面流过的小河叫秀延河,秀延河的西岸绵延着一条长长的山脉,因其形类似笔架,被呼为笔架山。山上是整山的松柏,郁郁葱葱,四季常青。小城有山有水有树,也就有了灵气和韵味。小城最繁华的地界叫红巷口,由东西向和南北向的两条石板街交汇而成,东北角有成排的窑洞群,是小城最高权力机构的所在地,不言自威;西边有干部招待所,据说里边有小城最厉害的厨师;招待所的旁边是百货大楼,在很远的地方都能闻到楼里飘出的糖果和其他食物混杂的味道。秋季下雨的时候,雨滴落在青青的石板上,溅起的水珠形成水雾,茫茫一片,这时整座城就像一幅水墨画,氤氤氲氲,朦朦胧胧,如梦似幻。

小城给我印象极深的是一家油茶铺,一家电影院,一个汽车站! 那时候的小城,人性温淳,各领天命,极少竞争。

油茶铺的油茶装在一个硕大无比的长嘴圆桶里,这个大圆桶穿着厚厚的外衣,外衣春夏秋冬永远是白色的,笨拙而忠诚地守护着桶内的温度,展示着主人的干净和自信。主人在给客人倾沥油茶的时候有种表演的意味。承接油茶的蓝色的瓷碗已经满当了,可长嘴还在外流,主人的手腕转个圆环,最后向上一迎,猛然收手,就像乐队指挥在指挥完乐章的最后一个动作,干脆利落,余味无穷,让人心醉神迷 。瓷碗不仅是满了的,还有一个类似现在小孩吃的冰激凌的小帽子,可就是再满油茶也流不出来,这个时候的主人有些类似解牛的庖丁,踌躇满志,得意四顾。油茶上面飘着一层碎麻花,麻花在油茶里浸泡过后有种韧劲,非常耐嚼。油茶里边拌有杏仁,一咬破就有浓浓的香味溢出来,就着氤氲的雾气和喝茶人额头的热气,在有些凉意的清晨喝一碗滚烫的油茶,五脏六腑都感觉无比熨帖,你会觉得生活在小城是那么的幸福!

小城的电影院坐落在县城的南边,是小城的热闹所在。我现在还能记得在小城的时候买电影票看电影的经过。电影院售票的是个女的,她家的小孩放学后要去捡炭渣,她要做饭、喂猪,性急的观众在售票口等不来她就直奔她家,有人帮她洗碗,有人帮她喂猪,有人帮她召唤小孩,为的是她尽快结束家务,回到岗位,自己能够买一张位置居中的好票。我到现在也能记得当时看电影的情景。印象最深的是看《少林寺》,

电影放映几天了我还买不到票,直到最后一天我才抢得一张票,电影放完了,我还呆呆地坐在椅子上起不来,依旧沉浸在那首旋律优美而哀伤的主题曲里不能自拔,此外我还为那个牧羊女的归宿操心,为李连杰做了和尚不能娶她而心痛。我还记得在小城的电影院看过一部电影叫《白莲花》,当我看到那个女孩被自己的同伴出卖逼得走投无路骑着心爱的白马纵身跳下悬崖自杀身亡时,我觉得自己的灵魂被摄了去,那时候并不知道悲剧就是把有价值的东西毁灭给人看,但故事的悲惨结局让我心痛不已。我现在依然记得自己当时走出影院的心境,夜已经很深了,电影院门口的电灯一副昏昏欲睡的模样,照着满腹心事的少年拖着孤单的身影往回走。

小城的汽车站在电影院的对面,这是唯一能把人们带回家和带向远方的地方。冬天候车室中间站一个硕大的铁皮火炉,炉顶有一盏15瓦的灯泡,织满了灰土,闪着极暗弱的灯光,昭示着明天还有车票。车票一般在开车前一小时出售,但临近过年的时候也会提前几天预售车票。为了买票常常早上五点多就得去排队。我的家在班车终点站的东边,车不路过,中间下了车还得步行好长的路程,于是买票就是一个很大的问题。首先出售的是直达票,有余票的时候才会出售几张短途票,往往一开窗户,本来只能进去一只手的小木窗竟然有四五只手要挤进去,大家近乎哀求:给我买一张,给我买一张。我递进去的钱售票员一看就知道走哪里,常常是进去又被推出来,进去又被推出来,胳膊被挤得通红。但我深知必须坚持,临近年尾,乘车的人只会愈来愈多,车票只会愈来愈难买。实在买不到短途座票,就只能买站票。一大早提着行李去赶车的时候,街上一个行人也没有,学校距离车站本来不太遥远,可是夜静得出奇,加上天气严寒,拖着自己长长的身影,那段路好像很漫长。但一走进车站候车室,人就感觉暖和多了,其实燃了一夜的火炉早就没有多少温度了,主要是可以回家的心理温暖了行人。看着铁皮炉子上面的灯泡,也好像有许多暖意释放出来。那个唯一能等来回家希望的地方,带给我那么多刻骨铭心的记忆!

考上大学后我就离开了那座石板城,像风中无根的飘蓬,到处流浪。虽然我步履匆匆,距离小城越来越远了,可我内心深处渴望回乡的欲望随着时光的流逝却越来越强烈。睡梦里常常能回到飘着书香和槐花香味的母校校园,能看到汽车站指示你买回家车票的灯光,也常常怀念行走在石板街上拾级而上时的身心合一的从容和悠闲。那座石板城是我心里永远的挂念,也是我青涩少年梦中永远的桃花源!

补习岁月

　　我是初中八五届、高中八八届学生。在我的履历中,我的高中生活开始于一九八五年,终结于一九九一年,达六年之久,硬生生地比别的同学多出了三年,这一千零九十五个日日夜夜便是我漫长而难忘的补习岁月,复读生涯。

　　一九八八年的夏天,我结束了我在清涧中学初中加高中六年的中学生活。照完毕业照,参加完高考预选考试,感觉很糟糕,我就卷起铺盖告别了母校,回到父亲所任职的公社。回家已是夜晚,父亲正在一棵大槐树下就着路灯和一名公社干部下棋,看见我惊讶地问了一句:"怎么把铺盖也带回来了?"手中的棋子凝滞在半空中,落不下去。二十世纪八十年代中国还是计划经济时代。由于高中毕业的学生太多,国家负担不起组织庞大考生参加高考的财力、物力,就实行严酷的预选制度,根据各个中学往年的上榜比例划定当年参加考试的人数,于是有三分之二的学生读了三年高中却被预选刷了下去,连参加高考的机会都没有。各个中学为了提高高考上线比例,追逐排名顺序,这个制度执行得更为严厉,所以父亲看到我的铺盖,就明白怎么回事了,他立即挡住一辆进城的卡车,给校长做了许多的工作,却争取不到一个参加高考的名额。好在不久预选成绩出来了,我竟然入围了,于是不久我又背起行囊回到空空荡荡的宿舍。

八八年的高考我没有意外地落榜了,那一年班上有两个同学考取了本科,还有两个考取了中专,其余的同学都名落孙山。我除了数学考得不及格,其余的都很均匀地分布在六十到七十分之间。不久,我报名进入了补习班,我的补习班班主任惠臣义老师看到我的成绩说:"这个分数补习倒是个好分数。"谁能想到我这一补竟然达三年之久!

从八八年那个忧伤的秋天开始,到八九年让人热得脱皮的夏天,我学得几乎要虚脱。由于心理压力太大,学得太苦,走路都有点轻飘飘的,见了熟人都记不得打招呼,熟人走过去很久了才反应过来,转过身想说点什么,可张开嘴发现身后已空无一人!这一年的成绩出来之后我进步了不少,可上不了大学,只能上国家在绥德师范开设的高中中师班,毕业后在农村教小学,犹豫之间错过了填报志愿的时机,无学可上的我只能选择再次补习。

八九年的秋天我告别了清涧中学负笈北上,到塞上著名学府榆林中学报名补习。我在母校待了七年了,小县城人太熟,我实在忍受不了他们投射过来的同情的眼光,也回答不了他们这个孩子学习不错却总也考不上的疑惑。榆林中学是所百年名校,曾经培养出清华大学校长高景德,共和国副主席高岗,国民党高级将领杜聿明等不少大人物,每年都有许多学生考进清华北大等名牌院校,可等我真正踏进补习班的大门才知道情况不妙。

榆林中学的补习部不在校本部,而在它的家属楼和榆林师范之间一个狭长的凹地里边,由一排六间教室组成,一个文科班,四个理科班,一间护工室,没有大厅,没有围栏,四面来风,八方透雨。院子前边是周围农民种的一大片玉米地,一株株玉米幽幽怨怨地矗在那儿,干干瘦瘦的样子。补习部也没有食堂,吃饭要到很远的山下校本部去吃。学校也不管住宿,要睡觉就自己租房子去。由于这些补习生一年学完之后要回到户口所在地参加预选、高考,学校办得好坏已和校本部没有多大关系。学校为了效益都是大班教学,文科班竟然塞进一百多人,连讲台上都是桌子,胖一点的教师容身都不易,学生随到随进,开放得很。学校办学条件简陋得不能再简陋,桌椅都是从校本部退下来的,缺胳膊少腿,坐上去摇摇晃晃,吱吱扭扭,马上要散架的样子,让人提心吊胆。榆林城四周都是沙漠,历史上曾经多次被沙尘暴追赶着乱跑,有一次四月天,老师正在上课,沙暴骤至,立马天昏地暗,连同桌都看不清,更不要说讲台上的老师。教室房顶上的日光灯像犯病似的,剧烈地咳嗽,发出幽黄的一圈光晕,大自然的威风一览无余。条件虽苦,可落榜学子纷至沓来,是因为这所补习学校有着一流的师资,数学老师是毛欣先生,英语老师是李高林,地理老师是余海河,更让人惊讶的是语文配备有两个老师,刘生来老师教文言文,曹勇老师教现代文,两位老师都有助教,自己只管讲课,考试、改卷一概不管,这已是大学教授的风范、行为。这些老师清一色出身名门,桃李遍天下,名声震塞北。他们要么是校长,副校长,要么是学科带头人,要么是高级教师,乃至特级教师,高考那么点知识怎在话下。每年最后一节课,教室挤得水泄不通,连外校的补习生也来旁听,因为每年这些先生都能押中一些高考题。此时此刻,讲坛上的先生娓娓道来,犹如佛陀布道,讲台下的学子聚精会神地记笔记,生怕漏掉老师讲的一句话、一个字。送走最后一名老师,情势立即生变,大家要坐车返乡应试,此一别生死未卜!有铁了心的同学点火烧起自己的书本,立即有人附和,把复习资料和课本统统扔进火堆。还有人从租住的房子抱来枕头被子扔进火堆,这已是死士之举,因为在陕北只有人死了之后不再回来,亲人才会烧掉他的枕头被服。情绪愈来愈激愤,有人一拳砸碎教室上的玻璃,拳头立即血肉横飞,见此情景,女生饮泣,男生嚎啕,烟熏的泪、委屈的泪、羞愧的泪都汇聚在了一起,滴落在滚滚的浓烟中冲破云霄,直抵天际。

这一年,我的成绩还是没有达到国家线,但可以填报延安大学历史专业,因为这是定向,分数在高考录取线下延一两分。听到这一消息,我的父亲立即赶赴延安大学,做录取的工作。一个礼拜后我在县城中学的大门口见到我的父亲,满身灰尘,一脸疲倦。他告诉我分给县上的名额被一个校领导的同乡占用了,虽然我的成绩比他高。最后他从上衣口袋掏出一张蓝色的伍拾圆钱交给我说你再补一年吧!他的嗓子嘶哑得近乎说不上来话,转身离开的那一瞬间我看见父亲脚上的布鞋已松了针线,露出里边的白色布絮,那一刻我真的绝望到了不想活下去的地步。

一九九〇年的秋天又在绵长的忧伤中开始了,终点又回到了起点,我又在自己的母校开始我第六年的高中生活。补习班的教室里充斥着沉重而压抑的气氛,老师做任何一道纠错题都能让下面的同学掩面痛哭,因为就是这个小小的失误,剥夺了他背起行囊上大学的机遇,让他再次坐在补习班的教室里熬煎。疗好我伤口的是我的恩师惠臣义先生,他看到疲惫万分的弟子心痛不已,有的孩子已经复读八年了,心灵脆弱得根本无法接受新知识,于是接连一段时间,他都只是给我们布置作文,让我们吐尽心中的苦水再开始复习功课。记得有一次他给我们布置的作文是《我那梦中的绿洲》,受尽委屈的同学们一边流着眼泪，一边在笔端倾诉着自己的不甘。在惠老师的精心呵护下，同学们慢慢地平静下来，心静了一切都会好起来，我又坐在教室的第一排直起腰开始认真地聆听老师们的讲授。我们的英语老师是薛志强，我会以最快的速度找出他期望的答案，也会以最快的速度译出他刚刚念完的短文，于是在近百人的教室常常会上演我们师徒两人的双人相声，我能感觉到先生在顺着我的思路讲解相关的内容，那一刻的感觉真叫幸福。我们的历史老师是赵万省校长，他的讲授炉火纯青，他对知识烂熟于胸，他能把三大战役缴获敌人的机枪、子弹数目精确到个位数！我们的数学老师是白玉泽，他为了学生少失分，一道题的解题方法绝对不少于三种。

　　知识学到手了就能感觉到自己的成熟和稳重，就像孕妇虽然行动不便，但她脸上的恬静、安详折射出全新的希望。一九九一年的七月不再是黑色的，虽然迈向考场的脚步仍然是沉重的，可我的手却是灵动的。答历史题的时候，我惊讶得嘴都合不拢，有一道八分的题竟然被我押中了——请列举科学社会主义的代表人物及其他们的主张！我的历史已经学得不能再好了，彻底系统化，比如说中国的税收制度，我能从春秋战国的井田制一气写到清朝的一条鞭法。考试的铃声刚刚响起，我就把那八分试题的答案一气呵成地写到了试卷上。终于熬到发榜的那一天，可我不敢去看，害怕再次落榜，自己如何面对！一直等到中午下班时我才鼓起勇气一个人跑到县招办去看成绩，我瞅准这个时间就是害怕碰见熟人和同学！我迈着灌了铅一般的双腿，一步一步地挪到招办的二楼，工作人员把所有考生的成绩用复写纸写到十六开的白纸上，贴在办公室里边的玻璃上，最后一个红色的印章，显示了这张榜单的真实性和权威性。我的考号我烂熟于胸,我跳过其他考生的名字,直奔我的考号,后边显示出一个数字:440!我再把目光投向最后一页,后边的备注栏里清清楚楚地写着投档线425!那一刻,我知道,我终于考上了大学!

九一年的夏天清涧遭遇了一场特大洪水,县城被黄泥灌得一片泥泞。父亲正好来县城开会,我找到父亲告诉他我考上了!父亲闻言再也站立不住,一屁股坐在满是黄泥的道沿上,说了一句我终生难忘的话:"我们回家吧!"那天班车还没有回家,老李家大儿子考上大学的消息就已传遍东拉河。上大学之前,我又回了一次校园,在校园的石凳上我久坐不起,陷入了无限的沉思,想起自己三年的苦读岁月,想起陪我一同走过艰难岁月却又名落孙山的好朋友还要在补习班的泥潭里挣扎,我仰天长叹,珠泪滚滚。

三年的补习岁月终于走完了,虽然苦不堪言,但补习生涯帮助我完成鲤鱼跳龙门的最后一跃,帮助我摆脱失败命运的纠缠,从此让我踏上有信仰的天涯孤旅。补习岁月让我品味到了生命的真谛,让我习惯了以苦为乐的生活,从此我拥有了化苦为乐的生存本领。补习生活蕴含着一种坚持和坚守,所谓的不幸和痛苦都是你向命运屈服的恶果,是向庸常妥协的结果。其实世界上是没有真正意义上的庄子和道家的,大鹏那苦难之后的奋飞,是为鲲时的隐忍雪藏、厚积薄发、自我磨炼之后的逍遥。人生不如意者十之八九,那种不如意,那种苦是常态,可这种苦藤上又能结出甜瓜来,苦乐年华,先苦后甜,有了吃苦的能力,还怕吃不下生活的甜。可苦乐又是如影相随,要想超越,只有化苦为乐。补习生活让我有了思考命运的机缘,更给了我信仰,让我有了超越苦乐的能力。补习岁月还

让我结识了一批刎颈之交,他们是人生极难得的知音,宝贵的
财富。一起度过补习岁月的同学,有着高度的情感认同和心
理结构,很像战场上幸存下来的战友,生死相随,永不言弃。
因为我们的生命之舟都差一点被生活的恶浪卷走、淹没,是互
相扶持、鼓励、相守才走出厚黑的生命隧道。那段岁月让我们
疼痛万分,撕心裂肺,又倍加珍惜,甘之如饴。世态不管如何
炎凉,人世间用苦难结晶成的补习真情,永生难忘。

红尘滚滚,往事如烟,生命中那段补习岁月,就像刺配江
州时宋江脸上的铁烙印,刻在脸上,更刻在心上,让我疼痛,让
我飞翔,终生难忘。

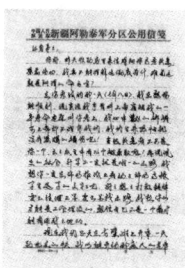

庄明端叔叔的来信　　　旭东大哥写给我的信　　　高晓兰同学的来信

补习路上之所以没有被时代的灰尘掩没,是因为有太多的亲朋好友在我人生最艰难的时刻鼓励、扶持我奋力前行

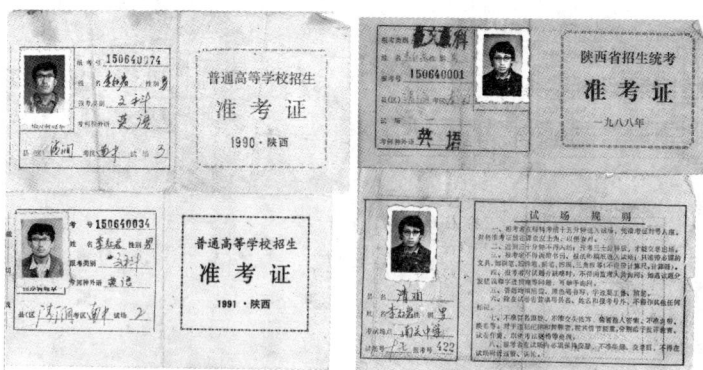

这是我珍藏至今的四张高考准考证,记录了一个青年漫长的求索历程

我 的 初 恋

世上没有谁能忘得了自己的初恋，我也如此。虽然那是一场单相思。

一九九〇年的秋季在我的生命记忆中格外地忧伤、沉重，由于高考失利，我又一次回到校园，这已是我高中补习的第三个年头。虽说青春难免有忧伤，可我的青春也令我忧伤得太久了。同学们有的考上了大学，有的坚持不下去了，离开校园向命运低了头，到社会上讨生活去了，没有了同伴，我的青春还让人感到一种渗入骨髓的孤独。长年累月的失败，让我这样的补习生十分自卑，我知道自己在向命运挑战，可我真的不知道自己还能坚持多久，内心的凄苦实在无法向外人诉说。

开学的那一天送走了几个考上大学来看我的好友后，我又退回到校园里打开书包，拿出书本，准备来年的高考选拔。校园里的教室十分奇特，外墙是用一块块的灰砖砌就的，砌到一定的高度就东西相交依着木头龙骨和藤条聚拢起来，再用灰瓦铺就屋顶，就像一个个草垛。窗外，两个人都合抱不过来的老槐树投射下来浓得化不开的树荫，夏末秋初，天气还比较炎热，树上的知了一声声叫得急切，我既感压抑又觉烦闷，就在这时，我隐隐地听到有人在哼歌，声音空灵悦耳，直抵心房：

午夜的收音机轻轻传来一首歌/那是你我都已

熟悉的旋律/在你遗忘的时候/我依然还记得/明天
你是否依然爱我。

　　我在教室里寻找了几遍最后才听清歌声原来来自我的同
桌。这时我才注意到我还有个同桌，还是一个很漂亮的女同
桌。这个女孩留着齐耳短发，穿着蓝色毛衣，黄色裤子，脸蛋
圆圆的、红红的，一眼就看出是刚开始补习的学生。她察觉到
我在看她，停止了哼唱，扭过头来粲然一笑，露出两排洁白的
牙齿和一对甜美的酒窝，算是打过了招呼。过了几天，上自习
的时候，她邀请我去外边打羽毛球，虽然还有一堆试题等着我
去完成，可我还是跟着她去打球了。到了室外，才看清她是个
矮个子，圆圆胖胖的，球打得远远不如她的歌唱得好。
　　慢慢地混熟了以后，我俩就无话不谈，在这个令人窒息的
补习班里，人人都有一部血泪史，都希望有一个忠实的听众，
倾听自己的委屈，从而排解压在心头的高考失利所带来的沉
重。她对我这么多年的坚守非常佩服。但她的功课真的不怎
么样，虽然功课差，但她依然我行我素，自以为是。老师讲语
文，她在下面看历史；老师讲历史，她又看地理，但不管看什么
她从来不看数学，因为这门功课她实在看不懂。而且，她从来
不记笔记，书包里老是那些孤零零的课本，没有一本笔记，一
片纸。她的功课不好，是和我对比出来的。九〇年我已补习
成精，知识有了体系，刷题很快，看着写得密密麻麻的试卷，她
非常惊讶，也很佩服，鼓励我好好复习，争取考上大学。当我
反问那你怎么办时，她就会一言不发，大眼睛望着窗外，非常
忧伤，可过不了多久，她就会调过脑袋，坚毅地对我说，你不要
管我，你先考上再说，我慢慢来。有时候，我学得很累的时候，

她会说,不要学了,我给你唱首歌!此时是我生命之河流淌得最慢的时候,但也是最阳光、最清澈见底的时候。她的歌是很走心的,《外婆的澎湖湾》《一无所有》《我是一只小小鸟》,这些歌声汇聚成一条小溪,推动着我的生命之舟,绕过忧伤、自卑、绝望,慢慢航向希望所在的彼岸,但她却隔岸而歌,从不上船。

在冰冷的雪地站立久了,很渴望有温暖的阳光照在自己的身上。现在有一个人能给你温暖,你当然想靠近。有段时间她只要坐在我身边,我就一切俱安,听课很专心,做题也快,可只要她不在身边或者迟到了,我就六神无主,忐忑不安。有一天她悄悄地给我传过来一张纸条,上面写着:"发动一场战争时间很短,可打扫战场却需要很长时间。"为了慰藉干涸的情感,班上有偷偷谈恋爱的同学,这让班主任老师大为光火,自己的命运都不知在谁手里,却还要背负另外一个人的命运前行,简直是玩火自焚,于是就在班会上说了她在纸条上写给我的那句话。我知道她这样做的用心,她不想让我误入歧途,前功尽弃。

一九九一年的春天快要来到的时候,有一天晚上她约我到她住的地方去。那是我人生的第一次约会,心跳得厉害,那天晚上我第一次吻了她的脸,凉凉的,滑滑的。她调侃我,是在电视里学的? 她其实冤枉了我,我真的不会吻女孩,也不是在电视里学的,如果我准备了怎会不去吻她的唇! 告别时,她把粘在我身上的她的头发一根一根地拣走,然后说:"这下好了吧,好好学习去。"我当时没有意识到,这竟是我们之间的永别。

第二天,她的好朋友转来她的一封信,并告诉我,为了不影响我的考试,她已经到榆林补习去了。那封信里全是纠结,信写好之后，她用刀子在中间齐齐裁开，以示决裂；同时上面泪痕点点，浸透纸背。她说，她在给我写信时地上已有六七个烟头。她还说，她之所以到补习班来是想忘却初恋失败后的伤痛。她说我有毅力、学习好，一定要考上大学，并一再告诉我，不要打破她平静的生活。特别是信的最后她一再叮咛我忘记她，读来让我无比的忧伤，也无比的无奈：

　　放心吧！我会珍惜爱护自己的，不管以后的路有怎么艰辛，我会加倍的去克服的，我早已习惯于自己，一切无奈与孤寂我会不在乎的，努力吧，你比我有出息，别帮我。相信我，在你孤独的旅途中，会为你助威、呐喊的，也一定会为你祝福的，走吧！上路吧！不要回头，把一切孤寂与无聊抛在脑后，你迈向更高的层次和更远的目标时，就会无视仅有的一切的，我也只是匆匆过客而已，太渺小、太苍白、太浅薄，我本身就太小太小，不值得，红岩，你就听我一句话吧！你要是把我当作一个朋友，那么我会作为你的一个忠实的朋友，但千万不愿成为生活的绊脚石，成为你的包袱，这样的话，我会永远地不再理睬你，也请你再离我远点，我从来也没有试图走进别人的生活，当然更不需要别人来干扰我本该平静而又简单的生活，我太需要那份宁静了，太需要了，我会清静地生活的，不需要任何东西和记忆留在我的梦中，也许这一切太简单单调，但我喜欢这样的生活，因为，我太需要安静了。再次告诫你忘掉我吧！

　　黄鹤一去不复返,兰花留香思悠悠。她走后,我一个人留在故乡走完最后半年漫长的补习坎途,直到最后等到大学录取通知书的到来。她离开我以后,我就没有了同桌,但可以肯定的是我不再是以前的那个我了。也就是从那时候开始我学会了珍惜,也学会了感恩,我没有埋怨,也少了自卑。我珍惜那段岁月,是因为生活快要把我压垮的那一刻,她来到我的身旁,陪我走过生命里最艰难的时刻。我学会感恩,是因为在错误的时间我遇到最对的人儿,是她的决绝让我清醒,是她的付出让我振作,是她的成全让我没有沉沦。也是从那时候开始,我学会了独自忧伤,学会把眼泪流给自己一个人,从此以一个成熟青年的平和看待人世间的聚散离合。那段情感正因为没有结果,才在心底那么圣洁地存活着。岁月如歌,不老的是永远的青春记忆。

第二辑

驼城往事

我的大学

　　我在延安大学读了本科，在陕西师范大学读了硕士和博士，读完书后在西安的一所高校工作，把家安在了西安交大的科技园，这些大学虽然都给我留下了一些难以忘怀的记忆，可令我魂牵梦绕的还是我读专科时的大学——榆林师范专科学校！

　　二十世纪九十年代初中国的大学还实行的是精英教育，很难考取，我是复读了三年之后才迈进神圣的大学殿堂。班上有应届的学生入学时愤愤不平，痛恨命运把他流放到这座偏远的沙漠之城上大学，而我却除了感激还是感激！这所大学在我人生最困难的时候不嫌弃我，收留了我，给了我走下去的基石和支点，我何来抱怨委屈！

　　这所大学给我留下了许多美好的人生回忆，让我一生都无法忘怀！

　　榆林师范专科学校位于毛乌素沙漠的边缘，占地八百四十亩，有铁路和公路贯穿校园，很大气。我们进校的时候，偌大的校园只有两座火车头式的四层小型教学楼，其余的都是小火柴盒式的平房，图书馆和校长办公室也不例外。外边的人来学校办事问路，同学们都会回答一排二排或九排十排。为了管理方便，女生都圈在东区，男生都放在西区，由东到西，中间是漫长的沙土路，校园坐落在沙漠上，四周光秃秃的，要找女朋友或男朋友,就得经过这条无遮无拦的黄沙路。在众目睽睽之下,你要走完这条长长的爱情之旅,那真的需要勇气。所谓伊人,在沙漠的另一方,道阻且长呀!

在这所淳朴的大学里,有着很好的老师。学校总共才有六个系,全校不到六百学生,教师也大概有这个数,有着极好的师生比。我们光写作老师就有三个,一个教散文,一个教诗歌,一个教理论。古代文学也有好多老先生,他们会在两年时间里从夸父逐日讲到林黛玉进贾府,为的是让学生有个明确的史的脉络。现当代的老师更绝,个个意气风发,一个老师在讲郭沫若的《天狗》时,感情充沛,气势如虹,长发一挥,开口一句"我是一只天狗",鼻梁上的眼镜破窗而出,底下的学生先是一惊,继而掌声雷动。那时候的大学老师非常单纯,也非常幸福,他们就是这座城市的精英,不爱钱,也没有科研压力,所有的爱都给了学生,因此师生关系融洽得犹如一家人在一起生活。我们的班主任贺智利老师中师毕业被保送到榆林师专,后来又从榆林师专保送到陕师大,直到华东师大硕士毕业。我们上大学第一次见到的贺老师一双白球鞋、一条蓝裤子、一件开了洞的白褂子,但鼻梁上的眼镜,舞动的长发,飞扬的神采让我们感受到了他非同一般的气质和个性。他年长我们几岁,既是我们的老师又是我们的兄长,他给我们上进的力量,是我们做人的榜样;我们替他布置新房,又从医院帮他抱回新生的儿郎!我们的一个学长当时是班长,有一天头脑一热,竟然挡了一辆卡车把全班同学拉到他的家乡去旅游,谁知卡车太老,无法按计划返校,一个班几十个同学集体失踪了,班主任急得既不敢报案,又不敢告知校方,只能搬个凳子坐在校门口干等,他坐卧不宁,急得起了一嘴的火泡。那个年代没有手机，又不知道这帮神仙到何方云游，无法电话联系，赶最后这帮孩子乐够了回校了，班长得意地宣布队伍要解散的时候，才看见班主任的飞腿横空扫了过来，一脚就把他踢得跪在了沙地上，然后又抱住他老泪纵横，不着调地检查娃们是否伤了胳膊腿什么的。后来这个师兄做了县长，逢年过节常去看他的班主任，他给我说："不去看望老师，我就无法过年，他不护我，我早被开除十回了。"

那时候的大学生诱惑很少，既无手机，也无电脑，日子干净得像塞北高原秋日的天空，学生大部分时间都是用来看书的。学校的图书馆不大，但藏书不少，我们把能借到的书通通看了一遍，《朱光潜美学全集》《约翰·克里斯朵夫》《巴黎圣母院》《静静的顿河》《追忆似水年华》《围城》《美学散步》等书籍我现在都记忆犹新。有好些书套数太少，借的人又多，在预约间隙，我们就看《十月》《当代》《中篇小说选刊》，这些杂志几乎成了我们的教材。那时候大学还没有扩招，每个学生考上了就意味着有一个铁饭碗可端，不愁找工作。因此，我们的学习是真正的为己之学、无功利之学，是真正的让现代人羡慕不已的自由阅读。书读多了，能提升人的气质，像我这种从农村出来的孩子，走在街上别人都能看出我像一个大学生。当然读书多了能提高写作能力，我们班办有《沙迹》油印杂志，现在看任何一篇都可以公开发表。书读多了，更能开阔视野，催人奋进，我们那个专科班出了好多博士、县处级干部，还有许多校长、企业家，同学们都勤勉上进，独当一面。

榆林师专的校园极具大漠风情，生活于此，学子们有了别样的浪漫情怀，这样的校园自然就盛产爱情。记得一位师兄在校报文艺副刊上写诗，说这个校园除了爱情什么都不生长，

军训结束时榆林师专中九一全体同学和杨排长的合影

惹得党委书记在全校大会上要撤主编的职,说这样的文章怎能在校报上发表!可说归说,主编还是没有被撤掉,他还是在腋下夹着报纸,这个宿舍进、那个宿舍出地到处约和爱情相关的稿件,所到之处受到极隆重的接待。校园里到处是沙丘,大漠孤烟直,长河落日圆;月上柳梢头,人约黄昏后。每个沙丘下,几乎都有一对恋人在呢呢哝哝;或是一个男生骑一辆大型号的自行车,故意拆掉后边的座子,把自己的妹妹横在前面的大梁上,招摇地从西区送到东区。当然也有谈得极生猛的,我们班的一个小女孩就曾和一个学理科的男朋友亲口,让我们的系主任,就是后来很著名的作家龙云老师给逮住了,当事人没有什么,可龙老师却羞得满脸通红,落荒而逃。后来他在系上的整风会上放狠话要整顿整顿,可他的手比画来比画去就是无法还原那天被他逮住的小鸳鸯,怎么用舌头把对方的牙齿数了个遍。

　　榆林师专的生活也极具味道。我们是读师范的大学生，每个月都有伙食补助，不掏钱吃饭吃好吃坏大家都没意见。光景不好的同学节省一点，放假时还能用饭票在小卖部换一些吃食给弟弟妹妹带回去。对师专伙食印象最深的是每天早晨要吃炸馍，金黄色的炸馍，外酥内软，十分可口。可大灶用的是麻油，刚吃下去还没事，第二节课的时候大家就感觉昏昏沉沉的，老师就像被劫了生辰纲的杨志一样，无奈地看着东倒西歪的学生，等着他们清醒过来，重新开讲。住的就更有意思，女生睡的是大通铺，关门后可以在上面翻跟头；男生住的是上下铺的架子床，一个宿舍住八个人，关起门来，快乐无穷。一次我们宿舍的勺子感冒了，害怕晚上起夜重感，不知从哪儿倒腾回来一个尿盆，人都睡好了，他又钻出被窝把尿盆放在自己脚底下，可刚睡了一会，他又把灯拉开，拎一壶开水放在头跟前，大家睡得好好的，被他折腾醒，睡在他上铺的兄弟急了，探出脑袋，眯着眼冲他喊，你直接把壶里的水倒进尿盆里不就得了！大家刚开始还没有明白，到后来明白了就笑成一锅粥了！那时候取暖还生火炉子，炉火的红光此生永远闪耀在了心间！大一的元旦，我们班五个男生宿舍各请了三个女生帮我们包饺子，这个传统一直保留在了毕业！塞北的冬天寒冷彻骨，但宿舍里却无比温暖，我们围炉夜话，彻夜无眠！就是在这温暖的炉火旁，我牵住了爱人的手，一生相伴，再没松开！塞北风大，教室里常常烟熏火燎，可不刮风的日子就美妙无比。教师在讲台上侃侃而谈，学生在下边静静听讲，火炉里的火吐着红红的火苗，上边的茶壶滋滋地冒着白气，白居易有诗云："绿蚁新醅酒，红泥小火炉。晚来天欲雪，能饮一杯无！"这种仙境只有在极简单极单纯的塞北可以偶遇。万籁俱静，天人合一的境界,离开毛乌素沙漠后再未见过。和路遥一样,毛乌素沙漠成了我心中永远的圣地。

我的大学严格意义上讲并不像一所大学,它更像一个家庭,一个牧场。这所大学有着西南联大的神韵,老师敬业,学生勤勉,人性完整而纯朴。条件虽苦,可人心向善。老师重道不重器,学生言义不言利。学校远在塞外,却肩担道义,开启民智,教化一方。学子日后虽浪迹天涯,却人人心怀故园,懂得感恩,懂得回报。我的大学是有情怀的大学,一个有爱的地方,是我人生驻留过的最美的天堂。

秋天里的思索

生命如四季。它在冬天里孕育，在春天里诞生，在夏天里成长，在秋天里别离。

当秋天走来的时候，潇洒也就走到了头。每个人的生命都是如此，自然规律谁都无法抗拒。不同的是有的人走得踏实，无愧于这果实累累的金秋；有的人却望着自己的田地里莠草丛生，满怀着无可奈何的心绪，惆怅地离去了。

记得去年秋天大爷去世的时候，我哭得非常伤心。他没有读过几天书，可他能把中国的皇帝从秦始皇到溥仪一个不漏地讲出来。他最拿手的本领却是劳动。他永不辍作，能给他的辛苦明证的便是一片片的果园、枣林、葡萄园。他是倒在他的枣林里的。那天，他提了筐去摘枣，好久不见回来，等我们发觉时，他已经靠在树上安详地闭上了眼睛，红艳艳的枣子撒了一地，映着他那古铜色的脸。

葬礼完毕后，别人都走散了，我静静地坐在墓旁，沉思默想。大爷安息在他亲手栽植的枣树林里，周围是他的果园，硕果满枝，他的枣林如一片火焰，漫山遍野。看着这些，我觉得他没有离开我们。是的，没有——只要一个人踏踏实实地走完自己的一生，给这个世界留下一份足以证明他曾经来过这个世界的礼物，那么他的生命便会永存，大爷不正是如此吗？

我又想起台湾著名的女作家三毛，因为我正读她的《撒哈拉的故事》。她是在万物凋零的冬季离开这个世界的,自杀身亡之后,年轻人一片哗然,一片迷惘,一片困惑。可我却不是这样认为。她留下了足以证明她曾经来过这个世界的许多传世之作,她是一个真正活过的人,她的生命旅程是迷人的、富有的。

我不渴求自己所做的美梦能够变成现实,也不企盼自己所从事的事业多么辉煌,我只希望自己能对事业有所追求,自己的生活充实、无悔。记得朱光潜说过,世上帝王将相千百万,又有几个能够名垂千古?真正的艺术家、思想家所留下的艺术却永远照耀这个世界。他这样说了,也就这样做了,并且取得了巨大的成就,成为中国一代美学大师和著名的思想家。

我也在追求,希望能给这个世界留点什么,以证明我曾来过这个世界,也希望在生命的秋天不再哭泣。

我会耕耘好属于自己的那份田地,会永远地追求下去,我坚信,在生命的秋天里哀叹和痛悔的绝对不是我。

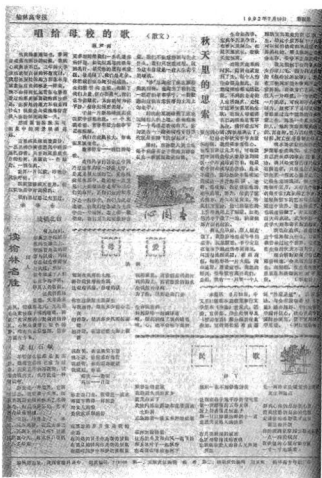

这是我的处女作,发表在《榆林高专报·沁园春》副刊,责任编辑就是后来大名鼎鼎的女诗人刘亚丽老师

我在老万车上

——甲午中秋感怀

今天是甲午中秋，是团圆节，我收到了7月5日参加榆林师专大学毕业二十周年返校参访活动日的合影照片、纪念册。我反反复复看着不再青涩的兄弟姐妹的照片，往昔的美好回忆涌上心头！对我的同学而言是毕业二十年周年，而对我而言是二十一年周年，我比他们早一年离开了这个温暖的集体，但无论过去多少年，情怀不老，记忆永存！

在榆活动的那几天里，我一直坐在舍友万鹏飞的车上。坐在这辆车上我当时没有多想，可到今天我突然问自己我为什么是在老万的车上，而不是在郝喜、晓程、明景的车上！郝喜、晓程、明景的车上除了他们的媳妇孩子还有他们宿舍的兄弟们，兄弟们的媳妇孩子，怎么能装得下我！就像老万的车上有我和我的妻子、锦霞、红琅一样，坐得满满的，怎么能装得下别人！

其实，理由只是表层的，人的行为是有某些偶然性，但偶然性中却有其必然性。有一年贾府过十五，丫头、小子放炮仗，大观园里的孩子害怕，贾母抱住林黛玉，王夫人抱住贾宝玉，只有王熙凤无人喜欢，就无怀可入。在驼城求学的时候，班主任贺老师把我们男生分到五个宿舍，我不知道老师在这之前是否研究过我们的档案,时过境迁回过头来细想,不得不佩服老师过人的阅人能力,分在一个宿舍里的同学处得像兄弟一样,都结下了深厚的情谊,过去二十多年了,都没有减淡丝毫。

九一年的冬天和九号的兄弟

　　我们班住在西区最西边的是五号的兄弟。这个宿舍里的同学除了凯明都是矮个子,他们不喜言语,两耳不闻窗外事,一心只读圣贤书,每日从图书馆抱回来一摞一摞的书,勤勉地读,好像要把图书馆的书读完才罢休。毕业的时候开告别会,向勇说最遗憾的事就是三年里没有去过一次女生宿舍。和五号同学截然不同,住在六号的同学很活跃,文伟和建伟都弹得一手好吉他,唱歌有明星范儿。建伟还抽烟,一头长发,迷倒一片女生,但有一次大冬天骑自行车从驼城的西沙飞驰而下,谁知到了坡底两只耳朵被寒风吹得比猪八戒的耳朵还大,在医院包扎以后,上课时还用头巾包裹起来,像个女人,很是滑稽。这个宿舍里还住着张海岩,他会下棋,棋艺极精,不仅把宿舍里的兄弟摁住狂揍,还把找上门的其他年级的同学杀得片甲不留,时间久了,别人就不和他玩了,他就孤独得一个人在屋檐下走来走去。这个宿舍还有国峰,书法厉害,毕业到咸阳等分配,他在街头卖对联,赚了很多钱。

住在七号的弟兄们是最有味道的。这个宿舍的男生酷爱踢球,但不大讲究卫生,也没有人提水扫地,分给他们的烤火炭也不大使用,宿舍里冷得像冰窖一样,可能是搞体育的多,身体素质不错,也并没有见他们感冒。没有人提水,他们踢完球、跑完操上课去的时候就用毛巾象征性地揩拭一把,身上飘荡着很浓的男人味。这个号子里的同学做事很干脆,也爱喝酒,喝大了就拿起笔给班上最漂亮的女生写信,胆子肥得很,让班主任很头疼。和七号男生紧挨着的八号兄弟,爱经商,他们从外地批发衣服回来销售,他们并不是缺钱才倒腾生意的,而是想积累经验,毕业后大展宏图,可这个宿舍的同学毕业后伶俐、丁三等读了博去做学问,胜昌等从了政,大学期间积累的经商经验看来也无用武之地了。

最东边房间是我的宿舍,是九号。驼城问学,九号最暖,给了我太多的温馨,太多的幸福。晓程的爸爸在行署做官,常常开会,却不喜欢在外吃饭,积攒下一堆花花绿绿的饭票,晓程就常骑一辆破自行车带我去地区干部招待所蹭饭;长城曾带我逃票逛华山;张军给我讲小时候的他如何花费一天的时间才能舀满一担水回家;江瀚给我们讲老榆林的故事;泽韶给我们讲少年求学的经历。最为温暖的是一起去老万家割稻谷。割完稻谷,坐着老万开的黑烟乱冒的拖拉机,在红霞满天的夕阳里满载而归。在老万家,老万妈妈热情地招待我们九号兄弟,我能吃到榆林人只有过年时才吃到的饭食,让我们有回家的安心、温馨。很多年后,也是秋日,我和爱人清晨在长安西影路王家村买菜,郝喜来电告知老万妈妈于凌晨驾鹤西去,我俩顿时傻站在路边,任熙来攘往的路人推来挤去。半天醒悟过来,电告老万替我俩向老妈妈磕三个响头。电话收线,爱人的一句话让我泪如雨下——老万以后就是没妈的孩子了,我们九号也走丢了一个慈祥的妈妈!

我的九号兄弟

聚会期间,我们曾坐车去若水山庄,车队漫长,编有码号,上书"中九一聚会1",直排到12号,我坐在老万的6号车上。我们的车队晓程开道,文伟断后,打着双闪,鱼贯而行,很有气势。这让我想起《康熙王朝》里的镜头,姚启圣和康熙同车回京,姚启圣挑帘观望后仰天感慨:天子车驾,默默无言,却蕴含万霆雷钧! 此时,心有戚戚也! 尘世滚滚,俗浪滔天;学道中人,紧紧相随。问学三载,牵念一生。尘世两日的聚会,要化解一世的思念!

写这些文字的时候,接郝喜的电话,他明天来西安送儿子上大学。我叮咛他,开车慢些,西安雨大。谁知他说,榆林天高云淡,风和日丽。

美丽的榆林,天高云淡,风和日丽,那是我们中九一的家呀!

永远的遗憾

人生在世，难免留有遗憾。有些遗憾会随着岁月的流逝渐渐变淡，终至忘怀。有些遗憾近乎犯错，就像宋江杀了女人，别人就会在他脸上用烙铁印了火字一样，那些遗憾就会如影随形，永远烙在心田。我和小君交往时所造成的遗憾就属于后者，它让我一直无法忘掉，最后竟然郁结成了一个心结。

我和小君相遇在塞北毛乌素沙漠边上唯一的一座大学里。与我在高中待得时间太长不同，小君竟然没有上过高中，因为他学得好初中毕业就考取了中师，又由于学得好，被保送到了专科学校，于是我们在茫茫人海中相遇了，并且住在了一个宿舍，成了舍友。

我们都是习惯于行走的人，不想一下子停下来。但我的行走是走走停停的那种，小君则是不停歇一直走下去的那种，就像刘震云《手机》里严守一的在河南老家割麦子不停歇的奶奶。我考上大学后曾想歇下来休息一阵子，以便治疗因长年补习而落下的脑神经衰弱，这种小心思的外化就是我在这个时候恋爱了，并且有了和爱人专科毕业后去三边教书的豪情。我的想法是只要有爱，哪儿都是天堂。可小君不一样，他知道有一条道路可以改变专科生的命运，可以通向都邑，而不是边关，那条道就是专升本。小君不像我上过六年高中，学过外语，他上的是中师，没有学过外语，为了考本科，他整天揣着一本外语词典背单词。他之所以用这种小型词典,一是携带方便,可以用这本词典把零碎的时间连缀起来,再就是害怕别人看见他为另一场流浪准备行囊。别人都在打球、睡觉、谈恋爱,而自己却在打捆行李准备随时离开,他不想引起别人的好奇,也害怕万一成功不了让别人笑话。所以他的一切行动都在无声的状态下进行。但这一切都被我看在眼里。我就睡在他的旁边,入睡前他如春蚕食桑般的背诵声,震撼着我的灵魂。同在一个宿舍的人,有人可能明天就拖着拉杆箱走向诗和远方,而其余的人却安逸地待在原来的地方,一生终老边陲小城。想到这里,我猛然惊醒,断然放弃了休息一阵子的想法,也开始了远行的准备。

看到我振作起来,小君显然是高兴的。有一个同道之人伴自己在布满荆棘的人生道路上行走一段是很大的缘分,也是很大的造化。我们一下子就互相走进对方的心灵,变成无话不谈的好友。这时我才明白,他原来不是不喜欢说话,而是没人听得懂,更没有人留一点时间给他,让他讲话。记得学暇之余,他曾给我讲过他小时候的奇遇,他说有一天他枯坐在院子里,看对面山坡上自家地里的冬瓜,心想那么细的瓜蔓怎么就能挂得住那么大的冬瓜!谁知他的天问还没有结束,那颗大冬瓜就挣脱瓜蔓滚落到下面的水沟里去了。他飞奔而下,找到那颗还完好的大家伙,一步一步地从陡坡往上拱,累得拱不动了,就转过身来,用小脚在地上蹬出两个小窝,用背顶住大冬瓜休息一会,然后再次出发。如此循环,最终把那颗大冬瓜拱回了院子。妈妈看到这一切,大为惊讶,抚摸着儿子的头,直夸他了不起。此时的小君满脸通红,既骄傲又自豪。能让在焦苦的黄土地上为生存而挣扎的妈妈开心,自己也非常开心。他搓着小手,为之四顾,有着庖丁解牛后被大王赞美的自足。

他还给我讲过他在中师读书的时候,一个舍友交了一个贵州笔友的故事。八十年代的人都想到外面走走,去不了就以笔传书,架起好多友谊的桥梁。这两个人鸿雁传书,你来我往,竟然爱上了,就约好见面。那个男孩子非常期待从贵州飞来的金凤凰,谁知落下来的是一只小麻雀。那个女孩子长得不好看,满脸雀斑,让男孩子很失落,从此再无往来,一切归于沉寂。他给我讲这些的时候很忧伤,我不知道那个男孩子是他自己或者真是他舍友,他也许在阐述一个道理,美不在现实世界,而是在心里,距离产生美,但我当时真的没有听明白。

如果你知道自己要去哪儿,全世界都会为你让路。我们知道自己要去外边读书,所以命运最终满足了我俩的心愿,在塞外的毛乌素沙漠生活了两年之后,我去了南边读书,他去了西边读书。到了分别的时候,同学们要和我俩一起合影留念,他特别叮咛我买两包烟,散给同学们。我听从了他的建议,烟来了,他一个一个地散发。这是个仪式,但能说明一些问题。他是在感激这个集体的存在,这个集体给了我们太多的温暖,是我们青春的乐园;这个集体激励我们实现了自己的梦想,让我们再次远航。

九三年国庆节到来的时候,我俩也分手了。我们把书本、衣服塞进硕大的尼龙袋,袋子质量不好,一拽就裂开了口子。我们就用绳子、铁丝系住,扛着行李,各自走向自己的朝圣地。分手后的日子,我俩经常通信,我现在保存下来的他写给我的信就有三十封之多,我们谈功课谈故乡谈昔日情谊,很是亲切。九四年暑假前夕,他突然跑来看我,让我非常感动,也非常开心,我就带了所有的菜票招待他。带他在操场看电影时,不慎把吃剩的饭票全丢了,后来借了班长的一些,才把这次重要的招待支过去。也就是在这次会面中,留下了此生温馨而又珍贵的一张合影。

大学毕业之后,我俩同时被母校召唤回去,在同一个教研室教书,我讲先秦,他讲李杜。此时的我又歇了下来,和等了我多年的女孩走进了婚姻的殿堂。而小君却开始自学日语,又准备一次更远的旅行。这一次他和系里告了假,去了一家大公司。他是流浪家族的一员,从不想停留在一个固定的地方。可没过多久,他退了回来,一则即使是母校,请假太久别人也会有闲话,二则那家公司许诺他去日本做代理的事一直没有下文。但我发现他人回来了,可心却留在了远方。上帝给你关了这扇门,就会给你开另一扇窗。他这次回来遇到了一个女学生,这个女孩后来就成了他的妻子我的下属。

九八年夏天,我们第二次分别,这次他由本科到硕士,由硕士到博士,最后一口气把博士后也读完了。读完书的他回到陕北,准备接他的妻子一起去外面看看。而此时的我结婚生子买房,屁股上全是债。为了还房贷,开了一家餐厅,整天在油烟笼罩中和一群厨师服务员推着岁月往前走。一地鸡毛的生活让自己的感觉都变得麻木、迟钝。我一如既往地给小君的爱人派活干,全然不顾小君的爱人正在准备考研,需要大把的时间。后来小君的爱人考取了研究生办理商调函,因为部门缺人手,一时又要不来编制,签字的事情就拖了一段时间。我的做法在我浑然不觉的时候已深深地伤害到了小君,最终他带着妻子离开了故土。分明一觉华胥梦,回首东风泪满衣,从此我们各自天涯。

　　小君走了之后，我们的领导不止一次地给我讲，你看小君多有出息，都到北京去了，你们俩是一个班出来的呀。为了赶得上小君的脚步，也为了让师长们能看得起，我关闭了餐厅，开始了漫长的考博岁月，苍天不负有心人，最终我拿到了博士入学通知书，告别了母校，和小君一样再次迈上了求学问道之路。

　　博士毕业，我也携着我的爱人告别了生活十三年之久的大漠里的家园，到他乡谋生。每每回家探亲，我和我的爱人都会去看望小君的父母。有些东西不是说断就断，说丢就丢的！老妈妈每次都特别热情地接待我们，絮絮叨叨说很多小君的事。她提起小君去北京的时候，学校派车送他去车站，他让司机绕着校园转了很久才洒泪而别。听到这些，我非常难过，母校培养了我俩一场，一个北上，一个南下，都没能为桑梓效力。

　　岁月如梭，往事如烟，曾经的舍友，同道上的知己，就这样在半道上走丢了，这想起来就让人痛心，是永远的遗憾了！

我 在 榆 林

——写给远在上海的朋友

在这里我将回答我在这儿生活下去的所有理由

——题记

又收到你从上海寄来的信。

在信中你在感慨,上海太大了,而你又太小太瘦弱了,有时连自己都弄不明白为什么要待在那座过于物质化的都市,你问我能否弄明白自己为什么要生活在这座塞上沙城!我想了很久,是呀,我为什么要活在这座有点像农村的城市里!也许我想过一种有白天有黑夜的日子,而不想像你那样白天忙得昏昏沉沉,疲倦得真想躺下轻松地休息一会,而夜晚却在霓虹灯的刺激下所有的人性欲望都来纠缠你,使你根本无法入睡。是的,我们需要白昼,我们需要阳光,可我们不需要一天二十四小时时时阳光明媚,让人的神经承受着快要发狂的重压。我和你一样贫穷,可我能拥有一间属于自己的房子,让它把自己和相爱的人平平静静地关在里边。在时钟走动的声响里做饭、看书、写日记;我不想把人生最珍贵的情感因找不到容纳它的空间而匆匆地变成一次相逢,我无法想象你是如何收回她转身离你而去时的那束目光！

你有一百个、一千个不回家的理由，犹如我有一百个、一千个不想离开驼城的理由。你是在走投无路，西安、南京、无锡……都不愿接纳你的无奈之下，被上海收留了，你被感动了才死心塌地留了下来，你想用自己的所有回报它，我也是所有的空间都不情愿收留我，是这块焦黄的土地愿意收留我，我于是泪流满面，如释重负地卸下背了二十多年的行囊休憩下来，不再顾及它以后如何对待我，如何给我苦难。不管怎样，我都没有怨言。我深谙流浪、漂泊的滋味。我真不知道上海的房东老太太能不能在你没钱的日子里让你多待几天！我真不知道十里洋场有没有人能听得懂你那口浓浓的陕北方言！在这儿不会再有人在月底你囊空如洗之时催你房租，在这儿我不需要用肉体作道具表演一幕幕的人生戏剧！我真不知道只带了百十元钱的你是如何走完那漫长的旅途，一件薄薄的背心怎能抵挡得住风雨的吹打，你是如何从一根根的电杆上拼命地寻找工作的！当见到你的人回来讲起你瘦得只有两颗深陷的眼睛时，我想，我要是没有你这个朋友该多么轻松啊，那样我就用不着在端起饭碗时想你在吃些什么了，可我做不到，就像你我都不可能背叛各自所属的城市那样！朋友，因为你的存在才会在你我之间形成一种距离，一种很美但很凄丽的距离，我只能在我的性格的作用下演义自己的人生悲欢，而演义不成你的性格作用下的风雨人生，我真想知道人生在世都能干成些什么样的事情。

我们的路遥临死时都希望能归葬在榆林这片沙海之中，盖上一块白练，轻轻地睡上一觉，那么静谧，那么永恒。现在我就坐在他期望过的土地上，希望在自己最后看一眼它的时候,会说一声,我没有愧待我的生命,没有愧待这片热土。也许最重要的并不是你在哪儿,而是你心里装些什么,在干些什么。愿你也不要愧待收留过你的大上海!祝福你了,我那远在上海的朋友。

往事并不如烟

——怀念艾建国先生

2009 年 9 月 29 日清晨,我刚刚打开手机,短信和电话就纷至沓来,短信和电话传递的都是同一个内容:榆林中学老校长艾建国先生于凌晨 4 时仙逝了。榆林的同学、同事都知道艾建国先生和我是忘年交,他们想远在外地的我应该在第一时间知道这个消息! 获知噩耗,万分悲痛的我打通了那个我再也熟悉不过的电话,向艾建国先生的遗孀赵春华先生表达了我的悲痛和问候,并允诺一有时间我就回去看她! 那时的我焦头烂额、自顾不暇,竟然无法抽身回家送先生一程。在这阴阳两隔的三年里,思念和悔恨犹如三月里的荒草在我的心田疯长。先生的音容笑貌,先生的行为风范常常浮现脑海,历历在目。

我认识先生是在 1995 年的秋天。那时我刚刚大学毕业,在榆林高专校报校刊编辑部工作。有一天跟随主编去榆林中学拜访时任校长的艾建国先生,那是我们第一次见面。先生穿一双布口鞋,说话慢慢的,但思路非常清晰,给我留下了极深的印象。而我俩真正开始交往已是到了 2004 年,这一年我们筹备榆林市语文学会,秘书处拟推举他出任领导,后来在全体会员大会上先生高票当选为理事长，从此，我和榆林文教界深孚众望的先生开始了我们的忘年之交。

在先生的领导下，我们榆林市语文学会每年举办一次"榆林市校园文学大奖赛"。这一赛事被称为"榆林市语文界的奥林匹克大赛"，规模很大，参赛人数、参赛单位众多，有时我们还把获奖作品汇集成册，好让学生们学习这些从四五千份稿件中入围的佳作，以便提高自己的写作水平。每届大赛先生都出任评委会主任或参与评选，他特别看好那些有真情实感、写实性的习作。那些讴歌家乡、赞美人性、注重孝道、回忆美好时光的作品总是能够得到先生的垂青。记得一位同学写的《给父亲洗脚》，孩子看到自己的父亲在外打拼十分艰辛，很想给自己的父亲洗一次脚，可少年的矜持、羞赧让这个计划在他心里斗争了很长时间之后才得以实施。当孩子端上热水把父亲的脚放进水盆时，刚强的父亲竟然满眼含泪、哽咽无语。孩子看到自己小小的行动、迟到的孝心竟然让七尺男儿如此失态，也热泪盈眶，父子两人的热泪倾注于爱的小盆、泪水相溶。先生阅到此文，为孩子的孝心所感动，力主此文入围获奖，并在颁奖典礼上作点评时特别加以表扬。对于征文中一些学生表现出的早恋苗头、厌学风气以及网络暴力先生很是担忧，在点评时一一加以罗列，以便引起与会领导、学校代表的重视。

在先生的领导下，我们语文学会每隔两年举办一届"榆林市十佳语文名师"评选活动。此项活动影响也比较深远，对推出新人、典型引路、推动全市语文教学有很大的作用。记得在第二届名师评选时，有的参赛选手因为紧张等原因，讲课环节发挥得并不很完美，秘书处给评委会提出是否只评前几名，后面的就不要入围了。消息一出，一时间搞得参赛选手人心惶惶,这时先生出来说话了,他说我们已经在大赛章程中许诺评选十位,中途变卦会失信于人;再说年轻人有些瑕疵,在荣誉的鞭策下会成长得更快,名师称号是荣誉,也是责任,老师们会把握的,我们不要过多干预。在先生的主持下,大赛按计划进行,办得非常成功。颁奖典礼后的宴会上获奖的老师端着酒杯真诚地感谢这位德高望重的长辈,这时先生已经不适宜饮酒了,但看到又一批年轻才俊成长起来,看到榆林基础教育后继有人,他都乐呵呵地一饮而尽。

先生是二十世纪六十年代陕西师范大学老牌大学生,学养功底十分了得。他先在榆林报社工作,后来升任榆林行署办公室科长、榆林地方志办公室主任、榆林地方志主编、榆林中学校长。先生名气很大、人望很高不是因为他掌过多大的权,而是他每到一地都能够用他的高尚人格感染大家,把工作做到最好。在报社他不肯趋炎附势因此被贬到城外工作;在地方志办工作他主编的榆林志被评为省社科一等奖;他主政榆林中学时,榆林中学是市里最民主、最自由的学校,也是考取清华、北大最多的学校。

先生曾告诉我,别人都认为他是一个作家,其实他最大的兴趣是地方文史。他是榆林第一个教授级编审,那时的榆林还没有开发,在大家普遍不太重视学术的时代,他就开始发表学术论文,并且很早就评上教授。他曾经写了一篇关于地方文史考辨的论文寄到一个编辑部,很长时间没有下文,后来这篇文章竟然发表在了《光明日报》,但作者却不是他。他给我讲这件事的时候我很是愤怒,但先生却心平气和,说能够把学术问题搞清楚就好了,至于是谁搞清楚的那倒无所谓。先生的大气、宽容已经到了如此境界!

在我的心目中,先生是榆林最好的教育家。他宽厚,民主,爱生如子,富有慈悲之心又有道义承担。一个学生回忆榆林中学时,深情地回忆起自己的老校长。有一年他们搬宿舍,要抬桌子,自己正好落了单,这时她看见一个老头踱了过来,就邀请老头帮她一起把桌子抬到四楼。第二天开学典礼上这个学生看到昨天和自己一道抬桌子的老头坐在主席台的正中央发表讲话,她才知道那个老头原来是自己的校长。先生爱校如家,很是珍惜学校的声誉。他的副校长的小孩大学毕业要到榆林中学工作,他没有同意,他说一个单位血缘、学缘太近对单位和个人都不是好事,对个人、单位的发展都不利,后来他找领导帮忙把这个孩子分到另外一个单位。一个地区领导的小孩要进奥赛班,他也不同意,但自己亲自给这个孩子所在的班上语文。后来这个孩子通过努力考取了公费留学,告别时一再感谢母校的培养和校长的栽培。

先生在塞外能够享有如此高隆的声誉还由于先生的清廉。从我认识先生的那天起,他就穿一双布口鞋,一条蓝裤子,一件蓝色的 T 恤,整洁而大方。他穿着这身衣服在新生军训汇报大会上检阅学生,他穿着这身衣服在全市语文学会代表大会上作报告,他穿着这身衣服接见外宾(我只是见他在接见魏书生先生时穿过正装)。先生做校长的时候学校竟然没有小车,是一个企业因为自己的孩子们在榆中上学赞助了一辆吉普车,而这辆车除了公务使用,年轻人结婚、职工上医院、车站接人都可以使用。先生一生没有使用手机,也没有手机,在各种会议上常常能看到那些捂着嘴、弓着腰、小步跑的接手机的与会者,他有时疑惑地问我,这些人真的就那么忙!

我很喜欢先生的家,先生的家整洁、清净、有序,水泥地、绿墙围、白墙壁，布艺沙发上搭着洁白的镂空纱巾，书桌上摆放的是大字版二十四史。我喜欢去先生家，犹如信众喜拜山林大寺，人再浮躁，到了那儿见到那对老人，就能让你心静下来。除了让人心静，我还可以听先生讲自己的过去。先生经历过"文化大革命"，自己多次受到冲击，但他从不提及，只是说到自己的母校、恩师时，先生就有无限感慨和凄凉，自己大学的老师去泾阳劳动改造，一次洪水就把三个教授给冲走了。先生春秋大义、一字寓褒贬，但让人醍醐灌顶、如梦初醒。一段时间先生看到我因在副处长的位子上久立不迁而焦虑、烦躁，就告诫我干行政很费人，还是搞自己的专业有价值。后来，我考研成功后去和先生告别，他特别高兴，当他知道我的专业是古典文学时更为高兴，叮咛我好好学习，争取早日学成归来。先生那时已经被病魔折磨得元气大伤，化疗就像秋日的暴风吹走先生的满头银发，他不想以病示人，拒绝别人的探视，但听说我要看望他时，他愉快地答应了。那天先生戴一顶鸭舌帽，人已经消瘦得不成模样，衣服显得非常宽大。但面容恬淡，没有一丝丝悲戚。他除了给我叙述自己得病的经过和前后治疗的详细过程，还无限感慨地谈到在南京治病期间看到南方教育的巨大进步，以及陕北和南京两地教育的巨大差异。我们交谈了很久，担心他的身体，我不得不起身和他告别，他拖着虚弱的身体，送我到门口，说等他好了，再慢慢聊，送我到门口的先生还是那身行头：蓝裤子、蓝 T 恤、布口鞋，只是头上多了顶鸭舌帽。我没有想到这是我们爷俩的最后一面！我想秋天学校放假后我俩肯定还会见面，一个谈锋甚健的老人是不会有什么意外的，谁知这竟是我们的永诀！三年来，我常常能回忆起先生拖着瘦弱的身体送我到门外的情景，也常常在一个人独处的时候听到他说:"你来了",每每忆此,都让我心酸流泪。那时,先生可能已经意识到了什么,因此才会倚门相送。在转身离开的那一瞬间,我也就撒手而归了,任凭先生一个人思考生命的终极问题。那时我总以为还有下一次,谁知就没有了下一次!

先生走后留给陕北文史教育界的巨大空白看来一时很难弥补。记得霍松林先生九十华诞时,贾平凹在座谈会上发言说到,他和他的父亲都是读着霍老的作品长大的,在长安这座古城到处可以闻到先生的味道。我想艾建国先生也一样,榆林这座塞外古城,能够赶在经济起步之前,文化就开始先行一步,并且步履稳健,我想很大部分是得益于他的榆林中学以及先生在文史领域的未雨绸缪、教化启智、辛勤耕耘。在古城塞外我们也能时时处处闻到先生的味道。

先生走后留给我内心的空白也是此生无法弥补的。先生出生于新中国成立前,接受过系统的国学教育,又在新中国的大学接受新式教育,知识体系已是旁人难以企及;他从过政,办过报,主编过地方志,办过学,人生阅历也是一般的人难以企及;他出身书香门第,自己又建起一座学术重镇;他在榆林中学只知耕耘,从不问收获,广衍道义,花开天下。他从不和人争高论低,在自己的临终告白中写道:"我一生平平淡淡,没做什么惊天动地的事情,我淡泊名利,不爱张扬,低调处理各种事情,我死后不开追悼会、遗体告别仪式或家祭,这样既不扰邻,也符合我做人的本意。"读来让人泪流满面,却又心生敬意。

先生走了,我常常怀念他。怀念他的一言一行,怀念他的人生故事,怀念他造福桑梓的种种努力,更怀念他的高尚情怀。他走了，他的事业正被后来者继承，他的门生学子秉承他的遗志在塞北的文教领域勤奋耕耘。先生站成了驼城杏坛的一颗青松，永远挺拔，永远苍翠。

1998年著名教育家魏书生先生赴榆林讲学，时任榆林市语文学会理事长的艾建国陪魏书生一起视察百年名校榆林中学时与该校语文教研室全体同仁合影。第一排居中者为魏书生先生，魏先生右手为艾建国先生

忆 海 燕

海燕姓任,是黄河岸边白云山的女儿。她是我在驼城时的同事,是我很要好的朋友。她离开这个世界的时候才三十几岁,那么年轻她就走了,留下她的亲人、朋友、同事、学生为她伤心,也让我每每想起都痛心不已,难过很长时间。

最初认识海燕是在九八年单位组织的教师节座谈会上,那天海燕作为新入职的教师代表上台发言,给我留下极深的印象。她留着齐耳短发,清清爽爽、干干净净,每讲完一句话抬头看下面的同事时都会露出齐整而洁白的小牙齿,每讲完

受邀出席驼城大儒郭延龄教授从教五十周年活动时的海燕

一段话,她都会微笑,露出很好看的浅浅的酒窝。陕北人大多讲不好普通话,可海燕讲得极好,她用女性特有的温婉讲述了来校工作获得的种种感动和温馨,并用真挚的情感感谢了单位给她提供的舒心的工作环境,让她一个新入职的青年有了归属感、奋斗目标、工作动力,她也非常真切地表达了效力桑梓的心愿,同时她由衷地祝愿地处塞北的母校的未来更加美好。座谈会上还有教授代表、博士代表的发言和校长讲话,但都无出其右,海燕的发言娓娓道来,文采斐然,给所有的参会者留下很好的印象,获得大家一致的好评。

座谈会后,我就去挖海燕所在的中文系的墙脚,希望把她调到我们编辑部工作。谁知中文系的主任惜才如命,死活不肯放人。我就一遍一遍地找,一次一次地缠,这期间海燕看到了我的真诚,很受感动,最后和系里达成协议,同意海燕兼职,在两边工作。

海燕加盟后,我们编辑部的力量大增,我们成功地申请到公开出版发行的刊号,把报纸由月报改成半月报,并积极筹划周报。我们举办了全市校园文学大赛、十佳语文名师评选等活动,邀请全国一流学者赴驼城讲学,为全市的语文界同行搭建最前沿的学术交流平台。这时海燕还兼任报纸的副刊主编,用稿量很大,有时供稿很成问题。本来一所大学的报纸,副刊是最容易组来稿件的,可海燕有自己的眼光,稿件不入她眼时,她就自己操刀,她写出来的稿件极好,极精致,然后就用不同的笔名发了出去。记得一次她又写出了一篇美文,发表时用了"小桴"这样一个笔名,我不懂,一查辞典,才知道是小鼓槌的意思。我此时才明白,海燕想让自己的文章引起别人的注意,但她又不愿太张扬。

　　海燕在系里讲现代汉语课程,她口才极好,思维清晰,是一个天生的好教师。海燕极爱她的学生,是个护犊子的主,她的学生也极爱她。海燕心直口快,系里一个老师自己不愿代课,年底还不愿年轻人多领课时费,让海燕一顿怒批,这位老师自觉理亏,最后也乖乖服输,海燕的义举让年轻人解气,也让乡愿们汗颜,她就像一只啄木鸟,啄食侵害小树的蚜虫。她的正义感让年长者、年少者都敬重她。海燕担得很重,也很多,她不仅在两边上班,还担任教研室主任,我知道系里的领导在有意地培养她。

　　海燕结婚较晚,在驼城那样一个小地方,很难觅得一个和她的才华相匹配的男孩,我们部门的同事很少给她介绍对象,总觉得自己身边的男孩配不上她。可不久,海燕就宣布她要嫁给一个在县上做化工技术员的山西男孩。听到她要结婚了,我也替她高兴,给她封了一个红包,让她开开心心地抱着跟着那个男孩去了山西。过了正月快开学的时候,满脸幸福的海燕领着新郎到我家给我拜年来了,她给我带了一瓶半斤装的汾酒,她知道我爱酒,就给我带了山西最好的酒。她说本来可以带一斤装的,但是半斤装的瓶子像极了一个小葫芦,吉祥得很,祝我一切安康。她给我讲这些的时候,很自然地把手放在新郎肩膀上,谁知那个男孩子一下子把她的手挥了下来,海燕并没有觉得什么,她当然认为是新郎在害羞,可我的心猛地沉了一下。

　　海燕结婚后不久我就考上研究生到长安求学去了,也就和昔日的同事们告别分手了。在我艰难地求学的时候,常常能碰到开会、出差的同事,他们断断续续地带来了海燕的一些消息,先是说她生了一个可爱的小男孩,后来听说她的丈夫为了解决两地分居,更好地照顾家,辞去了县上的正式工作,应聘到家门附近的一个加油站工作。

我研究生毕业工作后没有多久,海燕也考到陕师大,师从邢向东老师做语言学方向的研究生。我到师大去看她的时候,她给我和她的同学每人带了一只大羊腿,海燕身子瘦小,肩上还挎一个大包,手上又拎着那么沉重的东西,走起路就像一只小鸭子,左摇右晃。在宾馆大厅看到我们的时候,海燕笑得像见了家人的孩子。海燕还是那么实诚,那么远的路,那么重的东西,她是怎么带下来的!装羊腿的大食品袋里竟然还装着旱葱、地椒、调料包,她还是老替人着想,还那么细心。

海燕的学养很好,加上多年一线教学的积累、思考,她很顺利地通过了学位论文的答辩,很快就取得了学位。研究生毕业之后,海燕就全身心地投入到教学工作中,同时开始准备副教授的申报。这期间有同事、领导去听课,看到海燕老是捂着肚子在讲台上讲课,就提醒她到医院去检查一下,不要大意,可海燕是视学生为全部的老师,不忍心耽误课程,笑笑说,没事的,是胃痛,忍一忍就过去了。谁知有一次她讲课的时候,忽然肚子痛得满头大汗,差一点昏倒在讲台上,同事们七手八脚把她送到医院去检查,看到化验单吓得话都说不出来。海燕出身名门,她有好多同学在北京,听说海燕病了马上联系好医院让她来检查,谁知检查的结果还是那么可怕,病竟然凶恶到不治的地步。

海燕去北京看病的那个秋天,职称开评了,是同事们帮着她把材料填好送到省上。听到噩耗,我给海燕打电话,她不接。海燕是个要强的人,她不想以病示人,也不想让同事为她担心。到后来评职结果出来之后,她如愿以偿,我立即给她发信息告知了这一喜讯，这一次她回了我，只有一句话，"辛苦你了，谢谢"。不久北京的专家暗示海燕家人没有多少时间了，早些着手后事。离开北京后海燕被送到山西，这儿是她的婆家，从此，海燕就留在山西，再也没有能够回到只有一河之隔的陕西。

海燕走了之后，学校派了一个团队去山西帮助海燕家人料理后事，其中也有系里的老师。系里的老师帮着处理完海燕的后事回到驼城后，同事们都围着他打问海燕的情况。系里的老师是条汉子，可在山西的几天时间人就难过得不成模样，回到单位面对同事悲痛得一句话也说不出口，也流不出一滴眼泪。好长时间后，那位老师在自己的微博上发了一篇祭文，详细叙述了自己在山西的所见所闻。海燕是在参加同学婚礼的时候认识同样是参加同学婚礼的她的丈夫，结婚后不久婆婆就得了很重的病，不久公公也有了病，丈夫为了照顾家辞去了正式工作，再不久就有了孩子。海燕还有繁重的科研、教学、行政工作，还得考研、评职，所有的重担都压在了她瘦弱的肩膀。她应该是午夜两点左右离开的，因为两点前家人还给她送进去一杯水，第二天早晨起来，发现她已经走了，她趴在炕沿上，一只胳膊下垂到炕沿下，想是去够那杯水，可她永远够不着了。海燕人瘦小，走时更瘦得不成样子。看着祭文，我的泪怎么都止不住。听闻噩耗后海燕的导师邢向东老师也发了一篇祭文，海燕是山东大学中文系的高才生，和邢老师是师兄妹，后来又成了入室弟子，帮邢老师做方言调查，师徒关系十分融洽，谁知白发人送黑发人，邢老师的追忆更让人悲痛欲绝，柔肠寸断。

海燕曾经给我讲过自己的求学经历。在山东上学的时候,每年的寒假都让她十分难过。不回家,想爹娘,回家,要冒很大的风险。班车离开济南的时候,车厢还是满满当当的,一过山东进入山西人就少得可怜,进入陕西,往往就剩她一个女孩子。她把自己的身子尽可能地裹进大衣里,用围巾把自己包裹起来,在漆黑的深夜提心吊胆地计算着回家的路程,期盼车轮子能转快一点,把自己送到白云山脚下自己的家乡。这就是那年的教师节座谈会上海燕那么发自内心地想留在家乡效力的原因。我以前总是觉得海燕坚强无比,不知道她内心世界里还有那么温软的地方。她其实一直想回家,留在干涸的陕北,谁知最终长眠三晋大地,永远回不来了。

老二的故事

　　老二是我高中同学，文理科分班的时候，他由别的班转到我所在的班上，和我同住一个宿舍，从此成了我的同学，我的舍友。我们上学的时候，同学们喜欢在宿舍里依大小排座次，老二年龄排在第二，我们就称他老二。老二极喜臧否人物，辩论的时候右手的食指和中指夹着香烟直直地指着对方的鼻子，像一柄剑，上下嘴唇紧紧地抿在一起，微微颤抖，所以大家送他一个绰号"孔乙己"。一次他和舍友一言不合打了起来，舍友抢起地上的铁炉子舞起来，老二顺手掀起炕条石迎了上去，那炕条石几十斤重，他竟然可以舞得动，可见他的臂力不错。

　　二十世纪八十年代的中国高考录取率低得出奇，好多学生预考就被刷了下去，老二和其他被预选刷下来的同学一样，照完毕业照背起行囊和同学说声再见，就去浪迹天涯，再无音讯，而我自此走上了漫长的补习道路，三年后才叩开大学的大门。

　　大约是在九八年的深秋，塞北驼城所有的树叶被高原的秋风吹得一干二净的时候，老二突然敲开了我家的门。他还抽烟，但他手中的香烟抽的时候少，自燃的时候多，他大部分时间在说话，言谈间我才知道别后岁月他的一些情况。高中毕业后他带走了家里和亲戚家借来的一笔钱跑到深圳贩电子手表。那时候的深圳还是一个渔村,可距离香港很近,老有人从对面偷运进来一些新奇的东西到这边来贩卖,其中就有电子手表。老二就从别人手里批发一些,装在编织袋里到乡下去推售,赚取中间的差价供他糊口、抽烟。他身边除了编织袋里的手表,还有高中课本,他告诉我,只要有闲暇他就温习这些课本,梦想有朝一日回到考场再参加一次高考。可每年高考报名的日期都是他的灾难日,因为他备不齐回家的路费,也就无法返乡报名。自古场外无状元,报不了名他就进不了考场,也就上不了大学。他离家的时候已经向能开口的亲戚都借了钱,说好有了钱就要还的,可那些年他手头一直紧,还不上,也就回不了家。衣锦还乡,是要有衣有锦的,一穷二白怎回乡!有一次警察查走私没收掉了他所有的货物,包括他的课本,走投无路的他只好折到塞外驼城,投奔他的大姐。

他给我讲这些经历的时候很平静,香烟在静静地燃着、烧着,烟灰长了自己掉在了地上,像过往的岁月,无法捡拾。但他随时都在复习功课准备参加高考的经历却让我心灵悚动,我是在教室里完成的补习岁月,他是在江湖上完成的。在江湖上行走这么多年了,其实在内心里他还是一个中学生,对学校、对高考身不能至,心向往之。从此后他成了我家的常客,家里吃一点稀罕的食物,妻子常叮咛我把老二邀请上,说他一个人过日子,不容易。

在驼城老二做家教,晚上借住在他大姐家。他虽然没有上大学,可中学那一点课本内容已融进了他的血液,他对此了然于心,再加上他闯荡江湖多年,阅人无数,教几个毛头小孩比水浒里的吴用要厉害得多。后来有家长看到老二教学效果不错,就推荐他到一所民办中学做正规的老师。慢慢地老二有了一些积蓄,失之东隅,收之桑榆,他曾去深圳淘金,可除了满怀的疲惫一无所获,在塞外大漠做了私塾先生却反而有了银两,人的命运谁能读得懂。

千禧年伴随着驼城滚烫的开放浪潮降临到贫穷了五千年的陕北大地,从此陕北除了饥饿史、战争史,还有了神话般的开发史。老二把做家教得来的一万五投到他妻哥的钻采公司打油井,一年后竟然获得三万的利,本钱还躺在那生钱。看到到手的财富老二毫不迟疑地把一年的工资和三万的利息又投了进去,一年之后就有了近十万的分红。看到本钱躺在产床上生出这么多钱,他又把这十万的热钱砸了进去,几年后他分到一笔几百万的巨款,他用这笔钱和他姐的大儿子开了一家宾馆,做起了真正的老板。

飘零到塞北的时候老二还是单身。做民办教师的时候,一个女教师迷上了他那风雨谱就的人生阅历,也顺便爱上了他。可女孩儿的父母看不上他。老二在这座城市一无所有,晚上栖身的床还支在他姐的面馆里,何况和女孩父亲差不多的年龄也让女孩父母在亲友面前无地自容。感情受挫的老二后来和一个离过婚的女人订了婚,我还参加了他们的订婚仪式,总以为不久就会有喜酒喝。老二本人也是这么认为的,还租了一间房子,买了好多居家过日子的东西,可到了结婚前几天,那个女人后悔了,那间租来的婚房老二连一天都没住过,就把钥匙还给了房东,也没带一件家具出来,孤身一人又回到了大姐家的面馆。一年后,他和我同事的妹妹结了婚。我同事的妹妹由于丈夫出了车祸散了家,丈夫除了给她留下一座修车厂和无数存款,还留下碎了一地的玻璃心。那时老二还在民办中学做教员,他们没有住在他妻子前夫留下的家里,而是在外面租了一套楼房。那套房子我去过一次,除了阳台上飘着一件那个女子的衣服,散发出一点儿人间烟火味,再什么都闻不到,冷得怕人。那个女子除了每月到修车厂盘点一次之外,就是回家打牌。老二下班了,叫一份外卖吃,应时应点,却没有味道。老二挣的钱不够付外卖,更不用说自己女人打牌的钱。那个女子很有钱,也不防他,钱就在抽屉里,可老二不想花,他想用自己的力气支撑一个家,可他撑不起。不久我到电脑城买电脑,碰到那个我同事的妹妹也在买电脑,寒暄之后才知道他们分手了,她付了一年的房租,把结婚时买的家具折成钱给了老二,自己又回到没了丈夫的那个家里去了。老二对我同事的妹妹是上心的,他发迹后曾说过一句话,说她没福气享受他的钱。

和我同事的妹妹分手后不久,老二又结婚了,这次他找了一个关中女人。这个女人在关中老家生了一个女孩,而这家人几代单传一定要一个男孩,完不成任务在老家又无法立足,这个关中女人就带着孩子投奔塞外开钻采公司的大哥。在别人的撮合下,这对都刚离了婚的人又都结婚了。在新夫人的打理下,老二把所有的钱投到他妻哥的钻采公司,几年后他不仅收获了巨额的金钱,还收获了一个女儿。后来他带领老婆、老婆前夫的女儿、自己的女儿浩浩荡荡地来我家吃饭,吃过饭后又热热闹闹地告别,他来时不会带一针一线,走时会留下一屋子的烟雾,他半生流浪,人世间里的有些东西他看得很淡了。

老二的宾馆赢利后,他在西安一下子买了两套房子,通过我的关系把他女儿转到一所很好的学校去读书,前边的那个女儿他送到一所技工学校学技术去了。他的老婆也住在西安帮他照顾上学的孩子,看到他的生活迈上正常的轨迹,我很是欣慰,也替他高兴。

我调到西安工作后,他来我家看我,酒足饭饱之后他一边剔着牙,一边说想和我融资。说是生意很好,陕北人都在趁着这股开发热潮炒房子,炒煤矿,炒油矿,他不炒这些,他做的是实业,开宾馆,旱涝保收。我头脑一热,极力劝说妻子,把家里的存款和姐姐、妹妹、岳母处借来的几十万钱一股脑地借给了老二做生意。

作家高建群说过,陕北的历史就演绎了两个主题,一个是饥饿,一个是战争。老天好像是公允的,在贫困线上挣扎了五千年之后,在二十世纪末期终于开启了黄土地下的百宝箱,大家发现原来这片黄土地下竟然埋藏着海量的煤炭、石油、天然气、海盐,陕北人挖一丁点的盐矿就够全非洲人吃几十年!火热的开发带火了当地的经济,昔日田家郎,今日富家子,钱来得很快。突然而至的财富让这片土地上的人晕了头,这时候他们连自己是谁都搞不清楚,更不要说地球在哪儿了。当所有的人都在疯狂的时候,我的妻子却异常清醒,她觉得把所有的鸡蛋放在一个篮子里太过危险,劝我从老二处撤回一半投资。但我不同意,我的理由除了开宾馆又不是炒煤矿不会赔本之外,还有我是男人,有自己的尊严,在家说话要有份量。这么多年这个家都由她操持,现在我有机会回报这个家,为什么中途罢手。中间妻子回过一次驼城见到和老二合作的他大姐的大儿子,她感觉非常不安,又劝我赶快撤资,我回答她,老二可以骗任何人,但绝对不会骗我。后来我家买车库,她劝我撤一半太多,撤回来十万总可以吧!我的回答是,你要相信自己的丈夫!

半年后,由于煤价大跌,煤炭业一头栽倒在地上,下跌的过程又顺带着压垮了房地产业和信贷业。经济危机首先击垮鄂尔多斯,不久就席卷榆林。和老二合作的他的外甥卖掉了可以卖的产业,卷走宾馆的业务款,跑路了!等到老二知道他占一半股份的宾馆已经被他外甥背着他转让了,跑到他大姐家讨个说法时,他大姐家早已挤满了要债的人。老二昨天还是茶楼品茶打牌的业主,今天就变成了债务缠身的负债人。破产后的老二被别人追债、起诉,被法院强行执行了一套房产,另外一套由于房产证没有到手无法执行,意外地保留了下来。我当然知道老二还有套房子,但我不能起诉,如果这套房子判给我,他的老婆女儿睡在哪里!

无法还债的老二又东躲西藏不见了踪影,我小孩考上大学,母亲住院,他都没有露面。折了钱的妻子不仅没有和我哭闹,而且连一句责备的话都没说,在她心目中爱人的自尊比几十万钱要贵重得多,虽然她这个丈夫差一点给这个家带来灭顶之灾!

后来有同学告诉我,当老二得知自己的外甥流落到江苏给别人开大货车时大醉一场,喝得天昏地暗,哭得血泪横飞。原来他认为自己的外甥才三十岁,也就是自己当年闯深圳时的年纪,如果是条汉子不认命还会爬起来,可到了最后向命运低了头、屈了腰,他的几百万真的就没有了。不知道真相前他还存有幻想,现在真相大白了,他也就什么都没有了,包括幻想。

后来又有同学告诉我,老二现在到了西安了,他大姐破产后被人追债躲到西安,在火车站摆了一个小摊挣些小钱,供养儿子丢给她的两个小孙子。小摊太小了,他大姐一个人都可以料理,不需要老二帮忙,于是老二就在附近的麻将馆陪一帮老太太打麻将,赢了他晚上可以买碗饭吃,输了就不知道晚上吃什么了。

我的生活恢复秩序之后,一天忙上班,忙上课,忙写论文,忙申报各种各样的项目。有忙完的时候偶尔也会想起老二,想起他在深圳摆摊时还在看书温习课本准备高考的情景,心想也许他明天就会敲门来找我,也许永远不会来了。

榆林的作家们

我像关注自己的父兄一般地关注着榆林的作家们。谁又出专集了，谁住院去做胆结石手术了，谁的散文又发在哪儿了。正如深爱着自己的老师又不敢表示的女学生一样，我心里执着地惦记着这群"受苦人"。

龙云

龙云在做官前曾是我的老师，现在他的名气大得榆林都住不了，跑到了西安。但我固执地认为他还是一位老师。他的课用时髦的一句话来说讲得真是酷毙了。记得讲文学风格中的"阴柔"时，他用"江南的小雨下得又细又长，好像可以用一双筷子捞起来吃的粉丝一样"一例来说明。时光悠悠，我早已记不得"阴柔"的定义了，可这"粉丝"却永生难忘。深厚的知识积累，对学科的居高临下的俯视，使得他的课堂活力四射，才情飞扬。

他的文章写得很细、很柔，他写散文、写小说、写评论、写报告文学，还有很庞大的科研论文，但我最爱读他的散文。他的文章从《榆林日报》一直写到《人民日报》，字里行间总能读出一颗敏感而炽热的心肠。

现在他做官了，听说还要做更大的官，而我心里却有说不出的难过，榆林好不容易培养出这么一个作家，却又把他送上另途,我真不知道他那颗敏感的心能否承受得了那方天地里的春夏秋冬。

沙人

沙人的真名叫崔建忠,是《陕北》的主编。一次和妻子去作协送稿子出来之后,她诧异:"现在还有这样的人?"他的办公室简单得仿佛吃大锅饭时代的农户,一把竹椅一张桌,一张床上堆压着发黄的报纸杂志。我想路遥在创作《平凡的世界》之前翻阅的就是这些东西吧!赶在他把我的名字写在登记册上,我才发现沙人写得一手好字,他的那手漂亮而清秀的钢笔字给我留下深刻印象!

沙人说话慢条斯理,个子瘦瘦高高。可他偏偏留着大胡子,这就使得他在清秀之中有那么一种冷峻的热烈。记得"普惠杯"颁奖宴会上,喝红了的塞北引吭高歌,喝高了的沙人翩翩起舞,在他跳过我的桌旁时,我竟然在他翻转的双手上读到杨丽萍《雀之灵》的神韵,这也许就是他的文章老是有股轻灵、隽永味道的原因吧!

王青春

在我做文学青年时王青春曾给我们做过一次文学讲座,开头时他说自己是学理工科的讲不了文学,可到了后来却把台下的大学生讲得如痴如醉。后来在报上读了他的散文,才知道他开刀住院了,才知道他对文学追求得那么苦、那么累、那么痴。圈内人都说他的职业很好,也不缺钱花,可他偏偏自寻烦恼,热爱上了文学。王青春矮而瘦的躯壳里蕴藏着巨大的热情,他总希望能写出榆林,写向全国,为了这一目的情愿燃烧完自己的一切。

　　榆林的作家们一如他们的头儿牧笛，干而瘦。我知道这是因为他们过度付出、过度劳累的结果。正如陕军东征时为这个时代留下丰厚的精神财富一样，榆林的作家们一如不嫌母丑的赤子，为榆林的父老乡亲创造出甘甜的精神食粮，使得苦熬岁月物质生活本已贫瘠的父老乡亲在精神上不再贫瘠。他们也许为复兴陕北的人们奉献的不是黄金大饼，而是黄米馍馍，但人们不嫌弃，食之如酪，毕竟他们没让榆林的文化荒漠、文坛沙化，他们是开拓者，更是守望者。

　　榆林的作家们，我敬重你们，也深爱着你们。

白杨树下的爱情

　　一九九五年,我大学毕业被分配到榆林师范专科学校。这是陕北靠近毛乌素沙漠边上唯一的一所大学,我在那儿一边教书,一边兼职做行政。

　　我们新进的老师资历浅,分不到房子住,就住在校园里叫做"排"的单身宿舍里。我住在五排楼上的薄壳里,宿舍外边有一颗直插云天的白杨树,在沙漠里能长出这么大的树,是很令人惊奇的。我今天要讲的故事就发生在这棵白杨树下。

　　那年和我一同进校的还有一批来自关中道的特殊学生,他们就是民教班的学员。所谓民教班学员其实就是农村中小学的民请教师。西部农村民请教师是一个提起来让人倍感凄凉而又心酸的群体,他们一般任职年限很长,薪水低到聊胜于无,但他们又极坚强,特别能坚持。他们之所以几十年如一日不离不弃,除了事业心,矢志农村教育之外,还有一种文化身份的认同和追求,正是这些认同与追求才使得他们能如此顽强地坚持下来。

　　后来国家有了新政策,任教达到一定年限而且业务精良的民请教师经过考试之后可以进入师范院校学习,学习期满取得毕业证之后就可以转成国家公办教师,于是就有了和我一同进校的这批民教班学员。

　　民教班的学员和统招学生的区别非常明显,除了年龄上的差别,还有就是他们的生活很节俭。他们从不倾倒饭菜,不乱花钱,偶尔喝酒也是白酒配花生米。他们穿很旧的衣服但洗得极干净。但有一点是和统招生一样的,那就是发自内心的喜悦、自信和乐观,他们也是大学生,毕业之后也有固定而体面的工作,只不过是迟到了若干年而已。

榆林师范专科学校是中国高等教育史上非常有个性的一所大学。陕北曾经为中国革命的胜利做出过巨大的牺牲和贡献,作为回报,当时的政务院想在榆林开办一所大学,以开启民智,培养人才,开发陕北。省上当时委派大儒丁子文先生考察校址,先生果然不负重托,不久就找到一块风水宝地,那就是绥德四十里铺丁家沟,先生的家乡。国家很快就同意了这个提议,王震将军还跑到绥德亲自接见丁子文,鼓励他尽快建成这所离城市最远离农村最近的大学。

这所由窑洞组成的大学,人们有着极强的乐观主义精神。在师资弱、图书少,没有电化教学设施的情况下,建设者们在尽力播种大学的文化基因,可这是在四十里铺凤英的故乡,陕北民歌里的情爱基因让爱情之花处处盛开,后来这所大学迁移到毛乌素沙漠里的榆林,爱情之花依然娇艳盛开。

进校不久,民教班的学员也开始发生变化,他们竟然也开始谈恋爱了,并且是不管不顾、一往无前的那种架势。要知道他们都是成年人,在关中老家都是有家有室的。但这个时候他们连自己是谁都不知道,还能知道老家的那个人是谁!

普招的那些大学生谈恋爱都是很浅的那种,撒个娇、牵个手、接个吻什么的;而民教班的那些学员谈恋爱是很深的那种,明目张胆地在一起,一块买菜,一块做饭。不久就发生大事了。

一次我感冒去学校旁边的诊所挂水，邻床有一对民教班的恋人，那个女的刚刚为那个男的拿掉一个孩子，也来挂水。他们谈论的不是那个刚刚被拿掉的孩子，而是那个女生的一封家书。那个男生正给自己的情人念女生老家丈夫写来的家信，信的内容非常丰富，除了丈夫对妻子的刻骨思念，还有家里麦子快要黄了，准备开镰收割；但丈夫告诉妻子不要请假回家，免得耽误学业，机会难得，一定要多学点；此外，就是村里人对他的无限羡慕，一个农民娶了一个女教师，并且是一个就要吃上皇粮的女教师。

他们的床头不像我们这些病人的床头，有苹果、奶粉、热水瓶，他们的床头除了装信的信封，就是读完书信之后的平静、沉默。不久他们又谈起各自的家、麦子和孩子，"我们这个孩子生下来其实是不会受太多的苦的"，那个女学员最后流着泪说道。

热烈的夏季很快就过去了，寒冷的冬季直接跳过秋季扑向塞北大地，于是塞外黄叶漫天，遍地金黄。这批学员的理论课很快就学完了，接下来就是实践。说是实践其实就是毕业，他们不需要再回校园了，实践一结束，毕业证就会直接邮回他们的教育局，他们美好而快乐的大学生涯就此结束了。于是学校给他们包了一辆大轿车送他们回家。

他们走的那天早晨，我还在梦中，隐隐听得窗外有女人极压抑的哭声，我爬起来一看，却见之前医院挂水的那个女学员正抱着那棵白杨树痛哭，嘴里不停地说："你这个没良心的。"从同学们的劝解声中我终于明白，她那个男朋友说好了来送她一程的，谁知前一天卷了铺盖不辞而别了。

我现在还记得当时那个场景，那个女学员死死地抱住那棵白杨树不撒手,她的同学掰开一只手拉她上车,她的另一只手又死死地抠住树皮不松手,等到同学们把她的另一只手掰开,她的那一只手又粘上去了,如此循环,几个轮回之后,女同学们都放弃了努力,干脆集体抱住白杨树放声哭了起来。她们当然知道这个同学的心事,也懂得她的伤感;她们都不愿意离开这所让她们脱离苦海的伊甸园,她们刚刚获得了自由、爱情,却又要让这金子般美好的事物瞬间消失。她们不愿意回到从前,也不愿意赶趁未来,她们宁愿活在当下。最后那辆车载着她们酸楚的心事绝尘而去了,但那哀怨的哭泣还留在我的耳边,留在白杨树下,久久不能散去。

没过多久,学校的家属楼建好了,我也就搬离了白杨树荫里的薄壳房,在一地鸡毛的生活里奔波忙碌,偶尔路过白杨树的时候,也会抬头看看,会站在树荫里发会儿呆,会想起那个树下的爱情和伤心的哭泣。

后来,学校要升本了,要建大学,要起高楼,把那棵白杨树给拔掉了。再后来,榆林都成了全世界有名的治理沙漠的明星城市了,连沙漠都没有了。再后来,我也离开了陕北,迁徙到了关中道就食,但那沙漠,那些事、那些泪,还有那棵老白杨,都没忘,都还在,都留在我的心上。

开　车

2004年，我在榆林学开车。驾校的教练姓张，我们称他张师。张师爱抽烟、打牌，还爱吃羊肉，我们这些学员就投其所好，陪他打牌，打完牌还陪他下馆子熬羊肉，还有学员每天带一包好烟给师傅，因此，张师非常感慨地说，自从带了我们这批学员，他的生活水准提高了不少。

那个年代是榆林经济发展的黄金时代，这座位于陕西最北端的城市被称为中国的科威特，是中国的能源之都，它一个市的生产总值可以抵得过陕西最南边的三个市。除了西藏人、台湾人，中国其他省份的人都跑来淘金。陕西县城国土面积最大的神木县竟然实行了全民免费医疗、免费教育，有的学者欣喜地撰文惊呼"共产主义的曙光从陕北大地冉冉升起"，还有的学者干脆鼓励榆林不要认为自己是陕西的一个市，而要认为自己是北京的一个区，因为它距离北京更近。有钱了，人的生活方式就很有意味。在一般的驾校里，学员们是十分珍惜上车的机会，一台车，一批人，能轮得上谁舍得放弃实践操作的机会，可我们不一样，教练会指定其中学得较快的一名学员做教练，而教练自己和我们打牌打得昏天黑地，轮到我们上车了，我们也会说下一次吧，你们先练。那些学员乐得我们堕落，一次他们竟然偷偷地把车开到大路上去练习，回来的时候都很兴奋，一群没有驾照的家伙，把车开出去，还开回来，竟然没有被发现。

终于要考试了，我们才觉得自己什么都没有学到手，开始慌张起来。张师开始还安慰我们，说大学老师脑子够用着呢，一学就会。可到后来他看到我们没他想的那么聪明，就只能给我们开小灶，恶补落下的功课。最后上路考试，我们在张师的帮助下勉勉强强地及格过关，很幸运地拿到了驾照。

出来混迟早是要还的。底气不足的自己肯定是不敢开车的，要出去也是蹭妻子的车。有一次回家给爷爷上坟，老乡看见大惊："女人开车男人坐！"让我很没面子。没有驾照之前，我还是一个正常人，有了驾照自己反而连路都不会走了，有车过来了，我会很自觉地把路让开，如果在巷子里，我会早早地把自己贴在墙上，伺候这些大爷过去，我才把自己揭下来，小心地行走。想一想，连我这样的人都有一本驾照，怎敢肯定车里的那些家伙不是混出来的，不退让还和他争高论低不是自找苦吃！

榆林是个小地方，不开车也不会太大地影响自己的生活，可后来到了西安就麻烦了。单位离家极其遥远，一旦错过校车就是一个教学事故，有课的前一天人就心不安，胆不正，害怕的不是自己讲不好课，而是到不了校。睡梦里老是找不到教室，想打电话问问教秘教室在哪，电话又拉在家里了，上课铃响了还是找不到，急得满头大汗，急醒了，看看表，还是午夜。这时也想自己开车去上班，可想想那本驾照的来历，自己首先就泄了气，还是老老实实地坐校车安全点。于是在长达五年的时间里，我从早上六点十分起床，赶第一趟公交去坐校车，其他季节还好说，特别是冬天，六点天还是漆黑一片，小区的门还没有开，打扫卫生的人还在睡觉，"嗟余听鼓应官去，走马兰台类转蓬",心里很是凄凉。

时间到了 2016 年,命运把我推到学院院长的位子上去了,我得天天上班理事。自己实在辛苦得不行了,重新报了个班,高价请了一个姓盖的师傅,一对一地教我开车,科目有变道,侧位停车,倒库,雨天行驶,小巷行走,三环行驶,高速上路。我一一记取,用心实践,特别是"让速不让道",让我受益匪浅,师傅说:"你不是不让道,你是无道可让,"如同禅理,让我顿觉开车也是一种修行,一门哲学。

上路后,我开得很小心,遇到交警就像偷情的女孩遇到情人的原配,提心吊胆。遇到红绿灯,更是紧张到心脏骤停,屏声敛气。有一次在一条建材市场上行驶,左边是双黄线,我不敢压,右边是一行大卡车我不敢靠,就肉肉地龟行,后边的司机拼命地鸣笛让我让道,我记得师傅的救命真言:让速不让道!我开得很慢,心想你有种你超车好了,可我占着车道他就超不过去。后来终于行驶完那条建材街,他超过我时,摇下玻璃窗,狠命地骂了我两句,然后一踩油门绝尘而去。我也被激怒,想停车下去打一架,可路中间无法停靠,只能看着他一溜烟地钻进一个小区的大门不见了踪影。那天我的心情坏极了,一路难过,回到家越想越不是滋味,一个大男人连个车都开不好,让人辱骂,自己是不是没有能力生存在这个弱肉强食的世界! 这时我又想起自己在榆林学车的事情,佛家老讲因果报应,其实因果报应不是你过去干了坏事过了一段时间别人也干一件坏事让你经历,因果报应是过去你给自己挖的坑都得自己过后一个一个地填充抹平,有时是一段时间,有时是一生一世。有人能在人世一路向前不回头,是他每次做事几乎都是一次而成;而有人老是在路上踟蹰不前,是因为他老在为自己过去的错误做弥补。

还有几次经历也让我终生难忘。一次是在等红灯，恰好一个电话进来，说是我托的事已经办好了，我一高兴脚一松，咚的一声，追到前边一辆车的屁股上，贴了一堆好话不行，最后掏出了两百大钞才被放行。第二次也是在一个红绿灯口，一个骑自行车的人闯红灯倒在我车的右侧，我一看把人撞倒了，吓得赶紧靠边问询，最后掏空了钱包里所有的钱，那个人才起身离开。我上了车才觉得有些不对头，返回去想让他留个字据，谁知路口的环卫工告诉我，那是个碰瓷的，每周都会来，我一听心里很不是滋味，干脆坐了下来，和环卫大叔要了一支烟吸了起来。唉，在大都市行走真是很难啊，怎会有种职业叫碰瓷！一个人怎能处心积虑地谋害自己的同类呢！行路难，多歧路，今安在！

现在我终于顺畅地开车上下班了，启动时我就会想起小时候看《西游记》的一些场景，有些大仙会骑一头狮子，有的神仙会骑一头老虎，云游四方、访仙问道。我的坐骑是福克斯，驾驭得好就是辆车，载你到想去的地方，驾驭得不好就是一只虎，伤人累己。所以每天启动的那一刻，我都想一遍这个道理，小心翼翼地挂挡，颇费思量地上路。小心总是好的！即使这样，我还是想再过些时日，等我不做行政了，不用天天去上班了，就不开车了，坐在大巴上还是稳一些，人多的地方心理上也安全，一个人独自上路，操心太多，太累了。

佛　　示

　　我不是佛门弟子，可我喜闻晨钟暮鼓、木鱼声声；喜阅佛典里能让灵魂抵达智慧之巅的精致哲思；更痴迷于大德高僧修成正果后身上携带的那种渗入骨髓的超然和宁静。佛不弃我，让我有幸在尘世岁月的河流渡口见过佛光，给生命以温暖的底色；佛也佑我，让我在灵魂消歇之时偶得佛示，在焦苦的人世觅得清闲和逃脱庸常的法门，佛启我以智慧，示我以开明。

　　我最早感触佛教是在五台山。五台山顾名思义，有许多山峰、山台。我忘记了那天我登临的是哪座山台，下山时我看到了终生难以忘怀的一幕。在半山腰我和一队上山朝拜的居士不期而遇，这些居士是清一色的老年妇女，她们一步一个长头朝着山顶行走。我看到有的老人跪得时间太久脸上和头发上全是尘土，有的人已经叩破头皮，每叩一个头，起身的那一刻在石台上留下鲜红的血印，让人心惊胆战。可细细端详这些年长的老者，她们面容静穆，神态安详，虽然头破血流，依然一往无前。她们这样执着，是为了到达山顶后，证明她们曾经的修为和到达的高度，就像一个泳者横渡一个海峡之后一样，他就多了一个与众不同的身份。多少年过去了，五台山信众留在台阶上的血痕还深深地刻烙在我的记忆深处，这些鲜红的印记明确地显示了佛修的艰苦卓绝。

与五台山上和信众不期而遇的经历不同，朝拜文屏山却是我的主动选择。在那里我第一次比较全面地接触到"人间佛教"。我岳母晚年因一些家事不太顺心，内心非常倦累，便开始一心向佛，听说文屏山有大师，遂让我陪她前往。文屏山在陕北文化的腹地米脂县的城郊，像许多寺庙要穿走长长的台阶，拾级而上才能到达一样，要到文屏山也要走很长的路。离家的时候，岳母买了一大桶油，一大袋馒头，大米什么的。我是个大胖子，空手爬山都喘得要命，何况拿这么多东西。虽然路途遥远，疲累万分，可一旦到达了，却有许多惊喜。这里的任何一个人见了你都十分友善，双手合十，礼唱阿弥陀佛！除了二楼上一间正房供奉佛陀金身之外，其余的房间堆满了经书和磁带。让我喜出望外的是竟然有一个柜子里边全是全国名山大川著名佛寺的唱佛光碟！这儿的房间都非常干净，厨房里更是一尘不染。厨房的地上全是各地居士带来的他们自己栽种的大南瓜、长豆角，自己磨出的香油白面，自己做的手工大馒头、长面条。大家都轻轻地放下，默默地干活。

文屏山的创办者是一个居士，姓郭，他上山来洗心的时候是主持，这儿是可以安心的干净地；他下山，在尘世里做裁缝，一边讨生活，一边做衣服为世人遮风雨。他就这样游走在山上山下，在尘世里做佛事，在苦海里寻净土，中国士人的宗教精神便在他身上开枝散叶。我见他的时候，他穿一双布口鞋，蓝色的裤子，黄色的上衣，头发短短的，像邻居大哥，可他开口布道的时候，又是那么通透、智慧，有着极好的嗓音，自带气场，犹如讲台上的老师。在山上礼完佛后，他把落在院子里的树叶轻轻捡走，没有声响地下山给人缝衣，给妻子熬药去了。和山上的居士交流多了，才知道，他们的主持命运苦得很，可他还是创办了文屏山,从而让更多心苦的人有个灵魂的庇护所。文屏山人的生活很有意味,擀面的大婶身轻如燕,薄薄的面叶飞出手掌的那一刻,她会唱一句阿弥陀佛;拉风箱的大爷把箱杆送回去的那一秒也会唱一句阿弥陀佛;扫院子的老者远远地看到你,就站立下礼佛阿弥陀佛,整个山上弥漫着一种祥和、宁静,梵音袅袅,佛号阵阵,虽是人世,更类莲台。文屏山的经历,让我觉得佛并没有远离人间,他就在你身边,擀面、烧火、拾柴,扫院,裁衣时,一声佛号,就有佛光梵音,就能安身洗心。

　　九六年的暑假,我和同事结伴到湖北开会,会后有人去了神农架,我却去了别处一条线路。我到现在都回忆不起我参观的那座寺庙的名字,只记得到了景点大家都不愿下车,嫌这个景点太小,又没有名气,赖在车上睡觉。平时嗜睡如命的我,那天却神清气爽,跟着导游下车进入寺庙参观。买了门票来到大殿之后,导游问我,你知道佛像面前为什么总是供奉着鲜花和苹果。那个导游圆圆的、胖胖的,由于只有我一个人给她捧场,她讲解极认真,极细致。我不能欺骗她,更不能在佛前打诳语,老实地摇了摇头说:"我不知道!"姑娘轻启丹唇,口吐幽兰:"只有开花才能结果!"那一刻灵光一现,我醍醐灌顶,立即顿悟。我明白了此前我的生命,也明白了此刻的我为什么在此,更明白了以后我的命运。返回的路上,我灵魂出窍,身轻如燕,若有所思,一路无语,直到回家。

　　神农架之旅是我人生非常重要的一次出行,是我人生第一次真正意义上的禅修。有一则公案常常萦绕心头,香严大师参禅悟道时无法回答灵佑禅师提出的问题,一次大师在房后的竹林锄地,锄头刨出一块瓦片,他俯身拾起瓦片信手扔了出去，瓦片离手后恰巧击中一株竹子，声音清脆悦耳，犹如天籁，他愣了一下，立即开悟。神农架之行犹如大师田园锄地，石击竹响，成就了我的佛学观、奋斗观。

青藏铁路快要修好的那个夏天，我去了一趟西藏，那是我心仪的圣地。我并不是去旅游，而是去告别。这个夏天过去后，我就要告别养育了我几十年的陕北大地，要到关中大地去求学问道。我需要一个仪式，所以就去了西藏。我想告诉雪域高原上的飞鹰，这个夏季是我生命的一个分水岭，此后我要告别自己的世俗生活，要去学习如何让自己的灵魂自由地飞翔。我知道我不仅仅是需要西藏，我更需要信仰。

我喜欢佛教，喜欢充满智慧的佛典，也喜欢佛学里边的清凉，但我更喜欢佛家对信仰的追求。只有开花才可以结果，乘着信仰的翅膀参阅佛典，振翅飞翔，在起飞的时候，可以看到花蕊里的青果，人生的全部喜悦和感动，全在那一刻。

榆林·榆林

　　榆林在辽阔的蒙古大草原的南部、雄浑的陕北高原的北部。这儿是信天游的海洋，也是普惠美酒的故乡。这儿有天下最多情、最敢爱的女子，也有世界上最仗义、最敢恨的汉子。这是一片非常大气而又非常神奇的土地。

　　没有人能说得清楚榆林这位天之骄子的历史。有人在海外的文物市场上看到许多精美的画像石，追问之下才知道出自汉代陕北米脂的地下，现在这些追回来的宝贝物归原主，安放在银州的盘龙山上，可榆林的历史远远超出了现代人的想象。震惊中外的石峁遗址里捡起的玉笛依旧能吹奏出四千三百年前麟州先民开疆拓土时的万丈豪迈；鬼方城头精美的祭祀台隐隐约约飘荡着三千多年前宽州祖先祭祀天地时的冲天豪气；帝王们的带头大哥嬴政的秦直道一直开到上郡城北，顺着大道走来的大公子扶苏到现在都在名州的书院伴着学子描画着两千四百年前的大漠孤烟；汉代霍去病横扫匈奴勒石纪功回返长安时应曾见过驼城榆树成荫、风吹草低见牛羊的美丽风光；赫连勃勃修建的统万城在红柳河边上矗立了一千六百年了依然迎风送雨、巍峨不倒；被佘赛花俘虏去的杨继业成亲时仅仅二十多岁，而他们的爱情故事展开的背景在公元一千多年前；闻名遐迩的九边重镇镇北台修建于明代洪武年间；康熙帝征格尔丹路过榆林题过"清香白玉板，红嘴绿鹦哥"，是写给榆林豆腐的,那块榆林豆腐也有几百年的历史了。在世人的眼里榆林是贫瘠的、土色的,谁知它也曾是上天的宠儿,皇家的公主。榆林是一个有历史的地方,也是一个有故事的地方。

榆林是信天游的海洋。在语言学家的眼里榆林是研究方言的天堂,一个地区十二个县就有十二种方言,一个南边的小伙娶了北边的姑娘,双方的父母交流还得儿女们翻译,可在榆林流行一种语言却不需要翻译,全世界都能听懂,那就是信天游。信天游是榆林人的文化身份,是榆林人的文学史,更是榆林人的哲学思考。"你晓得天下黄河几十几道弯,几十几道弯上几十几艘船,几十几艘船上几十几根杆,几十几个艄公把船搬!"这是榆林人的天问,是榆林人在探究天人合一的边界。"这么长的辫子够不上个天,这么美的妹子见不上个面。"什么叫胆大包天,什么叫天上地下,什么叫命运,什么叫无奈,答案全在里边。不管是太空里的信天游,还是新加坡大剧院里的陕北民歌,这种艺术是世界的,也是宇宙的。没有一个民族不在追问自己的由来,没有一个民族不在进行哲学的思考,只要还有苦难,还有流浪,还有孤独,还有爱的不自由,信天游就会洞穿人类内心最脆弱的地方,就会顺天而行,信天而游,与天同在。

榆林是美酒的故乡。酒美是因为水美。很难想象在毛乌素沙漠里能有那么甘甜、清冽的普惠泉水,也很难想象在毛乌素沙漠里能种出那么脂厚味淳的稻米,所以也很难想象榆林能酿出那么甘醇的纯粮食酿造的普惠美酒、芦河王、麟州坊、闯府家宴。榆林的天空里飘逸着浓浓的酒香味,榆林湛蓝的天一年四季是醉着的。我总觉得榆林人是上天的遗腹子,总觉得他们好像要回乡却觅不得路,所以格外地忧伤,格外地孤独,为了解忧,只有喝酒。榆林人的善饮名声在外。孩子出生了要喝,老人去世了也要喝;朋友来了要喝,朋友告别时也要喝;高兴时要喝,忧愁时也要喝。饮酒是榆林人生活的内容、表达情感的方式,是生活在这方土地上的族民对农牧生活的依恋,也是生活在这方土地上的族民对上古民风的回味,更是对浇薄世风的一种抵御。榆林人嗜酒,是想借助酒的力量回到人类童年时的状态,淳朴、可爱,没有心思、没有忧愁。榆林的酒美,可更美的却是生活在这片土地上的人儿!

在榆林有天下最痴情的女子,她们是这个世界上最敢爱的人儿。世人常传颂不已的佳话米脂的婆姨,不仅仅是指她们有貂蝉一般的花容月貌,更多的是指她们内心深处的一种力量,一种境界,一种情怀。榆林女子的性格里充盈的是女性的良善,更充盈的是佛家的慈悲,她们经天纬地,敢在殖民时代的澳门升国旗,能设计国家纪念堂。她们行走天下,和男子一样看重自身,寻觅真知,成就了中华民族文化基因里一种伟岸的奇女子文化。世上漂亮的女子千千万,有那么多的女子并不能主宰自己的命运,反而做了命运的奴仆,低眉顺眼,委曲求全。榆林的女子不仅仅能主宰自己的命运,还能主宰夫家的命运,更能影响时代风气,活得英气逼人,浩气长存。哪怕是一个不识字的女子,为了实现丈夫的遗愿,可以逼退狂沙,让沙漠变成绿洲,登上联合国的讲坛,用浓浓的乡音讲述陕北女性版的愚公移山。她们是陕北的,也是中国的,更是世界的。她们的格局,她们的气魄,她们的智慧,她们的成就,何止让许多男子难以望其项背!她们的气度已是一个内心觉醒后不屈族群的象征,一个求上进族群的精神源泉和精神动力。

她们把自己活成母亲希望的模样，也活成丈夫期待的模样，更活成民族、时代期待的模样，导气达义，意气风发，站在时代的巨轮，一路浩歌向天涯，怎能不美，怎能不大！究其原因，都是为了一个爱呀！

在榆林还生活着世上最义气、最敢恨的汉子。米脂婆姨绥德汉，叙述得不是吕布爱貂蝉那么老套的故事，而是榆林汉子骨子里的侠肝义胆、侠骨柔肠、豪气冲天的家国情怀。明朝的后期，朝廷和北边的鞑子的关系紧张到只有通过战争才能解决的程度。在北方九边重镇里其他镇子老是吃败仗，只有镇北台从不失守，打得鞑子老老实实地用马匹到镇北台换盐巴吃。在明朝后期，宣大总督、兵部尚书王继谟这个榆林汉子在北京殊死抵抗他的老乡李自成的进攻，结果连头和手臂都被砍掉了，死得极其惨烈。后来的满族皇帝感其忠义赐金首银臂，奖以全身回乡归葬。出殡那天，十八具棺材同时向四面八方运灵，一个男人的死何其哀荣，何其义薄云天。榆林的男人能打是出了名的，一个宽州城就为共和国贡献了上千的烈士，马放南山后，共和国的大将军专门来祭拜英灵，感慨之余，在县城竖起的大石碑上大书了三个字"传奇县"。榆林的土地到今天还是热的，全是这群汉子用热血浇灌的原因。

榆林有着世界上最美的夕阳。榆林的夕阳凄美、有神、有情，守候着塞北那方安静的土地，也守候着那方土地上人们宁静的心灵。榆林的沙漠里，大大小小的湖泊，星罗棋布，长长短短的河流，纵横交错，吸收了沙漠中河湖水的灵气，榆林的夕阳就有了动人心魄的神韵；榆林曾经战火遍地、金戈铁马，长时间驻守在这片土上的夕阳，阅尽人世沧桑、尝遍世态炎凉，对这片土地也就有了感情，榆林的夕阳不像阳关外戈壁滩上的夕阳严酷，也不像西藏的夕阳一片冰凉，榆林的夕阳竟然有了一种柔情，它挂在榆林人的窗外，也挂在榆林人的心田，成了榆林人永恒的乡愁，永恒的牵挂。和夕阳相连，在榆林这片广袤的大地上也有着世界上最深沉的黄昏，别的地方的黄昏是从天上降临在一个城市、一个村庄，榆林的黄昏是从地上升起来的，漫天漫地，拖着天上的晓月四处流浪，边塞沙海里如血的夕阳余晖脉脉却又坚韧如钢，犹如月光下的榆林大地。

榆林更有自己种出来的春天。昔日的榆林四季不明，天地不清，没有春天。榆林的风是很厉害的，风吹过枯柳会发出笛鸣般的声响，榆林城曾经被沙尘暴追得到处乱跑，放羊的小孩不小心就会被大风刮到内蒙古。榆林刮风的时间也曾很长，一场黄风年头吹到年尾。没有春天的驼城给人一种苦涩而又荒凉的感觉。榆林的春天不像别的地儿的春天，是天生的，榆林的春天是后天的，是榆林人自己种出来的。榆林人不想自己的后代生活在一个没有春天的地方，开始认真地谋划在沙漠里种植春天。榆林人是很有韧劲的，认准的事就会九牛不回头，他们很执拗地在沙漠里播种绿色，把绿色向北拓展了四百公里，随着绿色的延展，春天也就应时而生。有了春天，榆林也就有了夏和秋冬，有了分明的四季，有了绿油油的水稻，有了横着走的螃蟹，有了往水外跳跃的肥鱼，有了希望，有了未来。榆林人硬是把江南搬到了塞北。

在榆林生活的感觉就是幸福。在榆林生活最柔美的记忆就是赤脚走在沙漠时内心感觉到的那种透彻心肺的安详和自在、赤诚和自然、悠闲和自得，就像一个小人儿埋头母怀吮乳时的那种自足、幸福、安详。榆林让人印象最深刻的就是榆林人发自骨子里的那种自由、无碍和天性里的浪漫。在榆林生活,天空永远是蓝的,云彩永远是白的,天地永远是开阔而高远的,时光永远是慢性的,不要害怕丢掉你的灵魂。榆林这方土地上的自由是天生的,不老的,也是活泼的。

圣人布道此处偏遗漏。榆林是化外之地,天性之地,也是风流之地。榆林是北方中国的桃花源,要想成仙,就到榆林去。

第三辑

长安问道

我的人生导师

人生路长,可关键处就那么几步。非常幸运的是在我人生的每个关键时段都能遇到命运的引导者,他们不仅陪我走过一段美好而又难忘的人生旅途,还送我登上开往下一个驿站的人生旅车。回望来时路,我很感激生命中的这些人生导师,是他们的引领让我从乡村一步一步地走到都市,看到了大山之外的世界;是他们的教诲,让我在学术的圣殿里不断丰富自己的精神世界;是他们给了我一双翅膀,让我尝试灵魂的飞翔。

惠臣义

我的人生履历当中,有一段黄连般的苦涩岁月,这段岁月特别漫长,特别忧伤,那就是我的补习生涯。它几乎覆盖了我所有的青春时光,填塞了我所有的青春记忆空间,除了痛苦很难有别的滋味。

当下这个时代补习生已经非常稀罕了,百分之七八十的升学率,可以把一个平

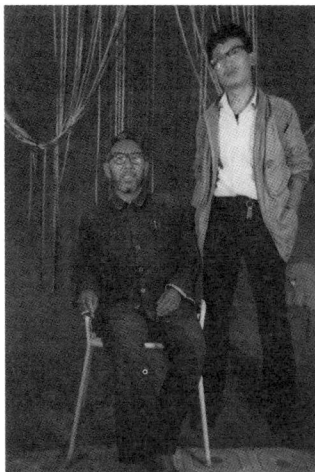

1991年与惠臣义老师在小城清涧

均考三四十分的学生送进大学,而在我的中学时代,高考录取率才是百分之二十几!并且那时候还有严酷的预选制度,就是在高考之前,先进行一次预考,刷掉一半以上的学生,预选不上的学生上了三年高中连高考的机会都没有,那个竞争真叫惨烈啊!

命运的可笑就在于我的成绩常在预选分之上高考录取分之下,给你希望但不会让你实现,这中间的行走就叫奋斗。

怀揣着不息的理想,背负着家族的希望,补习生们年复一年地重复着单调而枯燥的生活,他们普遍的心理就是自卑,最担心的事就是失败,最害怕的事就是见熟人。就在这样艰难的岁月里,我遇见了我人生第一个导师惠臣义先生。

惠老师毕业于榆林师专中文系,大学毕业后就回到清涧中学这座瘦小县城的最高学府教书。由于教学成绩出色,他一直是县城中学重点班的班主任和语文老师。惠老师蓄一脸类似马克思一样的络腮胡,大背头,指头永远夹着细长的黑色烟卷,自燃的烟灰长长地悬在烟头上面,松松的但就是掉不下来,很让人担心的样子。他永远穿一件蓝色的中山装,不常洗,有油光泛出。惠老师对学生极好,特别是农村来的学生,他更加关注。学校之所以办补习班,一则是补习班的升学率要高于普通班,二则补习班可以收费。好多农村来的补习学生交不起费用,惠老师就会缠着校长减免这些学生的学费,求不下来他就用自己的工资垫补,自己的工资不够用了,他就把自己的宿舍空出来,让这些学生免费住宿。他不仅管家庭困难学生的住宿,也管这些同学的伙食,他家三个孩子,就他一个人挣工资,师娘就在校园卖饭挣些钱贴补家用,师娘和惠老师一样善良,她卖的饭一份一元钱,可贫困孩子给五毛钱她也给打一份。

惠老师的课讲得出神入化,让他的学生终生难忘。他讲课从来不带教案,只是在上衣口袋里装一本课本,课本也常常是不往外掏。惠老师上课时从衣兜里掏一支粉笔出来,不一会黑板上蝇头小楷跃然其上。他讲《在马克思墓前的讲话》,讲到"他也许有许多敌人,但没有一个是私敌"的时候,额头微微前倾,轻轻点头,如燕子饮水。他讲《林教头风雪山神庙》,对林冲内心的把握极其到位,让人感觉到他就是林冲转世。他讲柳永的《雨霖铃》时,极其温婉,他会讲到自己游学时从北京徒步返回陕西,路过山西时为了省钱,就从野地捡些谷物,然后用清水把庙上的瓦片洗净,把水和谷物放在其中,扣好之后用泥封住,然后用火烤熟充饥。他用自己的阅历比拟柳永心胸中的天涯沦落,讲着讲着会有泪光闪烁,害怕学生笑话,他会转身以袖拂拭。

在我的求学经历中我遇到过许多好老师,但很少有像惠臣义那样的老师,以自己的生活经历为背景,用自己的生活智慧为教材,把学生视为自己的全部,用心教学,用爱生活,用灵魂和学生对话,身为师父,实如慈母。

1991年高考预选我的成绩相当不错,班上的一个男同学就找到我,想让我在考场上帮他的忙,我一时拿不定主意就去找惠老师,他静静地抽着烟,什么话也没说。等我拿到准考证才知道我和那个男生没有排到一块,原来他怕我受到影响就有意把我俩差开。过后我才知道那个男同学也复读了几年,并且是他昔日同学的儿子。

这一年命运之神终于向我露出了微笑,在苦苦熬盼了三年之后,神圣的大学殿堂终于向我敞开了大门。我兴奋地赶到县城向老师道别，并请他合影留念。在照相馆的镜子前他把头发梳得整整齐齐，把风纪扣扣到最高，他坐在我为他搬的椅子上，我立在后面，摄下了我俩的第一张也是最后一张照片。我俩在街上分手后，看着初秋黄昏里他那被风吹乱的长发愈飘愈远，愈飘愈稀，我才知道我真的就要告别培养自己多年的恩师了，就要把他一个人孤独地撇在这个满是风尘的小城，我真的要告别我们一块度过的那段漫长的时光了。想起这些又让我回忆起他讲课时那高亢顿挫的声音，回想起他把裤腿卷得高高的打着拍和我们高谈阔论的情景，那么让人倍感亲切，又那么让人抚昔心碎。

在惠臣义老师身边生活学习的1000多个日日夜夜，我会一生铭记，是他的鼓励让我坚强，是他的关怀让我温暖，是他把我送进神圣的大学殿堂。可惜天不假年，他过早地离开人世，我无法报师恩于万一，但他对教学的爱，对学生的爱，对生命的爱，鼓励着我不管世道如何艰辛，都不会放弃自己的追求。惠老师用他的慈爱、学识、人格在我心目中站成一棵永不凋零的松柏，只要我活着，他就永远不会离开。

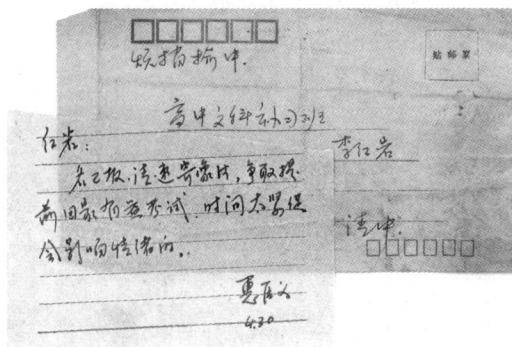

惠臣义老师的手迹

贺智利

1991年,复读了三年之后,我终于收到了榆林师范专科学校的大学录取通知书。开学报到的第一天,我见到了我大学时代的第一个班主任贺智利老师。

贺老师是我们的同龄人,他的求学经历很富有传奇色彩。他初中毕业后考到了榆林师范学校读中师,由于学习成绩优秀被保送到榆林师范专科学校读专科,又

1993年贺老师(右一)和班长张伶俐送我去延安大学读本科

因为学习成绩优秀被保送到陕西师范大学读本科,参加工作后他考上了上海华东师范大学,师从王晓明先生读硕士,主攻现当代文学研究鲁迅。贺老师不懈追求的精神鼓舞着我们,他成了我们学习的榜样。

贺老师的家极贫。家里有九个兄弟姐妹,他又是家中老大,背负着比大山还重的负担。我们开学见他的时候,正是九月,他穿一件白色短褂,由于洗得太多,背后竟然开着几个小洞。一条蓝色的裤子,很旧,但洗得干干净净。脚上穿一双也

是很旧的白球鞋。他的衣服虽旧,但他的精神极佳,走路很带劲,随着脚步的腾挪,他那极长的头发飞起来又落下,飞起来又落下,坚毅清秀的脸庞充满着朝气、充满着自信,给我留下深刻的印象。

榆林师专是一所师范类教学型大学,不大要求科研,可贺老师有很强的科研意识,在我们进校以后就开始请外边的学者系统地给我们做讲座,特别是西方文学方面的讲座极大地开阔了我们的视野。他自己也积极从事科研工作,很早的时候就开始在学术期刊发表文章,我们班上有那么多的同学最后走上了学术之路,都来自贺老师的影响。他刚开始的时候从事现代文学特别是鲁迅研究,后来转向当代文学,特别是对路遥的研究很有成就。我们上大学的时候正是路遥研究热的年份,我是从贺老师那儿知道"硬汉书写""交叉地带"这些关于评价路遥的学术术语。路遥是陕北人,对苦难有着极深刻的认知。贺老师出身也苦,对路遥笔下的平凡世界、苦难人生感同身受,犹如从小康之家坠入困苦的鲁迅对曹雪芹的认知一样。基于他的科研积淀,贺老师的课也讲得好,真诚,真实,富有激情。虽然教学、科研都有不错的收获,可贺老师还是不满足,在别的同事安于现状的时候,贺老师毅然决然地考到华东师大读研究生。贺老师这种永不满足永远追求的精神,给我们很大的影响。

我们曾经给贺老师布置过新房,他的婚床就是几块砖头上放两块木板。他之所以这么简朴,是因为家里有很多的弟弟妹妹要他拉扯帮扶,在他的持续不懈的付出之下,他的弟弟妹妹一个一个被他拽出农村,要么上学,要么上班,最终都在城市安家,过上了安康的日子。这是我见到过的第一个通过自己的知识改变全家人命运的鲜活事例。做学问苦,可更苦的是忍受生活带来的各种磨难,但贺老师以苦为乐、勇于担当、积极向上的奋斗品格也给了我们很大的影响。

我永远记得 1992 年塞北的那个冬天,驼城的大雪都快要把这座城压塌了,期末考试刚刚结束,要给我们开学期最后一次班会的贺老师头顶厚雪,手拿一份文件急匆匆地走了进来,他告诉大家中断了多年的专升本考试就要重启了,学校给了我们系两个指标,他希望有想深造的同学寒假认真备考,开学准备参加选拔考试。同学们离家已经一年了,马上要过年了,归心似箭,谁能听得进去!他看到同学们班会后一哄而散,空荡荡的教室只有坐在第一排的我静静地看着他,就走下讲台告诉我,这是一个极好的学习机会,虽然说专科毕业参加国家统一分配也能有一份不错的工作,但进一步的学习会让你有更宽的眼界,如果想参加考试,就不要回家了,好好复习准备,要什么资料来找他。于是我退掉了订好的车票,留在冰天雪地的孤寂的校园为了明天复习备考。在贺老师的鼓励下,我参加了学校的选拔考试,最终以系里第二名的成绩考取了延安大学中文系攻读学士学位。

榆林师专的两年,我从贺老师身上学到了什么是责任和担当,什么是勤勉和奋斗,什么是坚毅和超越。这一切让自己卑微的灵魂逐渐丰盈起来,贺老师教给我的,让我受益终生。

高谋洲

高谋洲是我榆林学院工作时的同事,我们曾在一块共事十年多,在他的影响下我结束了本科毕业后多年安逸的生活,开始了硕士阶段的求学生涯。

谋洲出生在闯王故里，家境极为清苦。他的少年求学之路非常艰辛，他们的村庄没有学校，要上学得到很远的邻村去。上学路上跋山涉水，其他季节好说，但是冬天，河面虽然结了冰，可上面还有一层水印，为了保护脚下的鞋子不被水浸湿，他都是把鞋子脱下来抱在怀里，赤脚在冰水里蹚河而过。过了河立即用黄土把脚包裹、揉搓，慢慢等脚面干了，才又把鞋穿上，继续赶路。大冬天冰面上的水冰冷刺骨，让人牙关打颤，但妈妈为生计操劳，没有时间为儿女做更多的鞋子，所以孩子们只能省着穿，如果河水把布鞋浸湿了，会让母亲难过的，他宁愿自己挨冻，也不想让母亲难过。每每讲起这些，他总是眼角泛泪。

我在遇见谋洲之前总以为自己过去的生活是艰苦的，老有一种哀怨，遇见谋洲之后，我才知道这样的艰苦不只是我拥

和谋洲在西部影视城，一个张贤亮先生出售荒凉的地方

有的。谋洲对过去没有如我般的哀怨,他把苦难当作了生活赐予他的财富,成了他日后奋斗的不竭动力。

生活虽然艰苦,但谋洲在学习上却有着极高的天分。高考那一年他是县上的文科状元,名字都记载到了校史上,他本来可以去好多中国一流大学的文科专业,可他除了县城哪儿都没有去过,实在不知道外面的世界有多大。他也不知道专科和本科的区别,认为专科更好,念三年就可以出来为家里挣钱,为什么要念四年本科。最后还是为他任教的历史老师毕业于西北大学历史系,游说他报考西北大学,于是他就选择了西北大学历史系。

参加工作后,他觉得教历史并不能改变家乡的贫困,于是他在报考研究生的时候改修经济学,希望在区域经济和反贫困理论上能有所突破。他是在职取得学历的,也是他们那批学员中第一个通过专业和外语考试取得学位的人。后来他还想深造,开始自学由清华大学出版社出版的英文版经济学原著。

我到今天都记得他发明的推土机式学习方法,就是选好一本书之后,坚持不懈地学下去,碰到任何一个不认识的单词他都会记下来借助牛津版的大词典把这个单词煮熟砸烂,揉碎吃净。只要是他不认识的单词,他可以在一张十六开的白纸上正反两面写出近百遍,哪怕这个单词化成灰他都会一眼认出!就像陈景润演习哥德巴赫猜想时用过的纸可以用麻袋装一样,这样的纸片他会整整齐齐地码起来,装进一个塑料袋,然后袋袋相叠。他在学业上的钻研让我心惊,更让我感佩,每每看到码起来的这些纸片,我顿感心静神宁,学习给我带来的烦躁一扫而光。

一本书谋洲看过的部分是软软黑黑的，而没有看过的部分是白白硬硬的。时间慢慢流逝，书本慢慢变薄，最后内化成智慧，学问慢慢地就积累起来了。一个贫家子弟，最后就成了一个经济学家。他的这种推土机式的学习方法深深地影响着我，我就采用这种方法，用了五年的时间，学通英语，把自己送进博士队伍。

谋洲不仅能讲历史，还能讲经济；他不仅懂论证，他还搞规划；他是学者，还是多个市级职能部门的评估专家；他能出专著，还能写散文；他能写论文，还能写领导讲话稿。我和他共事十多年，他写稿无数，但我从来没有在他的稿件中见到一个别字，一处标点的误用，他为人的谨慎、治学的严谨可见一斑！

谋洲勤学、聪慧、安静、内敛，和他共事我非常踏实，一个部门只要有他，万事俱安，不会有丝毫杂音和内耗。他做任何事都提前准备，亲力亲为，有时候看他辛苦，我劝他少操点心，他说自己虽然劳累，却能心安。

我们相处多年，他对我的影响太深了，他不仅帮我学通大学英语，从而使我迈进研究生大门，他还以自己的经历告诉我苦不仅仅是一种人生滋味，更是成就你最强的原始动力。

张新科

张新科先生是我的博士导师。我认识先生很早很早，最初是陕西师范大学和榆林地区行署为帮助榆林高专升本，在榆林办了一个硕士班，在这个班上我第一次见到讲秦汉文学的先生。期间，我作为班委招待先生吃过一次饭，也陪他游过镇北台，可每个老师在这个硕士班上只能讲七次课，所以我们匆匆而别,很久再没有联系。这个班里的好多人,由于英语没有通过国考,所以最后只领到一张结业证书,我也如此。硕士班就这样完成了自己的历史使命,寿终正寝了。

后来我不死心,又报了同等学力申请硕士学位班,想拿个硕士学位,评个副教授,混个处长,了此一生。谁知我考了四年,外语都通不过,最后只领到一张专业考试过关证书,硕士证还是没有够到。

一次次的失败,终于让我明白,要取一个学位除了勤学是没有其他捷径可走的。于是我沉下心来背单词,做习题,不设预期,只问过程。2004年我终于成功地考入陕师大读硕士,2007年顺利毕业,并于2008年报名参加陕师大张新科先生的博士招生考试,非常幸运的是这一次我得到了张老师的垂青,顺利地拜到他的门下开始了读博的岁月。

先生学识渊博,讲课很有艺术。记得先生在讲《史记》选

张新科先生和他的弟子

读时，每次开讲前在所讲章节里选一个能高度概括该章节内容的成语，由此破题，激发起学生们的听课兴趣后开始这一堂课的讲授；他曾复印《项羽本纪》最后一段"太史公曰"那一页，给我们讲完司马迁对项羽的评价之后，他让我们仔细梳理"太史公曰"这样一种作者直接站出来评论历史人物的著史方式的历史渊源，以及这样一种评论模式在后世又有怎样的流布、演变，这样的讲授方法上勾下连，自成体系，让我们受益匪浅。

先生常在他的教授办公室给我们讲课，他坐在正中间，右手坐着长顺师兄和我，左手坐着秀慧师姐，有时与他合作的博士后晓鹃、竞泽也一起来听课，说是两个小时，可往往讲得投入了，就会讲一个下午，暮霭四合，他都浑然不觉。终南山下，长安郭杜，先生设帐授徒，诲人不倦；我们用心感悟，如沐春风。

在先生的指导下，我系统地研读了《诗经》《论语》《庄子》《孟子》《陶渊明集》《世说新语》《文心雕龙》等经典古籍，为日后的大论文的创作奠定了坚实的基础。在先生的指导下，我在读博期间发表了四篇 C 刊文章，主持完成了一个"211 大学"建设项目，一个省级课题。现在犹能记得我发表的第一篇 C 刊邮回来时的情景，我从信箱里掏出一个大黄牛皮纸袋，小心翼翼地撕开，打开散发着油墨香味的杂志，寻找到印有自己文章的页码，一字不漏地读完，为之四顾，为之踌躇满志。

先生的故乡在西府宝鸡眉县，他在陕师大师从霍松林先生读了博士，后在川大师从项楚先生读了博士后。凭着自己不懈的努力，很早就被聘为博导，是国务院第六、七届学科评议组成员，长江学者，先后主持了三项国家社科，出版了多部学术著作，发表了近百篇 C 刊文章，在传记文学和史记研究领域形成了鲜明的学术特色。让我感佩的是先生在有着很大的行政工作量和很多社会兼职的同时,还能笔耕不辍,每年都发表许多高水平的学术论文。

先生学问做得好,做事更是严谨周到。2018年先生担任会长的陕西省司马迁研究年会要在我们学校召开,在年初筹备会议时,他就叮咛我要把会议议题设置和学科建设结合起来,让与会的专家为我们的学科建设建言献策;在编制会议手册时先生更是事必躬亲、字斟句酌,他为每一篇会议论文选定恰当的评议人,为的是让参会者、作者、评议者能够良性互动,都有收获。2019年我们的学位点评估,先生是召集人,每一位专家莅临的时候,他都要提前十多分钟到宾馆的门口迎接,杨慧林先生的航班晚点,到达时已是午夜时分,先生仍是到门口恭迎。评估过后,先生坚持把专家送走,最后一个人拖着倦累的身子离开我们学校。

先生就是这样用他的言行影响着、带动着、鼓舞着他的弟子,让我们在学术研究的道路上不敢有半点懈怠。

先生留给我最深的印象就是常常提着讲义袋,匆匆赶校车的模样。大雪无痕,大音稀声,桃李不言,下自成蹊,说的正是我的先生。

我的人生导师就是这样引导我一步一步走向有光亮的地方!从前的许多往事都不复记得,但我的人生导师此生都不会忘记。在我的人生逐渐走向岁月深处的时候,回首往昔,觉得生活真的对我不薄,我的这些人生导师的人性光辉不仅在过去的岁月照亮过我的人生路,在未来的岁月会继续照亮我的求知路,让我在求善问道的路上走得更稳、更远。

我和长城的故事

九二年暑假快要来临的时候，我和舍友张长城决定壮游华山。

当时候榆林师专中文系九一级只有一个班，大一的时候大家刚刚结束高中生活，还没有完全适应大学生活，到了大二，好多同学就有了看看外面世界的想法。班上先有胜昌、丁山南下镇川尝试下海，后有郝喜、伶俐、余江诸君北上京城研学旅游，富魁常常收到外地来的神秘信件，红琅日日苦读英语为周游世界做准备，同学们的冲天豪气颇令我神往，于是我也有了壮游华山的想法。要壮游得有资费，从伙食里边节省是不可能的，我的饭量颇大，一个月 48 元的师范生伙食费是不能够果腹的，哪儿来的余额；向父母说自己要去游学，那根本开不了口的。后来在班主任贺老师的帮助下我获得了一份做家教的工作，在西沙一个江苏籍唐姓修车行老板家设帐授徒，他家两个孩子，姐姐学不进去当兵去了，剩下一个弟弟，但是弟弟也学不进去，我当时非常害怕他也当兵去，让我没银子收。好在这个出生江南的爸爸重男轻女，不让儿子去服兵役，让我用力教。在我的努力下，小家伙总算有些进步，半年之后我终于挣来几百元，于是和长城一拍即合，我们要壮游华山。

一放暑假，我们就出发了。我们乘汽车过黄河，第一站抵达山西介休，在那儿换乘火车去陕西西安，之所以这样安排是为了省钱。为了省钱，长城君后面有更疯狂的安排，让我胆战心惊。到达介休时间尚早，我和长城仰天睡在候车室的椅子上，发出令人羡慕而自信的震天的鼾声。后来我们上了车，车厢里挤得要命，快要开车时又有整排的复员兵挤上来，因为无地容身，有的就睡爬在上面的行李架上。

到达西安之后，我们住在西安动物园旁边的一所大学里。长城在这所大学有同学，同学实习走了，留一个床位供我俩休憩。那是我第一次到西安，第一次见到西安的大学生。西安那时候的闷热让我现在想起都心生恐惧，好多学生只穿一件短裤拿一个脸盆去水房冲凉，整盆的水冲天而下，但依然冲不

九二年暑假和舍友长城在西岳华山天门

走滚滚而来的热浪。由于从陕北来，我们还穿着长裤、衬衣，因为要爬华山，包里还有毛衣，我们就这样汗流浃背地蜷缩在床上，害羞而好奇地看着这些天之骄子在走廊上晃晃荡荡。

第二天，我和长城离开西安去华阴爬华山。快到临潼地界的时候，长城趴在我的耳朵边小声命令我去厕所转转，我说我不想方便，去那儿干嘛？你知道这位后来做了处长的同学当时给我说了什么吗？原来我们的票只买到临潼，这个票价和站台票价错不远，要是被乘务员抓住得罚双倍的钱！我一听就慌了阵脚，天热加上紧张，我的眼镜一下子就滑到鼻梁上了，我正要和他理论，乘务员已经进来开始查票，慌得我赶快钻进厕所里边。

到了华阴，长城担心我炸毛，坦陈我们要继续逃票，逃华山的门票。华山的门票贵得要命，我们付不起。于是我们把行李寄存在火车站，把两个包合并成一个，租了一把手电筒，在黢黑的午夜跟着逃票者开始爬山。走了很长时间，当我们要穿过空中的一条铁路时一列火车呼啸而至，巨大的风浪几乎要把人卷进轨底，我两手死死抓住铁轨边的护栏，心想还没有登山怕就要交代在山下了！那次历险给我留下很深的后遗症，直到现在我都恐高。还好，火车再漫长总有过完的时候。到了第二天早晨 4 点钟的时候，我们终于顺利地抵达西峰山顶。

看完日出，游完几个峰之后，我实在累得不行了，就在一个小摊上买了一瓶 5 元钱的啤酒喝，长城走上来一看就火冒三丈：我们此行历尽艰辛，省吃俭用，你居然喝起啤酒来了，怎舍得？我一听也很生气，嘴上没说，心里不快，于是就赌气一个人下山去了，谁知我最后竟然走到汽车站，要知道我们的行李是寄存在火车站的啊！汽车站距离火车站的那个远啊不是一般的那个远，最要命的是所有的钱都在长城手里，此时我的累、我的怨怎一个"悔"字了得！好在长城知道我身上没钱，还在火车站等我。后来回到西安，我在茶摊上花了一元钱买来一壶茶水，几乎是一口气喝了下去，身上的每一个毛孔都在滋滋地冒着汗水，这时候我体验到据说是灵魂出窍时的美妙：所有的东西都是重影的、晃动的、虚幻的、绵软的，你的脚还在大地上，可身子却浮在半空里。

剩下的日子里我和长城在关中道游了许多地方，拍下的照片我现在都不知道哪儿是哪儿。一次我俩去半坡博物馆，谁知坐错了车，最后坐到一块麦田里，不得已原路返回，换车去了博物馆，可去得太晚，门已经关了，我俩就在门口拍了一张照片，表示我们来过在一年级的时候就在课本上读到过的半坡博物馆。

终于到了要分手的时候，长城只拿了十几元买回家车票的钱，却分给我五十元钱，让我回清涧老家。他知道我在西安人生地不熟，委托一个老乡骑自行车送我去汽车站。我和这个小伙子萍水相逢，但他却很讲义气，很热情地送我去了汽车站。我很感动，就请这个小伙子吃了一顿，谁知吃得有点儿过，剩下的钱不足以购买回家的车票，于是我买了一张去延安的车票，心想到了延安我有同学，借些钱就可以回家了。谁知到了延安，延大早放假了，连个鬼都没有。身无分文的我站在路边拦住一辆开往绥德的车，告诉售票员我是榆林师专的大学生，去西安花光了钱，如果把我拉到清涧，我在人事局工作的舅舅会给他双倍的票钱。于是在暮云四垂的黄昏，我告别了延州府，一路浩歌向天涯。到了清涧已是午夜，当我和舅舅、舅妈、表姐、表妹轰轰烈烈地拿着钱、西瓜去感谢好心人时，那辆车早已开走了，只有朦朦胧胧的汽车尾灯在和我说着再见。

我定居西安后，有一年腊月长城来我家送来了满满一袋子关中的花馍，他走后，我给儿子讲起了当年我俩游华山的故事，儿子听着笑得前仰后合，起初我也跟着儿子哈哈大笑，可笑着笑着我就笑不出声了，内心里有着无限的酸楚，竟然在不知不觉中发现自己有种流泪的冲动。感谢长城，让我的青春岁月有了永难忘却的美好记忆！

印象西安

　　小时候上山放羊，站在山顶，仰望苍穹，天蓝如洗；俯瞰大地，野花怒放，羊群逐食着野草犹如正月村民祭祀转着九曲次第盘旋而游；"木欣欣以向荣，泉涓涓而始流"，万物各得其所。席地而坐的我迷茫地望着远方，不知山的那边是哪里！稍长后做了柴童，背着柴禾的我忧郁地目送天上的飞鹰，不知道它要飞向哪里！

　　也许是我的目光牵动了山外教书的父亲，在我过完十二岁生日的那个初秋，我像往常一样背一背柴禾依着西沉的夕阳步履蹒跚地回家时，父亲已经在家，等我回来接我到山外的县城去读书，从此我像韩城的司马迁一样终结了放羊娃的劳作变成了书童。

　　我读书的地方叫清涧，是座由各种石板装点而成的石头城，城市安静、整洁、平和，有种被时光浸透过后的平静、安详，而能打破这种宁静引起轰动的是每周周日从省城西安开回县城的大轿车。从省城开回来的黄河牌大轿车是浅黄色的，圆圆胖胖，像工地上蒸笼蒸出来的方块大馒头，也像乡下小孩使用的枕头。车头前面正中间有一个小孔，供摇把发动汽车使用。那时候公路边上也没有加油站，因此这个胖家伙像日本女人一样背上老是背着背包，背了一个圆圆的油桶。汽车的车门开在正中间，车厢里正中有一条走廊，两边各有一排三人座的靠椅,椅子上铺有黄褐色的皮垫,靠背上也有同样颜色的皮垫。整辆汽车上散发出的味道令人陶醉,令人神往。我对最早闯入我记忆中的姑娘都没了印象,但对这辆车的记忆一直鲜活地保存至今,因为这是我少年记忆中唯一能带我通向外面的工具,它承载的不仅有客人、货物,更有少年的向往和梦想。电影《立春》里边有一个厌倦小县城平庸生活的中学老师,她说只要看到有人拉起拉杆箱她就无比激动,无比向往,向往有人又可以走向远方,而她只能停留在出生的地方。汽车站在县中学的对面,我住校回不了家,周末常常蹲在门口等待轿车回来。轿车走的时候我不知道,因为在漆黑的凌晨,我和小城都还在睡梦中,可我知道它什么时候回来。经过长途跋涉,脸上挂满灰尘的旅客探出脑袋热切地和跑在车后接站的亲人打着招呼,开车的师傅鸣着笛庆贺一次远征又安全返回,售票员在前窗户上大声憨气地让路边的人捎话给水门洞边上的人家来车站寻东西,他们在西安工作的亲人捎回来好东西了。汽车一路行驶,一路鸣笛,给小城带来热闹和外边的空气,等一切都归于沉静,我会慢慢地靠近这辆汽车,抚摸着还散发着余热的车头,看着方向盘前边悬挂的路牌,想象西安的模样,那座我的陕北老乡在隋朝设计建造的、玄奘取经出发的大都市的模样。我的爷爷一生最远去过青化砭,那是他做支前民兵抬担架去的,我的两个堂哥,一个最远去过山西石楼,一个最远去过山西介休,那是他们打工背砖时去过的地方,山西和我们只隔一条黄河,我们收到的最早的电视节目就来自山西台,但那么近我都没有去过。西安,在我幼小的心灵里,那真是遥远、神秘的地方啊!

1992年的暑假,我的脚步终于第一次踏进了西安城。那一年我读大一，做家教挣得一些碎银子，就和舍友结伴而行，想去看看外边的世界，我的这个舍友出生在关中，却也没有到过自己的省城，于是我俩决定先去西安看看。为了省钱，我们从榆林出发，在吴堡过了黄河，取道山西介休，在那儿有一趟开往西安的火车。到了西安，我们住在舍友在动物园旁边一所大学同学的宿舍里，然后以此为中心开始了我神往已久的西安之旅。我们去过陕博、大雁塔、小雁塔、华山。这一次的旅行走马观花，浮光掠影，但西安城的宏大气势还是给我留下深刻的印记。

大学毕业参加工作后常要到西安出差，好几次被贼人劫了钱物，一段时期让我对这座城市心惊胆战，望而却步。有一次我和一位同事去西安参加同等学力申请硕士学位外语考试，考完后我们去汽车站买回家的车票，同事不小心碰到了一个小伙的脚后跟，小伙不依不饶，把我们诱进一个小饭馆和他的同伙要勒索我们，好在这伙人和我们起争论的时刻，旁边的地铺老板纷纷报警，便衣警察及时赶到才营救了我们。还有一次我在508路车上被菟贼割了我的挎包，这个书包是陪伴我多年的伙伴，装载过青春光阴里所有的喜怒哀乐，书包的带子被我放到最长，晃晃悠悠地坠在身后，和我长长的头发一起，显出我满腹的忧伤。我的书包陪伴着我把那么难熬的时光都熬过去了，却在西安遭了难，让我很难过。和我的经历相比我妻子在西安的经历更让人惊恐。她去西安开会，大清早在交大南门的一个电话厅向会务组打电话询问会议地址，过来一个骑车的男子向她打问一个地方怎走，妻子回答说她是外地人，也不知道，不到一分钟，她低头猛然发现放在身边的行李箱竟然不翼而飞了，看大门的大爷告诉妻子，骑车的男子玩的是障眼法,在她回答男子的话时,行李箱被另外两个骑摩托的同伙偷走了。

2003年,在我参加工作整整十年之后,我终于来到西安开启自己的读书之旅,因为之前的阴影,我对这座城市充满了警惕和戒备。在紧张忙乱又有点憧憬中我开始了三年的读研岁月。

在最初不通火车的年月,要到省城得坐班车。出发的时候正是黄昏时分,钻沙漠,过丘陵,第二天的凌晨才能到达关中平原上的西安城,时间太早,乘车的只能在车上蒙头大睡,天亮后才离开车站。后来通了火车,也是这样,不同的是到了站得立即离开。出了站天太早还没有公交,实在太累了,我们就在公交站的站台上和衣而卧,沉沉睡去,常常是被环卫工人清晨扫帚扫地的声音叫醒。在初到西安求学的那些日子,车到吴家坟,十个手指头上常常挂满了捎给同事、同乡的各种包裹、纸箱、塑料袋,行走在漫长的师大路,亮了一夜的路灯睡眼朦胧,就要下班了,而我自己却人在旅途,手指勒得生疼,可不敢松手,一旦松开,就很难把这些行李再归拢在一起。此时的行走让我想起西天取经路上的沙和尚,要最终取得善果,现在只能负重前行。上完课,又得返乡的时候又是午夜时分,匆匆走在漫长的师大路,在昏黄的路灯下去赶那趟最后的603去车站。每每坐在603的顶层行走在午夜寂静的长安街,把头深深地埋进臂弯里整理自己的心绪时,我都会问自己,什么时候能不再如此匆忙、窘迫,什么时候能从容悠闲地走进这座城市!

在经历过读书岁月最初的兵荒马乱后,我尝试着去触摸这座历史文化名城的温度,去感悟古城长安的大气,去体味落尽豪华后的温淳。脚步舒缓了,眼睛里就多了新奇。我就像春日雨后探头探脑的小松鼠,睁大眼睛想看看长安城的方方面面、角角落落。

距我求学的师大不远的长安路上有座书城,叫汉唐,从做学生时我就是它的资深会员。去书城的时候,是早上九时,关门音乐响起已是晚上九时,我可以带一瓶白水、几个手撕面包在里边呆整整一天。我常常在这座书城见到只有在电视和书报封面上才能看到的大学者,也经常遇见自己的导师和他的同事们提着一个大篮子在低头选书,也不仅一次看到许多名著的作者在此与读者见面、签名、演讲。最惊心动魄的是在每一个楼层,你都能看到席地而坐的读者,一排一排的,由低到高,埋头苦读。这些读书郎绝大多数是学生,他们就像飘零在京城书摊前的周培公读得起买不起,于是就早早地坐在这里阅读、摘录。更让人感动的是这里的工作人员从来不驱赶他们,哪怕是读书时把书翻蔫了,或者不小心把水滴在书上了,他们也从不呵斥,这些读者囊中羞涩却又发奋苦读,怎么能伤害拥有高贵灵魂者的自尊!书店的经营者就这样小心翼翼地呵护这些读者内心里播种下的读书种子,期待春暖花开,梦回大唐。整个书城读者们翻书时发出的声音很像爬在桑叶上吃叶的蚕儿发出的声响,声音虽小、虽弱,却力透纸背,震撼心灵。从汉唐出来,要到马路的对面走很长的路才能到返家的公交站,手里提着用了一天时间才选出来的书籍,手被装书的袋子勒得生疼,可脚下却虎虎生风,希望快一点回家,打开书细细阅览,至于兜里的钱是否还能买来晚饭都是无所谓的事情。在汉唐往北的一个拐角处还有一座更有名气的书城,叫万邦,比起汉唐,它更专业,更古典,更有人文关怀,书店的主人在每个台阶上都放了一个坐垫,就是在大冬天你也可以热乎乎地斯文地坐着读书,店外学子们的读书环境他改变不了,店里的读书氛围他却可以调节到温馨如春。大西安的书商们就这样用心地护佑着这座文化古都的文脉,和城里的莘莘学子们一起推着这座城沿着古老的丝绸之路从西安返回长安。文化只是世人贴给这座城市的标签,而这座城市内骨子里的儒雅、高贵、人文是需要仔细咂摸才能品味得出来。

长安读书时我不止一次从大家的风范中感受到了这座城市的品格。霍松林诞辰九十周年庆典时,我有幸聆听来自各路大贤在纪念会上的高论,印象最深的是贾平凹的发言,他说他和自己的父亲都是读着霍松林的作品长大,在西安这座城里到处能闻到先生的味道。文人相轻,自古使然,可在西安看不到这样的现象。当年在路遥的追悼会上,陈忠实先生致悼词,内心的悲痛和哀伤让山河变色、鬼神泣泪。世人都说要做作家就去西安,西安是给作家礼遇、尊重最高的地方。陈忠实先生离世前最后一次讲话,当他讲到自己这一生讲得太多,老天封了他的口时,我和一礼堂的人一样哭成一团。有学者给《水浒》作序时讲,中国社会的悲剧在于它有可能产生英雄却不能完善英雄,它不允许英雄沿着自己的个性走向善终。套用这句话,许多地方也有大作家,但很少让这些有个性的作家走向善终。但西安例外,大西安不仅产生了许多大作家,也能让这些大家沿着自己的个性走向善终,这是这座城市的品格,也是这座城市的教养。从岐山脚下走到长安丰镐的西周先祖到创建世界文明中心的大唐民众,西安以海纳百川的气概迎接着天下各路豪杰,它的兼容成就了自己辉煌的历史,自己引以为豪壮的历史又熏陶出这座城市更加开放、宽容、自信的性格。

在长安读书闲暇时常到各个大学去游历。西安虽地处西部，却布有众多高等学府，这些学府各有特色、专长，在学界有着良好的口碑。在长安求学总有复印不完的书籍、资料、论文，师大的复印铺已经很便宜了，但要更便宜，我们就去西大。西大在长安是一个有意味的存在，它是省府治下的 211，省府给了它修楼的钱就给不了种树的钱，给了它种草的钱，就给不了养花的钱，走在它的校园里你能看到它的树草长得捉襟见肘，稀稀拉拉，可就是这样的大学，却有全国一流的学科，也有很厉害的自己培养的院士。在校园待一会，就可以感觉到这所具有百年历史的学府骨子里的贵族气，犹如晚唐的长安，城市都开始走下坡路了，诗坛上还有像小李杜这样的耀眼的明星。有意味的大学还有政法大学，他们修校园竟然挖出了自己的老祖宗；邮电的校园地下有着四十多座先人的本宅，今日校园里的学子隔着千年的时空还能享受着先人的荣光、护佑和祝福。

有时读书累了就跨个单车出校门，朝南走一段路就到了香积寺，以前我并没有在意这个地方，去的时间久了，才看出了一些门道。香积寺是净土宗的祖庭，院子里大塔中身因雷击分裂，黑黢黢的，可依然屹立不倒；走近可见有几块全用黄金刻就的碑文，金碧辉煌，旁边的碑记说是由东瀛信徒捐资兴建的，面对此景，让人觉得历史的恩怨、纠结、乖戾很难用一句话说得清楚。寺院的后院有两个大碑廊，全是书法大家书写的与香积寺、大唐相关的著名诗句。我不懂书道，可看着诗佛"泉声咽危石，日色冷青松"的名句被大师们写出，又被艺术家们刻在石碑上，这千年古寺被心灵相通的人品味，也觉着文人有无限风流。看走廊的书法累了，我就退到大雄宝殿门前左边的一把竹椅上休憩，和煦的阳光照着我和旁边的一只小猫安然入睡，过好久了，有香客进香敲响院子里的大钟才把我惊醒，揩掉口角的口水，理理被风吹乱的头发，和酣然入睡的小猫告别，内心有了无限的宁静和定力。在长安的日子久了，我会在内心追问自己，这个地方能让自己的灵魂如此宁静，我是否可以在此久留呢！

辛卯年的夏日，昔日那个曾在东拉河放羊的男孩走完漫长的求学路后，携妻挈子，终于把家安置在三藏师傅译真经的大雁塔旁。白居易能在这座城市里立足是他身后有顾况先生给他延誉；李白能在这座城里"天子呼来不上船"，是因为他有散不尽的千金和老天都妒忌的诗才；杜甫能在这座城里立足，是"长安韦杜离天三尺"；而我要在这座城里立足，凭借的只有一颗问道的心了。

我住在青龙寺南边，窗外有太阳的日子可以看到绵延的终南山，那里曾经住过"行到水穷处，坐看云起时"的诗佛王维；看书累了，起身要泡杯茶时，可以看到乐游原无限美好的夕阳，你猛然会想起那是多愁善感的李商隐曾经发过呆的地方；华灯初上，倚灯阅卷，青龙寺来自东瀛的樱花送来阵阵幽香，幽香里仿佛还飘有空海问道师傅时敲击木鱼的声音；夜深了，大雁塔塔顶的镭射华光射在窗子的玻璃上，这座城里的读书人都会感到三藏还在塔里勤勉地翻译着经书，也让长安城的读书人永远不会倒流，永远不会颓废。在长安城里生活，总让我有种阅读马尔克斯的感觉，有种魔幻的眩晕，我能处处感受到它落尽铅华后的高贵。

有一次回家路过月登阁，我竟然在黄昏的天空里看到了和塞北夕阳一样壮美的长安落日,这轮壮美的夕阳曾经从塞北大漠升起,它不只一次挂在我的窗前伴我读书著文,我待在那里,可后边的笛声惊醒了我,我的车占了别人的车道。我把车停在辅道上,望着悬在月登阁上空的夕阳,一下子泪流满面。我知道悟空护送三藏上西天之前,还留一帮小弟兄在花果山,可他是回不去了,要回去也得等取完经,得从西天回来。如今我也在取经问道的路途中,现在我已经穿过钟楼、鼓楼、大雁塔这些物的长安,正在走进乐天、太白、摩诘铸就的神的长安,这座古城,千年不衰。在我的余生,我会用心听,用心记,用心悟,如果自己能成为长安古城墙里的一抹青绿,那么这座城市的生命里会有我的成分,我的生命也就瑰丽无比了。到那时我也就可以结束做放羊娃时就开启的问道之旅,成为乡下老母亲眼中的斗战胜佛,抑或净坛使者。

车过青龙寺

2008年我和我的同事亢雄一同考进陕西师范大学攻读博士学位,学旅游管理的他曾带我遍访关中各大佛教祖庭。如今他回陕北去了,而我滞留关中做了异乡客。在我俩游学时期的所有旅程中,春游青龙寺最让我难忘。现今我就住在青龙寺旁,每每开车路过青龙寺,就让我想起这位陪我度过三年艰辛岁月的好朋友。

2008年9月9日夜,陕北,大雨,在同事亢雄的搀扶下,酩酊大醉的我登上了榆林开往西安的列车。我之所以醉成这样,是单位领导听说我考上博士要去上学了,就设宴为我饯行!"今宵酒醒何处,杨柳岸,晓风残月。"想起自己就要告别生活了十三年的毛乌素沙漠,想起我的同事朋友,想起代课又代班的妻子和上小学需要人陪伴的儿子,想起奋斗了十几年被我割舍掉的处长职位,真是百感交集,不一会我就喝得不省人事了。

睡到半夜,我终于醒过来了,此时上铺的亢雄沉沉入睡了,我盯着床板陷入了沉思。我之所以能在三十八岁的高龄,在阔别校园十三年后再次踏进大学之门求学问道,很大程度得益于亢雄兄弟。为了考研,我花了五年时间学英语,学到自己都舍不得丢掉的程度。学了那么长时间仅仅换回来一张硕士文凭,实在心有不甘,可再读博士,自己又没有那个勇气。

就在这时,亢雄出现了,他到我的办公室看见我在看用报纸包住封皮的大学英语,就鼓励我和他一块考博,我迷惑地看着他,无法回答。后来是他背着我给我报了名,是他在考场周围替我预订了房间,最后我竟然一考而中,在汶川大地震的那一天,收到了录取通知书,就此开启了我们这段人生中难忘的求学之旅。

2008年9月10日晨,长安,大雨。从站台到公交站有着漫长的路程,妻子把所有的行李塞在一个大尼龙袋里,东西太多,袋子当肚裂开一个大口子,露出里边花花绿绿的东西,犹如镜头下走光的女生,让人好奇又让人难堪。亢雄帮我抬着这袋沉重的行李,和我一起走在泥泞不堪的街道上。这是我第一次出门不带钥匙的行走!以前出门腰上都别着一挂家门钥匙,这次要念三年书,家里的钥匙放在饭桌上了,新地方的钥匙还没有领到手,我人生第一次有了一种悬空的感觉!站在风雨中等车时感到万分凄凉,脑海中闪着一个哲学命题:没带家门钥匙的朝圣之道该往何处走。

这一天,我的读博岁月开始了。学习的压力非常大,第一年要上许多门的课,第二年要发表至少三篇C刊文章,第三年要写20万字的毕业论文,有时候累得都不知道明天是否能重新爬起来!感谢上苍,有亢雄和我同行。在西安读书前我俩并不熟悉,到了西安我逐渐知道,他和我是校友,本科毕业于延安大学管理系,后来在北京师范大学获得教育学硕士。现在又到陕师大来攻读旅游管理学的博士。他是一个很会生活的人,虽然话很少。他有时候学累了,敲开我的门,坐在床边埋头抽烟,一言不发,抽完了留下一屋子的烟雾默默地离开。有时他会很有历史感地和我共同回忆在陕北的峥嵘岁月,更多的时候我们谈年轻时干过的荒唐事和出格的事,当然也谈我们的未来。他最想干的事就是开一个旅行社带团遨游江湖,而我则回应,念完书回去了,学校会给一笔安家费和科研启动费,我买一辆吉普,一块浪迹天涯,而他则说,吉普太土,他丈母娘有两个女儿,却有多套房子,随便卖一套都可以开一辆奥迪出去玩,我则完全同意他的提议。

在奥迪没有买回来之前,我俩先打出租车去游历关中各大佛教祖庭,其中最令人难忘的是春游青龙寺。他是在同学处听说到青龙寺的,特别是那里的樱花久负盛名,再加上听说有许多东瀛式建筑风格独特,于是我俩就兴冲冲地打车前往。起初他说这座寺庙距离学校并不远,谁知出租车上的计费器跳出的数字越来越大,可目标依然十分遥远,路长得让人心慌,因为再这样走下去我们带的钱都不够付费了,而我们的许多项目都包括在这钱里,比如饭钱和返回的路费、汽水钱。我俩都很焦虑,但都不说话,一则因为我俩都讲不了普通话,一口陕北话害怕让司机听到了会绕更大的弯路;二则既然不知道,怎知道司机走得是歪路!贸然抗议毫无道理。最后在忐忑中终于抵达向往中的青龙寺,下了车我们难为情地告诉司机,开了车钱我们就没有回去的车费了,司机看到我俩如此窘迫,不仅详细地给我俩规划了回去的线路,还很大气地给了我俩返程坐公交车的车票钱。虽然没有了饭钱和汽水钱,但我们还有买返程票的钱,于是我们开开心心地游完了青龙寺。

亢雄不仅帮我考上了博士,带我游历了关中道上各大佛教的祖庭,他还帮我许多的忙。我的电脑是他帮着买的,我的第一个QQ号、电子邮箱是他给我申请到的,我的信用卡是他给我办的,所有的密码都是他给我设的,没有他我真的寸步难行。他性格中最大的魅力就是那份安静从容以及做事情时表现出的慢条斯理。他买来一份米饭,首先会把大师傅打饭时散落到各处的米粒一一捉拿归案,然后用筷子把这些米饭像匠人砌墙一样砌成板砖形状,米饭方方正正,就像军人打理出来的铺盖;然后他用筷子把蔬菜也进行归拢整理,做完这一切,他会站起来去买一份汤或一瓶饮料!等他把这些流程走完,我的饭早已下肚,这时他会慢腾腾地对我说:"你吃得这样快会把胃黏膜烧坏的。"坐在他面前的我此时会浮想联翩,如果谈恋爱他会给那个女孩一件件地加衣呢,还是一件件地减衣呢!

2011年的夏季快要到来的时候,做完博士论文的我们面临着命运的选择,那就是学业完成后我俩将何去何从!这种选择是煎熬的,也是痛苦的。在这三年漫长的求学岁月里,支撑我们走下去的一个坚强的信念就是:回家!每次听到陕北信天游,我们都心潮澎湃,难掩思归之情。我们在师大读书的时候,完整地考察过这所大学的图书管理系统、财务系统、后勤保障,以期回去后不管在哪个部门工作,我们都会反哺母校,回报故土,可选择的最后是我留,他回。

5月30日的黄昏,我俩最后的分手时刻终于到来了,我要送他去火车站,他坚决不允许,只让我送到大门口就可以了。在这之前,他把行李全部托运回去了,手上只抱一台笔记本电脑。公交进站的时候,他跃上一辆永远的600,门要关闭的那一刻,他说:"走了!"然后头也不回地前行落座。我赶了上去,想给他一些零钱买水和苹果,可车已启动,我跟在车后追了很长的距离,想说什么,可什么也说不出来。只身一人返回校园,我又一次悲哀地意识到亢雄回去了,一个人走了。而

　　我真的留下来了，真的回不去了。坐在图书馆前的草坪上，我又想起三年前我俩冒雨求学的情景，想着想着心如刀割，泪如雨下。

　　四个月后，9月26日，我从家出发坐48路去单位报到，路过一个地方的时候我觉得特别眼熟，就问旁边一个人这是什么地方，对方答曰："青龙寺！"闻言我猛然探头窗外想看个究竟，可寺庙一闪而过，至此我才明白，亢雄在三年前就把我领到过这个地方，而三年后我的家就安在附近。人生有定，命运有数；物是人非，各自天涯。想起我俩分别已近半年，我难掩悲伤心怀，热泪对天长流！

　　从此常过青龙寺，可我再未踏进半步。

永远的 600

关于大都市的公交线路，我记得最有浪漫情怀的是乌鲁木齐的二路汽车，之所以有这样的认知，是缘于刀郎的歌曲《2002年的第一场雪》里的唱词："停靠在八楼的二路汽车，带走了最后一片飘落的黄叶。"我怎么都搞不懂一路公交车怎么就停靠在了八楼！并且还就带走了那座城市最后一片飘落的黄叶！刀郎歌声里的苍凉和忧伤让我至今都难以忘怀。

我在长安前后求学近乎十年，对长安城的公交一样留有苍凉而忧伤的记忆，最难忘的当是600。那时我住在位于长安区郭杜镇地界上的陕师大新校区，新校区刚刚启用，周围是无垠的麦田，早上去打水，水龙头刚拧开，就会把一只还来不及洗漱穿衣的小松鼠从水管里给浇出来，赢得仓皇北顾，它还没睡醒，就让我给叫起床了。下了晚自习，穿过教室和宿舍间的小道，会看到一只苍黄的野兔子三步并作两步地在小路上蹦跳，小短腿击在地上的声音铿锵有力，它会停下来，蓦然回首，等你走来。没有路灯，野兔也害怕走夜路。这座远离都市的大学城有几万学生，只有600路一辆车可以进城，常常车到站还没有停稳，车厢里几秒之内就挤满了人。搞得售票员都没地儿站，大家只能在空中把买票的钱传来传去。

进校的那一年我已经三十八岁了，在原单位坐着自己的小车出行，早忘记了挤公交的感觉，但来到这里出行就得挤公交。那种无奈那种狼狈那种煎熬永生难忘。进城的路很漫长，常常一坐就是一个多小时，很多场景看到了眼里，也刻到了心里！

有一次，车停在西北饭店门口，一对老夫妻走了下去，他们绕过车头走到马路的中间，最终卡在那儿动不了了，这边车水马龙，那边马龙车水，一辆接一辆的车呼啸而过，大家都很忙，没有一辆车肯停下来为这对老人让个道，车后的气浪把他们的苍苍白发掀起，随风飘扬。两位老人手牵手，定格在那里，我坐在 600 的二楼看着他们的身影慢慢变小，最后只能看到两头银发起起伏伏。我心里涌上辛酸，但又感觉到一种温暖，红尘滚滚，好在有可以牵着的手。还有一次，车停在吴家坟，车厢里的人已经满得站不下了，下边的人还要往上挤，一个小伙子把自己的女朋友拼命地塞进了车厢，自己却怎么也挤不上去了。车子已经满得门都关不上了，最后竟然敞开着门绝尘而去，徒留车厢里贴在窗子上的女朋友的叫喊声和车下男孩追车奔跑的身影。聚散总是无常，人生路上走散的岂止是这一对恋人，这幅画面最后隐喻成一则禅理，让我终生难忘。

600 有时是告别的兰舟。和我一同赴长安求学的同事在北京读硕士的时候，他的小媳妇正在长安读硕士。等他千里迢迢赶到长安读博士的时候，小媳妇又到别的地方去读书了。明明是一对夫妻，却好像铁路上的两条铁轨，日夜守望却无法相交。他们都是年轻人，工资不高，一点收入都交给了电信和铁路。劳燕分飞，但还是得飞。古书有记载，小鸟过海都得嘴里衔节树枝，飞累了把树枝放在海面上休憩一会，接着再飞。同事的小媳妇曾给我讲过他们的尘世分飞，让他们休憩的小木块就是那辆600。分别的时候,她会坐600送夫返京,到了分手的站台,她要乘600返校,一扭头,看见她的夫上了开往火车站的车。一个朝南一个朝北,深夜的长安路格外漫长寂寥,聚也600,散也600,聚散两依依,几行相思泪。后来两个人的身份变了,走的人留了下来,留着的人却要走了,600依然行驶在流淌的岁月,演绎着聚散依依的真情故事。

600有时是信使的坐骑。在长安求学的日子里,妻子也会在假日来看我。在获得"上车了"的信息后,我就会在站台上等待,回来一辆600,人走光了,还是等不到,又回来一辆600,人又走光了,还是等不到。人在等待时,每一秒都是那么的漫长。最后终于有人朝你走来,背上是一个大包,应该是需要的书籍,右手一个拉杆箱,里边当然是食物,左手是一个大纸袋,应该是换洗的衣服,家能给你的所有内容,都负在了一个女人的身上。假期太短,送别妻子后,又开始了漫长的等待。思念煎熬时,我有时候会去站台,恍恍惚惚中,仿佛看到背着行囊的妻子向我走来,急忙要迎上去,那个熟悉的身影却不见了。

600最终在我心里定格成送别的驿站,永存心底。我和同事说好了学成之后要一起回家的,可最终他回去了,而我却留在异乡成为异客。那天我送他上600,车一进站,门打开,他背着一台电脑,一跃而上,有种急切,有种愉悦,有种悟空从五指山下获释后的轻松,更有一种解脱。对他而言,坐上600就意味着可以回家了,对我而言,上不了600就意味着永远回不去了。车门关闭的那一刻,他说了一句"走了",然后头也不回地上了公交车的二楼。从此,开走了我心里那辆永远的600。

第二天我离开时,妻子开着她的轿车拉着我和我所有的书籍被褥,走学校的东门离开生活了三年的校园。三年前雨夜里坐着 600 来到长安,三年后告别时却见不到那辆载满自己苦涩记忆的 600！我探出脑袋,想看它最后一眼,可上了他途的我,永远无法看到它了,我已与它缘分散尽。想起停靠在站台上永远的 600,想起窗外未来得及带走的最后一片飘落的黄叶,心潮澎湃,心雨倾盆而下,从此天南地北,各道珍重。

那些年在师大读书的日子

　　1998年根据对口援助协议,陕西师范大学在榆林高等专科学校即后来的榆林学院举办了同等学力申请硕士学位班,我报名参加了中文学科古代文学方向的学位班,从此结下了与陕西师范大学近十三年的不解之缘。

　　我们的那个班总共有18名学员,来自榆林市不同的文教单位,由于大家参加工作多年,深感补电的重要性,再加上授课的都是师大一流的教授,所以学风极好,特别是讲《红楼梦》的王继武先生给大家留下更为深刻的印象。非常遗憾的是学员们离开学校太久,外语已经捡不起来了,国家规定要取得学位必须要通过国家组织的外语统考,我从1999年就开始参加学位外语考试,一直到2004年,屡考屡败,直到过了最后期限都没有通过,最后只拿到一张盖有校长赵世超先生印章的结业证书。

　　这次失败的求学经历深深地刺痛了我,也让我明白要取得一个真正的学位是非常不容易的,除了苦学是无捷径可走的。"祸兮福所倚",明白了这个道理我开始猛攻外语,经过艰苦卓绝的努力,2004年秋我终于拿到陕西师范大学文学院的硕士录取通知书,开始了真正意义上的求学生涯。

　　师大老校区的景致真是美不胜收,特别是西大门到图书馆之间,冲天的青松郁郁葱葱,图书馆前的小溪潺潺而下,畅春园里的竹林挺拔多姿。师大路的喧嚣、长安路的繁华、翠华路的拥挤，都无法掩盖、消弭校园里的书香气。不管多么忙碌，多么浮躁，只要走进校园心灵立即就有种归属感，内心就会变得温纯、轻盈起来。

我们宿舍的三个学员都来自塞外驼城榆林，那是个"圣人布道此处偏遗漏"的地方。从毛乌素沙漠到八百里秦川，我们真的有种渔夫误入武陵源的懵懂。记得一次我们从体育场旁走过，化工院张成孝先生的硕士成虎小弟看到路旁竟然全是挂满累累硕果的柿子树，大喜，立即提议摘取几个尝尝鲜，我环顾四周，正是午后，没有人路过，也表示同意。于是我们跑到树下试图摇几颗下来，结果树太粗，根本摇不动；树上掉不下来果子，我们就去找土块之类的东西，希望能敲几个下来，可偌大的校园去哪儿找土块？最后决定搭人墙上去，才搞到几个红红的果子，大家舍不得吃，风干了作了纪念。

文学院的老师都很敬业，水平也很高，我们受益匪浅。印象最深的是陈越老师，他住在校外，骑一辆小摩托，穿一件白色的短褂。他给我们讲西方文艺理论，讲马尔库塞，讲福柯。老师的课非常深奥，理论色彩很浓，对于我们这些研一没有理论储备的学生而言，陈老师的课听得十分费劲。陈老师是给我们授课老师里边唯一的讲师，但在清一色的教授团队里，他并不显得逊色。课间休息时和学生谈及职称，他说教授我什么时候都可以评，但读书更重要。谈话间我们知道他每半个月去一次汉唐书城，只要有自己心仪的新书，囊中再羞涩他都会挤出钱去买。印象深刻的还有冯文楼先生。他给我们讲授元明清文学，除了传统的理论资源，先生还引进西方文论解读中国名著，给人耳目一新之感，他用身体哲学解读《金瓶梅》，在"规训与惩罚"的维度解读贾宝玉与贾政的关系，用人类文

化学的知识阐述古代文学中的"大观园""桃花源""懒云窝"现
象。先生的授课极具艺术性,时间过去这么久了,我们做学生
的都还记得他。最为幸运的是我竟然在研二旁听了半年尤西
林大先生的《人文科学导论》,这门课是先生在晚上给全校理
科学生开设的选修课,天不弃我,从不上网的我竟然在一次偶
然的机会在教务处的网页上看到这一信息,让我喜出望外,从
此开始了一段幸福的求学生活。先生在物理楼上课,上完课
我会陪他慢慢地走到家属院,看他上楼了,我才回宿舍。先生
的课讲得极好,记得在讲大学的功能时,他说大学都建在寸土
寸金的都市,可为什么要把道路修了那么宽,为什么世界上好
多好大学的建筑窗户都会直指云天,是因为这样的设计会给
人一种震撼,也就是要在潜意识里培养学生的敬畏感和他的
人文气质,犹如中国古人的礼之射,士人并不是真的要上山打
猎,而是培养习射者的内心平衡和贵族气质。本科生有人听
课无人擦黑板,先生又爱板书,我就常上去擦黑板,先生很感
动,于是在课上说维系人之间的关系有些时候就是温暖的人
文情怀,我知道这是先生在表扬我。一次在校园里碰到先生
和夫人散步,他给他夫人介绍我时说:"这是我的学生,从榆林
来,上课很配合",我竟然是先生的学生,听来让我深感幸福。
可幸福的时光总是短暂的,不久我们就迎来上最后一节课的
屈雅君老师。这节课我们都很悲伤,因为从此后我们又要回
到单位过单调而乏味的生活。快要下课的时候我站起来对屈
老师说,我们明天就要回到自己的单位,硕士就是我们在座的
好多人的最终学历,老师您能不能给我们一些人生建议,或者
介绍一下您自己的成功之道。于是屈老师在黑板上写下了我
此生难忘的四个字:"独自上路"! 屈老师用她特富磁性的声

音给我们回顾了自己的学人之路，先生最后强调，一个人要在学术的道路上走下去，就要忍受常人难以忍受的孤独、寂寞，就要学会面对自己，一个人走路。

告别了师大后我又回到榆林，我用硕士学位和攻读学位期间的成果换得一本副教授任职资格证书，但这些东西无法满足已经长了青草的内心。为了读硕士，我花了很大的精力学英语，上海外国语大学出版社出版的《大学英语》我从一册到六册学了五遍，我喜欢在书上做笔记，学完之后就不想再看旧书，于是再买一套，五遍下来，加上西北大学出版社出版的配套教材、笔记摞起来有很厚的一大摞，英语水平已经不错了，要丢掉感觉很可惜，继续考下去又没有胆量，很是矛盾。我当时是一个部门主持工作的副处长，看英语的时候用《光明日报》把书包起来，别人进来我就把书合起来，等他们办完事走了再开始看书，自己刚评了职称，看英语要干什么，我很害怕影响单位同事工作的士气。2008年我偷偷地报名参加了陕师大的博士招考，竟然一考而中，这一年的9月9日，在滂沱大雨中我又一次独自上路，来到位于长安的陕师大的新校区，投到《史记》研究、传记文学研究大家张新科先生的门下，开始了我漫长而又艰辛的求学之路。

陕师大对博士的要求是很严格的，第一年要上许多的课程，有政治、学术英语、口语翻译、专业课、学位课等，第二年要发表三篇自己独自完成的C刊文章，第三年要完成20万字左右的博士论文。曾经很喜欢庄子的《逍遥游》，喜欢那种苦难后的奋飞、自由，也渴慕做那只"抟扶摇而上九万里"的鲲鹏大鸟，谁知等自己真的入定了要携带灵魂出游的时候我才知道捉文煮字、面壁苦读的生活是多么单调，才知道渗入骨髓的孤独是多么难以忍受,才知道小蜩和学鸠在榆坊间的那种世俗的生活是多么的闲适、美好。

既然选择了远方,我就只能风雨兼程。在课余我在师大文渊楼404室读完了《论语》《道德经》《庄子》《诗品》《世说新语》以及《诗经》《三曹诗选》《庾信诗选》《魏晋南北朝史》,等我要开启《史记》的阅读时,上课的魏耕原老师提醒我,要懂得轻重、先后,书毕业之后也可以读,而读学位是有时间限制的,一语惊醒梦中人,我立即合上书本开始撰写论文。

我住在兰苑的224宿舍,房间很小,里边只有两支书柜、床,附带一个卫生间。房子的门是铁皮的,窗户也被铁栅栏围住。在这间小房里我早上7点半起床吃早点,吃完后绕房子转一圈,8点准时读书写作;12点广播响起,我起身去吃午饭,顺路带一壶水回来;午休到2点又开始读书写作;下午6点出去吃晚饭,饭后到操场边坐坐,想想孩子、家人,8点回房间再次开始读书写作;到了12点洗一洗,关掉电脑开始入睡。这样的生活日复一日、月复一月、年复一年,我过了整整三年!窗前有棵梧桐,学累了,我就靠在椅子上听它如何和岁月对话。我听到过它在春天里的呢喃、兴奋,夏日里的抗争,秋天里的忧伤和冬天里的无奈和孤独。特别是秋天到来时,叶子慢慢变黄,等秋风吹来,叶子依依不舍地告别了树枝,打着旋,落着、飘着,从它离开树枝到落地,中间是那么的漫长、忧伤。等到"倾筐塈之"时,我也会猛然醒过来,我得努力,争取在我的生命之树枯萎、凋谢之时把自己的生命之舟渡到菩提树下。

2011年的5月3日,我终于写完博士论文的最后一稿。我把打印好的论文装在一个装西凤酒的红布袋子里,去研究生处培养科提交外审论文,办完手续,把红色的空袋子夹在腋下，像一个交完公粮的老农，迈步往回走。从校务楼到宿舍很短的路那天却怎么都走不完，腿就像灌了铅一样，举步维艰。记得在写论文的那段岁月里，我日记里记得最多的话就是今天很累很累，我再也走不动了，我都不知道明天我是否能重新站起来！走到楼底下后我再也走不动了，干脆坐在楼下的台阶上休息。心想终于完了，好不好已经不重要，重要的是终于写完了。想起自己的艰辛，眼泪在眼眶内不停地打转，委屈太多，眼泪终于流了下来，起先还是默默流泪，后来忍不住，掩面痛哭，我哭我的不容易，哭我的心酸，哭这样艰辛的岁月我竟然可以坚持下来。

　　时光荏苒，离开师大转眼就是三年。在分别的日子里我常常梦到师大，梦到图书馆的过刊室、文渊楼，梦到我窗前的梧桐、长安南山的夕阳。我想自己此生不论身处何地，血液里都流淌着师大的文化基因，师大勤勉的学风也会影响我终身，师大这棵参天大树永远都会绿在我的心田，只要我在，它就永远不会枯萎。

　　美丽的师大，那是我的精神家园！

师大学子心中永远的圣地：西部最美的图书馆

48 路 感 怀

　　研究生毕业后，我把家安在了西安，我不敢开车，上班得挤公交车，坐 48 路。我的家距离单位很远，我得早上六点十分起床，用冷水匆匆洗完脸提个公文袋，赶往公交站，等六点半第一趟车开过来。夏天还好，冬天座位冰得有座也不敢坐。站着屁股不凉，可勾在吊环上的手又冻得不行！我每天从交大坐到金花路上的动物园，然后进校门，找一个小吃铺，要一个鸡蛋，一个葱花饼，一碗加咸菜的玉米粥，匆匆喝下，在外边冰冷的水管上漱漱口，坐上第一辆校车，在满车人于蓝色的手机屏前埋头翻阅资讯时，我闭目养神，在脑海里过一遍即将到来的九十分钟的课堂内容。

　　时间久了，我对 48 路厌烦透顶。我曾经仔细研究过西安的公交线路，得出的结论是：世界上有许多路，但我只能坐 48 路。早晨闹铃固定在六点十分，第一趟 48 路固定在六点三十分，第一趟从老校区开往新校区的校车固定在七点十分，你敢迟到一分钟，没有人情味的铁壳汽车就会绝尘而去。你敢延误上课，立即就是教学事故，全校通报，扣发奖金。扣钱事小，打脸事大，一个主管教学的副系主任，一个教授，一个硕导，人模狗样，竟然还有教学事故！记得一次替一个同事上两节课，48 路硬生生地在交大电脑城堵了近一个小时，好在我是提前出门的，就那样待在无法动弹的公交上，眼睄着时间一秒一秒地流过,事故一秒一秒地靠近,心里很是着急,我跳下公交车,拦住一辆摩托车,恳请师傅把我送到前边的单位,谁知我太胖,坐上车没走几步就压得摩托车的后胎没气了。好心的师傅并没有要我的车费,反而让我赶快赶路去。等我最终坐到校车上已像条奔到沙滩上的鱼,只有瞪着眼大口喘气的份,那种焦虑下辈子就是托生成一头猪也无法忘却。于是我对生活有了许多怨恨,许多不甘,许多牢骚,许多不平。在从家走向站台的路上,我总会觉得自己仿佛是行走在凄凉人生路上的玉谿生,"嗟余听鼓应官去,走马兰台类转蓬",他的人生遭际很类似千载以下我的人生遭际。此时我就会想念自己塞上毛乌苏沙漠里的朋友,他们此时也许还在懒床,也许在热气腾腾的杂碎铺里喝羊杂碎,也许正在打电话预订晚上的铁锅羊肉,但不会有一个人像我一样过得如此窝囊,既没自由,又没尊严,像个上了发条的闹钟,又像走上铁轨的列车,刻板,单调,无味!有一次路过青龙寺,给我读博时一起游过青龙寺的同事发了一条短信:"路过青龙寺!"然后一下子收拾不住情绪,委屈得热泪长流,脸蛋上滚落的泪滴比脚下飞转的车轮都快。

就在我对48路厌烦透顶的那个春天,学院办公室主任打来电话,口气森严,语调冷峻,告诉我系上的一个毕业生患出血热在长安医院没有抢救过来,让我和系主任、教学秘书分组轮流到医院值班,配合学校做家长的安抚工作,争取早日和平解决问题,让逝者入土为安,让生者继续学业。

接到电话我立即打车动身去医院。到了医院看到班主任和辅导员都是女孩子,惊慌失措,语无伦次,她们叙述了半天我才理出一个头绪。女孩大四,就要毕业了,是陕南人,家里非常贫困。爸爸和妈妈很早就离婚了,妈妈后来又嫁了一个人,有了新的生活。女孩的爸爸和哥哥为了生存在深圳郊区的一个石场打工熬活,女孩的妹妹也考上了大学,可家里实在拿不出学费,为了姐姐的学业,毅然放弃了上学的机会,和家人一起到深圳打工赚钱供姐姐上大学。女孩苦了四年终于要熬出头了,她的功课很好,又考了教师资格证,准备到县上的中学教书。女孩有一个男朋友,早她一年毕业,在户县一个公司上班。周五女孩去了男朋友的公司,一块回了位于高陵的男孩家,周一返校后感觉好像感冒了,胃也不舒服。她不舍得花钱,是她的舍友到药房给她买了一些治感冒的药吃,可老不见好。到了周二舍友感觉不对头硬把她送到医院,刚开始医生也是按照感冒治疗的,可越治越厉害,治到最后医生终于明白,眼前的这个女孩不是得了感冒,而是传染上了要命的出血热! 都到这时候了医院才要求女孩立即转院,可远在深圳的亲人要回到西安需要很长的时间。她的妈妈又没有联系方式,她的男朋友仅仅是男朋友,没有在亲属栏签字的权力,再说情势已经凶险到这种程度,他也不敢签。女孩的舍友孤独又绝望,眼看着昔日如花似玉的姐妹慢慢枯萎、凋零,最后弯曲成一段瘦小的乔木驾鹤西去。

女孩穿上了此生最贵的一身新衣服,可不知道要魂归何处。母亲家她肯定去不了,她出生的地方谁都没有,也回不去,男朋友也不可能收留她。她的妹妹赶回来之后像是受伤的小兽,冲着我们怒吼,人都死了你们才来,你们早干什么去了,你们为什么不早些救她。女孩的父亲是个憨实的庄稼人,一句话都说不了,女儿的夭折让他欲哭无泪,为了见女儿最后一面他赶了几天的路,滴水未进,山塔似的汉子飘摇得像风中的纸屑随时就要倒下。女孩的妈妈是父亲回来之后才通知的,听闻噩耗,眼泪就没有揩净过。事情处理完后,我和同事去给女孩买骨灰盒,看着这个她的最后的归宿我发了好久,那么年轻的生命说走就走了,留下来的还得在滚滚红尘里奔波、挣扎、思念。女孩的家人到宿舍焚烧女孩的被褥要最后抹掉女孩的人世痕迹时,同屋的姐妹哭得快要死去,直到毕业典礼班长提起女孩的缺席依然热泪长涌。

处理完女孩的事,再次坐上 48 路时,我突然意识到我都有好几天没有坐这路公交车了。六点多,天已经亮了,路旁的花儿也快凋谢了,又一个春天就要过去了!今天再坐在 48 路上,我没有了往日对它的厌烦,相反,心平气和。生命无常,我们根本无法预测哪一天自己就离开了这个世界,活着的每一天都要好好珍惜,哪来那么多的抱怨!正感慨着车厢里想起报站的声音,说青龙寺到了,那下一站就是沙坡村,再下一站是交大商场,走完互助路立交,金花北路,就到了单位了。其实知道自己在哪儿,也知道自己下一站去哪里,也挺好的。转头看看快要升起的太阳,心想,西安的公交有许多路,但我只有 48 路,因为只有它能让我找到回家的路。

猫 狗 兄 弟

在我很小的时候,爷爷就告诉过我,猫是奸臣,狗才是忠臣,所以,我打小时候起就喜欢狗而厌恶猫。

关于狗的最早的认知来自母亲对她少女时代那个小伙伴的叙述。外婆育有八个儿女,让其他七个孩子外出念书,只留我的母亲在家帮助外爷务农。除了种地,母亲还要干其他的家务活,她的少女生活过得一片荒凉。母亲上山劳动时,常常被后山或邻村人家的大狗恐吓,追得走投无路的时候,三步并作两步爬到树上,等狗走远了才敢下地劳动。为了给女儿壮胆,外婆也喂了一条大黑狗,有了这条狗,母亲再就什么都不怕了,大黑陪着她上山种地,下河洗衣。这条大黑狗还陪着母亲给镇上上学的舅舅送干粮,母亲把大舅的干粮装在一个褡裢里,匀在大黑身上,用皮带扣紧,然后她俩就箭一般地飞向镇上。这是少女时代最快乐的一段时光。这只陪伴了母亲多年的大黑狗最终不知所终,母亲说狗很聪明,也知命,知道大限到来之后会独自静静地离开,它不想让主人难过,会老死在无人知晓的地方。

长大后,像母亲小时候一样,为了照怕,母亲也给我养了一条大黄狗。我小时候不讲卫生,生性豪放,抱一海碗饭在前边吃,后边跟着一群老母鸡,叽叽咕咕地捡漏。饭刚吃完,我家的大黄狗就扑了上来,前边的两只爪子搭在我的肩上,由上而下，由下而上，把我脸上、肚皮上的饭粒舔吮一遍才肯放我过去。这只大黄狗陪伴了我童年很长的一段岁月，给了我好多温馨、很多安全。

家里最喜欢狗的是我儿子，他是个狗来疯，几乎能和所有的狗交上朋友。他小的时候，妻子带他上街玩，碰上一个狗贩子卖小狗，儿子想买一只回家，妻子不同意，那个狗贩子就跟着他们走，也不出声，走了好长一段路，儿子和狗贩子都不放弃，妻子只好妥协买了一只回来。动物小的时候都是精灵，怪可爱，这只小狗也是如此，可它太贪吃，我儿子又没有养狗的经验，一次给它吃得太饱，差一点撑坏了小狗，为此还请了学校生科院的老师给小狗看病。小狗太小，训练不到位，独自留它在家闹腾得不行，于是我每天送儿子去了幼儿园，又要送小狗去丈母娘家，一段时间下来，烦不胜烦。最终做通了儿子的工作，把小狗寄养在了我堂嫂家里，后来儿子去看它，说来奇怪，长时间不见，但远远地看到儿子它会从几里外的陡坡上飞驰而来，扑到儿子身上嬉戏，那种亲热的场景真让人感动。

肉童和泰娃

儿子二年级的时候,院子里来了一只流浪狗,极爱吃肉,儿子给它起名叫肉童。因为儿子常带给它吃的,所以它见了儿子分外亲热。有几次儿子带着它回家,它迈进我家的情景真让人心酸。儿子打开门叫着它的名字让它进来,它怯怯地站在门口,缩头缩脑,不敢进来,它可能被人无数次地从门里踢出过,所以对门十分恐惧,后来它看到儿子一再热情地呼喊它,才慢慢地跳了进来,进来之后贴着墙根只是摇着小尾巴,看我们如何反应,直到它确定这家人不会把它再踹出去,它才小心翼翼地迈开小步,走进儿子的房间。它流浪的时间太久了,浑身上下没有一撮毛是整齐的,非常瘦弱,但它是懂事的,眼睛清清亮亮,从不乱动、乱叫,它最快乐的时光是在大门口等儿子放学归来,只要我家的车一进大门,它就欢快地追逐在后边,等儿子下车后他们会在楼下的草地上翻滚、玩耍好久。快到过年的时候,我们要带儿子回老家,儿子担心肉童挨饿,反复叮咛他的几个小伙伴,告诉他们一定记得给肉童吃东西,谁知等过完年我们回到家时,才知道肉童最后竟然饿死在我家门口。"肉童之死"凝结成一个哲学命题让读小学的儿子深感命运和死亡的无解!他曾经不止一次地问过这只小狗,你的家在哪儿,你的主人是谁,你的父母是谁,你这么可爱,你的主人为什么要抛弃你。他不理解答应得好好的小伙伴为什么只管自己过年而忘了朋友之托。他也不理解小狗为什么死心眼地等在门外宁愿饿死也不出去讨食,它之前又不是没有做过乞食儿!他常想是否最初没有收留肉童它就不会被饿死在家门前!肉童的死让儿子悲伤了很长一段时间,一直到初三到西安读书,只要一写作文,他就会写到这只可怜的小狗。

相对于狗,我对猫的认知非常浅,但我的爱人对猫却情有独钟，她写过一篇散文《黑子》，专述她和猫的不解情缘。不独我的爱人喜欢猫，后来读书，知道了好多我喜欢的大作家也喜欢猫。我记得冰心就写过和猫相处的岁月。我还看到过一张照片，一只猫从季羡林先生面前跃过，老人用慈祥、和蔼的目光看着这只精灵从他面前滑过。还有一张是我敬重的美学家李泽厚和猫相处的照片，照片上的先生躺在一张帆布椅子里，穿着极随便的家居衣服，伸出一只指头给他家的小猫讲课。

没想到后来我们家也养猫了。妻子的闺蜜养了一对恩爱的猫，生下小猫后送了她一只。这是一只灰色的英短公猫，他来到我家的时候才两个月大。为了他的到来妻子和儿子给他买了极好的猫粮和散发着清淡香味的猫砂，小猫的饮水器和食盒是一个靴子状的小盒，小盒上面还戴着一个小圆桶，用来储水储粮，极具儿童色彩。最可笑的是小猫的宿舍，通体用厚绒的花布做就，门口竟然晃晃荡荡地挂着一颗小棉球，像电视里贾宝玉额头的那颗小红球。这个小家伙的爸爸叫赛文，妻子想到了赛文奥特曼，给小猫起了一个名字叫赛罗，赛罗奥特曼，赛文的儿子！

受爷爷思想的影响，我不喜欢这个赛罗。万物皆有灵，我不喜欢他，这个小家伙也不喜欢我，一次竟然抓破了我的脖子，害得我跑到医院打了五次疫苗，还花了很多钱。最让人厌恶的是他竟然认为自己不是一只猫，有着极强的好奇心，我干什么他都要参与。我上洗手间，他就蹲在地上一脸鄙夷地看我满脸通红地干坏事；我刷牙，他站在洗脸池旁边的洗衣机上伸出爪子试图给我揩拭满嘴的泡沫；我做饭，他要把扔进垃圾桶里的所有东西翻出来，搜寻自己能吃的东西；我看电视想换个频道，他竟然把遥控器叼走自己玩。最让人愤怒的是，他见个角落就以为是洗手间，就干坏事。一次他竟然在被风吹到书桌下面的书信上干坏事，这封信被我珍藏了二十八年，是我补习时在复旦上学的同学写给我的勉励信。

小猫赛罗

还有一次他在洗菜池里干了坏事，被我用木板扣在池子里罚站，想让他闻一闻难闻的气味，长点儿记性，谁知他竟然顶开了木板把粘在爪子上的脏东西在客厅里均匀地四处涂抹，等我用光了一盒湿巾把他擦干净、把客厅打扫干净都到午夜两点了。

出离愤怒的我向妻子下了最后通牒，要么这只猫走我留下，要么我走这只猫留下。妻子闻言泪如雨下，她家养过一只小猫叫黑子，因为母亲嫌影响她学习，寄养在别人家不久就死了，为此她伤心难过了好久。现在要把小赛罗送出去，她怎能舍得。她劝不动我，就让儿子给我打电话，儿子在电话里怯怯地陈述小猫干坏事的种种可能性，并说万一不行送到学校他自己养。儿子都读研了，很少求我什么，这次为一只小猫求我，我不好直接拒绝，只答应观察一段时间，实在不行，我真的会把这只不听话的猫送到北京去。

可时间不长，这家伙旧病复发，又在洗脸池里干了坏事，我一顿怒吼，直接宣布我俩的缘分尽了，让他滚蛋。这次他好像听懂了我的话,径直走到门口,耷拉着脑袋等我开门,一副要离家出走的样子。我担心现在放他走儿子回来无法交代,就没有开门,他站了一会,卧到猫砂盆里一个下午都没有出来,好像告诉我他会改正错误,不再干坏事了。晚上,他走到儿子的房间,站在窗台上看窗外的万家灯火,样子非常忧伤,马路对面就是妻子闺蜜的家,那儿有他的爸爸妈妈,他可能是想家了,想他的父母了。

人的成长可能是一场变故,一次灾难,是瞬间的生成。这只小猫也一样,让人惊讶的是从此后他再也没有干过坏事。他不闹了,反而让我不放心,家里没了动静,我会伸长脖子四处查看这个家伙在哪里,在干什么。

一个周末,妻子急匆匆地给我打电话,说刚才她的闺蜜给她打电话,电话打通却是未语泪先流。原来赛罗的妈妈小灰,因为主人周末打扫卫生忘记关窗子上的窗纱,在扑打窗外的飞虫时扑到窗子外面,掉了下去。妻子语无伦次地告知了这一噩耗,临末了,哀叹一声,赛罗没有妈妈了!我接完电话回头看我家那货,发现他正在地板上滚一颗铃铛玩,那样专心致志,安详平和。

后来我基本上能和这只叫赛罗的猫和平相处了。早上去卫生间也不再刻意关门,他要看就看,反正他也是男的,应该知道男人是怎么回事。晚上下班回来,开门的时候,他早早地候在门边,热切地欢迎我回家。有时候看书累了,也会走出去看他干什么。最让我难忘的是他蹲在窗台上望外边的世界的神态,那么专注,那么忧伤,那么落寞。我想他一定是想,外边那么大,能否去看看。如果到了外边,他就可以天高任鸟飞,海阔凭鱼跃,他就可以像院子里其他的流浪猫一样,吃百家饭,谈万次爱,不要困守一室,终身不得自由。每天早晨我提包穿鞋出门的时候,他都急吼吼地跑到门边,希望我带他一起出行,可每次都被我留在家里,徒留他无奈的叫声在身后回荡。赛罗哪里知道,其实我也是不自由的,我要到一个叫单位的地方坐班,一样困守一室,终身不得自由。

偶有闲暇也想由乡到城居家的日子里的猫狗兄弟,想多了,竟然有些感悟。我想,狗是动的,猫是静的;狗大致是乡村的,猫大致是城市的;狗属于儒家,重忠义伦理;猫属于道家,重内在修炼。我喜欢狗,其实是对农耕生活的留恋;我不喜欢猫,其实是对城市生活的陌生、隔阂;喜欢狗,说明你还小,想得到帮助;喜欢猫,是你已经大了,能付出。不管喜欢不喜欢,它俩常在一起,才是兄弟,伴随着人类一起生活,一起成长。

窗　外

　　我落草在陕北一孔土窑洞里的土炕上。在我很小很小的时候妈妈就要上山劳作挣工分养家糊口，爸爸在山外教书回不来，我的奶奶在我父亲十三岁的时候就因生我小姑大出血撒手人寰，我的外婆自己有八个小孩，在我身后还有四姨、五姨，哪能顾得了我。毫无办法的妈妈一根带子把我拴在炕上的石锁上，留一条大黄狗给我做伴。幼小的我没有玩具，没有启蒙读物，更没有保姆。我对这个世界最初的所有认知都来自自己家的那扇木窗户。春日里我能看到衔泥筑巢育子的小燕子，催人下地播种的布谷鸟，引吭高歌的大公鸡，上山撵兔下山追猪的大黄狗。夏日里我能看到枣林里呼朋引伴的知了。秋天里我歪着脑袋睁着小眼睛看窗外蓝天上振翅翱翔的老鹰，扇着整齐的翅膀飞向南方的大雁。在暮秋草黄雁鸣的时节，妈妈害怕我着凉，也由于我爬在窗格子上向外张望的时候小手常常把麻纸戳破，她干脆把一条羊毛毡钉在窗户上，这样既保暖，又耐用，可这条羊毛毡虽然带来了温暖，却挡住了我看世界的窗口，我只能在黑黑的窑洞里憧憬着外面的风景，等待漫长的冬天过去，下一个美好的春天降临。

　　在童年的时光，窗外于我，是那么美好那么有吸引力。

　　后来我告别了落草的土窑洞，也告别了我童年的那扇窗户，带着自己对这个世界的最初的全部认知，踏上了人生漫长的求学路。匆忙赶路中,根本无暇顾及窗外的风景。二十五岁那一年我终于结束了求学生涯,开始在地处毛乌素沙漠边缘的一所专科学校工作。入职后单位分给我一间宿舍,我在宿舍最里边安了一张床,床边放了一张沙发,靠近窗户边上我安了一张书桌,旁边是一个书架,在此我安置了漂流了二十多年的灵魂。

　　总以为可以品味着窗外的风景悠闲地度日了,但工作之后紧接着就是结婚成家,紧接着就是生养孩子,生活一地鸡毛,烦乱不堪。我住的房间里没有水管,我要到水房里把水担回来,然后我母亲用它洗完小孩的尿布后又一盆盆地倾倒出去,然后我再挑来,妈妈再倒出去,我在五颜六色的尿布丛林里备课教书熬职称,在灰暗的办公室里坐班写文件盼职务。岁月在孩子的奶味和尿味里翻滚、流淌,心灵被庸常生活散发的气息缠绕,我只顾低头走路,无暇抬头望天。我今天过着昨天的生活,明天拷贝着今天的日子,后天复制着明天的岁月,我不知道我的房间还有窗户,也从未想过窗外的世界。

　　这样的日子一过就是十三年。我总以为日子会永远这样过下去,我也会终老毛乌素,埋骨塞上柳,谁知偶然间目睹到的窗外的世界敲醒了我沉寂的心灵,给我带来了新的梦想。

　　那年秋天学校要在我的窗外盖逸夫楼,工人们竖起了高高的脚手架。每天清晨太阳还未露脸,脚手架上就飘来了动听的信天游,歌声来自开脚手架的小伙子。小伙子嗓音极好,又在清晨,还在旷野,那种清越,那种忧伤,那种敲骨击髓的穿透力,让人闻声警醒,不敢再贪恋温暖的被窝。塞上的秋天格外辽远开阔,我披衣踱步站在窗前,痴痴地听着看着想着,一个人在高高的脚手架上俯瞰世界可能有了另外一种眼光,另外一种心态！小伙子歌声中传递出来的乐观、豁达、对生活的热爱深深感染着我，对比之下，让我对自己的懈怠慵懒麻木深恶痛绝。

窗外开脚手架的小伙子的歌声于我是闹铃是警钟。我不再如往昔一般怠惰，他在窗外唱，我在窗内学，或许有朝一日我也可以飞到窗外的高塔上看世界，用灵魂歌唱。

窗外的那座楼修了三年，那个小伙子在那座铁塔上差不多唱了三年。我也在他的歌声陪伴下苦读了三年。在窗外的那座楼竣工的那个春天，我收到了从长安一所大学发出的博士录取通知书。

在那座叫梅园的博士楼里，我拥有了一间十二平方米的房间，房子里除了书架、床，再什么都没有，门是铁皮的，由于是二楼害怕别人翻进来，窗外插上了铁栏杆，真成了铁门铁窗。但这并不影响我看窗外的风景。我的窗外有棵很大的梧桐树，读博的三年，很苦很累，倦累的时候，我就看看窗外的梧桐树，看它春天里像一朵朵绿色小花的新芽，看它夏日里像一把把精巧的小伞的巴掌般的叶子，看它秋日里如蝴蝶般飞舞的黄叶，看它冬日里的寂寞萧条。窗外的梧桐如我的好友，日日和我对话交流，给我慰藉给我温暖。

读完书后，我留在了长安。我住的楼层很高，天气好的时候，书房的窗外可清晰地看到云雾缭绕的终南山，让人想起了"行到水穷处，坐看云起时"的诗情画意。哪一天，我也想走进终南山，看看王维在终南山的别墅，看看他的窗外的世界。

硕士论文后记

写完这篇文章的最后一个字是丁亥年的正月十三。掉头窗外，塞外大雪漫天，世界一片晶莹。

望着眼前厚厚的文稿和案几上茶杯袅袅的茶烟，回首自己的坎坷求学经历，真真让人唏嘘不已。升学路上，我一直不顺利。我从九八年就开始申请硕士学位了，而真正可能有机会拿到学位却是今年，二〇〇七年！我本性愚钝，不是治学、做学问的料，可自己就是希望有朝一日能成为一名学者，这中间的追求便有了浓浓的人生悲剧意味了：守望信念和坚守理想在这消费主义盛行的时代很像屈原在江畔的天问，让渔夫纳闷不解！

让我坚持不懈地在追求学问的道路上执着地走下去的是我在陕师大的师长。在学习"元明清文学"时，冯文楼先生给我们推荐了女性主义理论批评搞得很有特色的屈雅君教授，于是我旁听完了先生所有的课。屈老师是给我们这一届学生上最后一节课的老师，在和我们告别时，她阐释了女性"独自上路"对女性事业成功的重要意义。而在听屈老师讲西方心理分析理论时，她又请来了陈越先生给我们讲拉康的理论，她像一个小学生一样坐在我们中间一边记笔记，一边认真听讲，当陈老师讲到"能指"和"所指"时，她打断先生的讲解说："能不能重讲一遍？我没有理解。"当陈老师又讲了一遍之后，她微微颔首,不再言语。在陈老师讲拉康的时候,他又给我们介绍了尤西林先生,于是我又选修了半年尤西林先生的《人文科学导论》,先生的儒雅和大气让我叹服不已,他对有关大学的人文含义和儒家六艺的人文意义的解读直到现在都让我记忆犹新! 先生们引领我走入的这方世界博大精深,对我有着极大的吸引力。

教授我们专业的师长同样给我带来了很大的收获。张新科先生给他的研究生上"唐前韵文研究",给外国留学生上"史记研究",我都跑去听讲,留学生的汉语水平实在不敢恭维,为了教学效果,他每次开讲前都选讲一则史记中的成语故事,然后以选释这则成语的章节为中心开始一天的教授。一次他讲完"三令五申",问留学生听懂了没有,他们回答说听懂了,于是他就提问我旁边来自韩国的方婉婷,此君竟然无言以对,于是先生叫起我的名字让我下课后给同桌补讲。吕培成先生讲授"先秦文学",先生穿一身中山装,朴素而大方,右手端一杯清茶,左手提一个装教案的人造革旧提袋。先生写得一手好字,坐下来先饮清茶一口,然后侃侃而谈,从来不看教案。只是有一次讲庄子,板书时有几个字不太确信才拉开教案袋,谁知里边也仅有一本朱东润主编的作品选! 先生从不照本宣科,常常新见迭出,他对陶渊明的体悟和魏耕原先生的感悟一样深刻而优美!

让我念念不忘的还有我的导师张学忠教授。先生是师大在驼城办班时我的老师,他的"李世民的艺术观对唐诗的影响""唐诗以丑为美的艺术特征"等观点现在变成了我给学生讲课时的讲义。记得我给他送选题报告时先生正患感冒,穿着厚厚的衣服,热水泡脚,满头大汗地给我介绍选题的前沿研究情况和参考文献！先生的教诲、学识、人品我都将会终生记取！

师大文学院的先生们都很善良，有着极好的人品和修养，没有丝毫的架子，我真想念他们，不知此生是否还有缘分忝列其门下读书？先生之间的"文人相重"同样令我感佩，正是这种好的风气，好的先生，推动了师大的教学科研快速发展，我在师大读博回来的同事告诉我，师大的教育部本科评估只有一个是良，其余的都是优！祝福你们了，我敬爱的师长们！

窗外的雪还在一阵紧似一阵地飘着，室内的妻子正辛勤地在电脑前为她的夫君赶打着文稿，我的儿子也在安静地计算着他父亲的论文够不够三万字！谢谢你们了，我的亲人们！

我再次掉头望着窗外，适逢假日，校园里一片宁静，那么此时此刻曲江畔的师大校园是否也是大雪无痕？畅志园前的柿子树上是否依然子满枝头？冬风生渭水，瑞雪满长安。我何时再能回到我那梦中的学堂！

博士论文后记

　　窗外梧桐树上的叶子一片一片地变黄、枯萎，然后离开树枝，在空中打着旋，慢悠悠地坠向大地，渐渐地，树叶就落光了。这样的情景我在长安已是第三次看到。梧桐树第三次落光树叶的时候，我的论文《魏晋南北朝困厄文人创作研究》终于要写完了，要写完论文的我，并不激动，也没有多少喜悦。论文的好坏已经不重要了，重要的是自己拥有了一种经历，一种心境，这种经历和心境是我生命中所未曾拥有过的，圣人曾言："朝闻道，夕死可矣。"平凡如我者，能够体验这种生命之道，让我心怀无限感激。

　　在这段求学的历程中，最让我感激的是我的导师张新科先生。导师招收了我并且把我领进学术殿堂，教我知识、启我心智，驱除我心性中的粗劣、蛮野。我很怀念先生给我们授课的那些时日，先生坐在我们中间讲《史记》《汉书》，讲《班马研究》，讲"若无新变，不能代雄"的六朝文学。先生志虑忠纯、坚毅聪慧，遇事冷静，为人豁达乐观。《诗》曰："高山仰止，景行行止。"先生对于心性浮躁、没有慧根的我是终生学习的榜样。先生对我的培养不遗余力，他不厌其烦地帮我梳理乱若团麻的开题报告、毕业论文提纲，帮我修改、举荐、发表小论文。有时写不下去了，就到他的办公室找他，他一遍遍地给我列书单、提思路，离开他的办公室时总会有种醍醐灌顶的感觉。就这样先生扶着我一步步地走到今天，回望来时路，内心深处对先生充满无限的感激。现在论文写完了，听着毕业的脚步一步步走近，内心真有万般不舍。我深知离开先生，我就要等待时光的巨喙啄食我的灵魂，好在以后的岁月有师生情谊会让我常常忆起，会帮我驱除生命中的寂寥。

我也很感激我的同门学兄学姐。长顺兄在我入学后心理最困惑的时候给了我耐心、细致的开导，使我及时调整心态，是他帮我把社会上漂泊了十多年的心灵渡回校园，做回一个纯真、安心的学生；是他帮我一篇篇地修改论文。我的第一篇论文写好之后交给他，不久他把修改好的文章还给我，展开一看，哪里是修改，分明是重写了一遍。这篇论文后来发在很不错的一个 C 刊杂志上。长顺兄为人勤勉刻苦，待人大气宽容，很感激上苍在我人生最后的学生岁月赐我这段情谊。晓鹃师姐看到我因文章出不来而焦虑万分的时候告诫我，做学问是慢功夫，心急不得，看懂一个字、一句话、一本书之前和之后一个人的学问境界是不一样的。她还帮助我寻找杂志社，我的论文能在很短的时间内发完、发够，没有她的帮助是根本不可能做到的。晓鹃师姐虽是女儿身，但她的大气、豁达和睿智是我这个男人都难望其项背的，我也很感激上苍赐她做我的师姐。竞泽兄在我论文的最后关头给了我巨大的帮助。长达半年的写作，我已是江郎才尽、倦累不堪，是他给我思路、提纲。他还把自己的相关论文发给我，供我参考。每每想起这些，眼泪花时常在眼眶内打转。

我也很感激我的同事亢雄。我硕士毕业后实在舍不得丢掉学了多年的英语，虽然偷偷地学着，但绝对没有再考学的勇气。是他给我报的名,给我下载的准考证,在考点给我预订的房间。没有他我是不会有勇气走到长安考场的。三年来,我俩互为形影,披肝沥胆。

我也很怀念师姐陈莹。她看书时坐得太久,两腿浮肿得就像发面一样,坐着不能看书,她就站着看;心里太累了,她就在操场跑步,让眼泪和着风雨肆意滂沱。她的刻苦求学精神时时激励着我,让我不敢有懈怠。她现在在北京做博后,明年出站,愿她也能有个好归宿。我也感谢我单位的同事们,三年里他们给了我许多的帮助和安慰,给了我独自上路的心劲。也感谢秀慧师姐、晓玲师妹、张华师弟、悦玲师妹,他们自己也有许多的磨难和压力,但他们还是竭尽所能地帮我,他们的陪伴让我少了许多孤寂,多了许多快乐。

我也非常感激我的家人。母亲2009年的秋天摔坏了右腿的股骨头,怕影响我的学习她竟然不让家人告诉我。对他们我永远怀有歉疚,养儿防老,我却无以回报,还要他们牵挂,真是惭愧。我的爱人刘卉,在我求学的一千多个日日夜夜里,替我孝敬老人,独自抚养孩子,承担了太多的辛苦和煎熬。我在娶她的时候曾答应给她幸福,可都到不惑之年了还在漂泊,我的诺言何时能够兑现?还有我的儿子,这么多年里我没有给过他情感的慰藉和现实的帮助,反而是他这个十几岁的孩子经常打电话安慰我、鼓励我。

论文写完了,我走到图书馆过刊室、文源楼404室长坐不起。这些年来,我就是在这两个地方度过我的读书岁月,我的喜怒哀乐它们看得最清楚,"天何言哉?四时行焉,百物生焉,天何言哉?"它们虽不言语,但它们这儿会是我魂牵梦绕的地方。

　　论文写完了，回望来时路，心中有无限感慨。这三年，在长安读书，犹如在天堂行走，丰盈了记忆，永恒了岁月，除了感激，我还是感激。

关 于 孤 独

　　小时候,爸爸在山外做乡村教师,妈妈在家里操持家务,感觉村庄和家里都是亘古不变的宁静,让人体会到的是令人恐惧的孤独。那时候家里少有客人来访,可一旦来一个客人我和妈妈都会拿出家里最好的食物热情地招待,那是给弟弟妹妹都舍不得吃的食物。我那么做是希望客人多留几天,能给我和弟弟妹妹讲山外的故事,给家里带来一些响动和热闹,我在很小的时候就对打破孤独有一种热烈的渴望。

　　稍大后,进城里读书,慢慢就看懂一些人情世故,也更深刻地体会到孤独的滋味。进城第一年的中秋节,一个亲戚捎话让我到他家去吃饭,我很高兴,这是在县城,人际关系极冷淡的地方,还有人关心自己,请自己吃饭,当然是很快乐的事情。放了学我早早地换了新衣服,兴冲冲地向亲戚家走去,可我怎么都走不到他们家。原来他在一个很大的工厂上班,工厂和家属院之间垒有非常高的隔离墙,上边还有直刺云天的碎玻璃和铁丝网,一个小孩子根本无法爬过去。我试图找到可以通过的大门,可惜我找了很长时间都找不到,回到工厂大门,过节放假,连个门卫都没有,冷清得要命。万般无奈,我又折回学校,在宿舍门上留下一张纸条,心想亲戚等不到我会到宿舍来找我,写好留言条我又去那个墙根,寻找可以通过的路,寻找一条乡下孩子可以到城里亲戚家吃饭的路,可惜的是直到晚上月亮爬上树梢我还是找不到。最难忘的是,从下午到晚上我连一个可以问路的人都看不见,在那个靠书信联系的时代,一个乡下的孩子就这样遥望着一轮明月度过了自己离开母亲的第一个孤独的中秋节。

参加工作后,有了自己可以支配的钱财,自以为拥有了可以驱赶走孤独的资本。在大学时代读了许多回忆民国教授的文章,读出许多令人称道的民国范儿,他们虽是文人,却有着千古文人的侠客梦。其中最高的风流并不是如何写情书,也不是讲座挤破多少人头,学问征服多少少女,而是对知音的寻觅,对人间温情的呵护、传递、表达。有一篇文章说有一个很大的人物去理发,碰到一个更大的人物也在理发,两个人并没有说话,走的时候要结账,店主人告诉他刚才那个老头已经一并买过单了。这种传递爱心的方式令我隔着几个朝代依然觉得温暖,那种宋江式的仗义疏财更是无上的风流,让我神往。在接下来的最初的职场生涯里,我一直传递着自己心仪的温暖,演绎着自己神往的风流,我买单买到圈里闻名,那时候我自以为觥筹交错、饮酒把盏的气氛里就可以摆脱孤独,就可以义结金兰,可酒醒夜静,梳理自己的心绪的时候,感觉自己并没有得到心仪的温情,反而更孤独了。

到了不惑之年,命运把我接到白居易曾经生活过的长安工作,我像乐天先生一样,有种黄河泥水中的小鱼儿一下子被冲到东海的感觉,面对车水马龙的大都市,整天晕晕乎乎的,不知如何下定自己生命的罗盘指针。同年和我一块博士毕业的一个兄弟分别时喝大了,真诚地告诉我,他不留西安,是他对这座大城市有种天生的恐惧。我对西安这座城市没有恐惧,但对生活在这座城市里感觉到的冷清、孤独很是恐惧,对没有人情味的人际关系很是恐惧。我常常极力邀请同事一起吃饭,希冀能融合到这个单位、这座城市、这方文化。有一次,我把办公室里所有的人都请去吃酒,包括收发室的老太太。我在这座城市的生活成本是很高的,我的工资根本不够请客吃饭,可我不在乎,这个月没了,还有下个月,还有年底奖金,千金散尽还复来,李白就是这样的,何况民国文人的范儿还根植在我心底,这种感觉怂恿着我做江湖宋江,我的钱不够请客,还有我爱人的钱,她挣得比我挣得多。后来单位上的人都知道来了一个外乡人,爱请客。我在喧嚣的世界里以这种方式寻找能与我一起行走的知音、同道,我不想被孤独踢倒,被主流生活的浪潮席卷,那段时光我对知音有种含泪的祈盼。

我花光了两个人的工资却还是找不到知音,还是倍感孤寂。酒场上的热烈、快乐仅仅能维持数个小时,人散后,茶还热,月如钩,心更凉。有一次,我拿的好酒把一个姐儿喝高了,她醉眼朦胧却口齿伶俐,她让我以后再也不要请她吃饭喝酒了,一则她没有钱回请我,吃我多了她心不安;二则她有那么多的论文要写,哪来的时间吃酒大话西游。那一天是我来长安喝得最多的一次,却也是最安静的一次,我默默地喝着酒品味着她的话,心底涌出说不出的心酸和凄凉。我们是一起读书的,记得预答辩之后招待老师,都喝高了,散伙后她看见我俩的论文扔在地上无人理睬,就一本一本地从地上捡起来,拍净上面的灰尘,抱在胸前深一脚浅一脚地跟在我的身后往回走,一个答辩组七个导师,两个人的论文加起来十大几本,很重的,累得她直喘气,我那时候喝得都希望有人把我抱在胸前,哪有力气帮别人拿东西。行走的同时,她还给我讲述她的心路历程,如何不安本分,老希望往外走,想看看外面的世界,她讲着讲着,泪雨滂沱。就是这样的同学交情,她后来还是拒我于千里之外,我不仅仅无法走到她的心里,就连一起吃饭都不可能了,因为她有那么多的论文要去完成。我并不渴望我们之间的情谊演化成梁山伯与祝英台同门读书共结金兰那样的千古佳话,但我多么希望我们三年的相伴能够凝固成一种有温度的牵挂和永恒的记忆啊!谁知我在酒场上的热情换回来的是更多的孤独,对知音的召唤依然是一厢情愿的痴心梦想。

在长安待久了,慢慢就融到这方文化里边去了,进去了,就不可能全身而退。周围全是清一色的博士,他们勤勉、澄静,我听不到任何喧闹,他们更多地像墨家子弟,穿着紧绷的衣服,抿着嘴,不言语,为了心中的信仰孤独地奋力前行。蓬生麻中,不扶而直,时间久了,我也不再发怵写论文发核刊,也学会报项目,最令人开心的是面对近千人的场面发表演讲竟然可以不用讲稿侃侃而谈。有了自己,就不太关注别人,校园里碰到领导,心闲的时候礼貌地问候,心忙的时候也就视而不见,旁若无人,退回来内心也平静异常,不会再为见了领导的面没打招呼而惊恐、自责,心静如水,春花秋月。至此我才知道,自己之前那么渴望摆脱孤独,那么渴望知音,那么渴望言说,是自己内心太荒漠,太空寂了。

我用了近半生的时间寻找可以摆脱孤独的路径,希望走向有鲜花、掌声的成功舞台,可快到知天命的年纪才发现只有孤独能让灵魂丰盈。柏拉图在《飨宴篇》里讲过,远古时代,人有三种类型,一种是纯阳性,一种是纯阴性,还有一种是阴阳型,由于人类得罪了神,遭到惩罚,把三种人都劈成两半,从此天涯孤旅,每一个被劈开的一半,永远都在寻找另外一半。由此可见,生命的本质就是孤独。有人讲过,孤独的核心价值就是跟自己在一起。是啊,一个人连和自己都处不好,怎会和别人相处。

大学没有梁山,宋江早已招安。孤独其实不仅仅是一个人的心理体验,更多的时候是一个人的生存状态、生命状态和生命必然,是告别幼稚走向理性时获得的生命智慧,是不需要借助外力就可以走向个体圆润的生命气象。想起之前的岁月,我常常有一种"物是人非事事休,欲语泪先流"的感慨,一种望断天涯路的心酸。人总是要说好多话才能归于缄默。人要长大,得遭多大的罪呀!

第四辑

生命之光

我 的 爷 爷

我手里有一张我爷爷的身份证,上面写着他的出生时间——一九二四年十一月四日。爷爷在这个世界行走、劳作了一辈子,二〇〇一年,他走了。在他离开的这些日子里,我常常能想起他。我是他唯一一个以码字为生的后人,我也想写一写他,以便存世启后,可一直写不出来。他坟头的树也长得很高了,我还没有写出来。直到今天我才拿起笔,在这个大家都忙于过年的时节里,我静坐书房开始写我的爷爷。

我的爷爷叫李海春,出生在陕北清涧东拉河乡东拉河村的后街里。东拉河是一个非常典型的农业时代里的小村庄。这个村庄的历史没有人能够搞清楚,家谱记载,我们是宋代抗金名将李显忠的后代,这样的话,这个村庄至少在宋代就存在了。

我爷爷出生的后街里是李氏五大门集中居住的地方,我之所以一再提起这个地方,是因为它对我们李氏这一门太重要了,这在后面我会慢慢交代。

我的爷爷是李氏大家族长门家的第三子,他上面还有两个哥哥。在这个以农耕为生的家族里他们也以农为重,早出晚归,勤勉劳作。但和别的家户不同的是,我爷爷的大哥李银春极富战略眼光,二哥李锦春极具商业头脑,他们在农忙时种地,在农闲时赶牲口走柳林。他们自己种棉花,让自己的女人纺纱织布,染好之后,驮到山西柳林去贩卖。得钱后,在那儿换成白灰、陶瓷,返乡沿途加价出售。得钱后,再去柳林装货返乡,如此循环,斗转星移,耕商相融,累积颇丰。这个几世同堂的家族从不分家,从不算计,只知道收获,很少消费,即使消费也是卖驴买骡,以备来年。他们的汗水和辛劳换回的是一袋一袋的铜元、银元,袋子满了之后,他们就把这些银钱装在他们从山西运回的瓷坛子里边,用泥封口,在漆黑的夜晚,仨兄弟在驴厩的地下屏声敛气,默默焚香叩拜之后,悄悄地凿一个大洞,把这些银钱存放进去,用原土盖好,上边再铺上驴粪、土灰,平静如初。这个村庄的表面还是盘古开天辟地时那么大,但李氏家的银库却越来越大了。仨兄弟用白银把村庄里能换回来的土地都换回来,在这个村庄里不可能再买回土地的情况下,他们的眼睛转向邻村。我记得非常清楚,我们邻村的樊家岔就有我家的土地。他们用地下的银元换地上的土地,买土地的契约一份一份地累积起来,都被悄悄地塞进一个小红木箱。这些地契和装这些地契的小木箱我爷爷去世后我们整理他的遗物时我还见过。

　　这个家族的上升势头由于二爷的去世而戛然而止。那也是一个漆黑的夜晚,他们又在驴厩里干活,二爷干活太累了,往地下放镢头的时候不小心扔到一头毛驴的蹄子上,那牲口扬起后蹄就踢在二爷的股骨头上。二爷害怕吵醒邻居,竟然隐忍不发,后来碎骨头卡住血脉,不过月余,血败而亡,年仅25岁。二爷去世不久,大爷因为伤心过度,抑郁成疾,一天因为吃了一碗旧饭,一口气没有上来,含恨而逝,年仅38岁。

　　两位兄长过世后经营家庭的重担就落在年龄最小的爷爷身上。二爷过世后留下自己的妻子和两个女儿,二奶奶明确地告诉自己的小叔子,自己不会改嫁,就是自己的孩子长大了也不改嫁。爷爷听后大受感动,一边给兄长治丧,一边给自己治疗由于丧兄而造成的心灵之痛。等到所有的后事都处理妥当,爷爷直起腰杆准备开启生活的渡船重走柳林时,发觉地库里的瓷坛都是空的,连一块银元都没有了。这让他大惑不解。银元是弟兄三个埋进去的,为了保密连自己的女人都没有告诉,现在两个兄长带着秘密永久地缄口了,知道底细的只有自己了,但坛子是空的,这是怎么回事?

看到自己的丈夫重新燃起的生命之火又要熄灭,我的奶奶追问原因,起初爷爷不肯说出真相,但这个谜团太难解开,他也希望从奶奶口中得到一些线索,于是也就以实相告。奶奶听完后告诉了爷爷一个细节,二爷去世后,二奶奶娘家的兄弟曾赶来一队毛驴驮着一些粮食说是去贩运,可来时驴背上的褡裢轻飘飘的,走时褡裢太重了,一头驴差点从脑畔上摔下来。爷爷闻言才恍然大悟,他二嫂不仅知道地银的秘密,而且在他忙于丧事的时期早已把银钱转移回娘家了。后来二奶奶改嫁到一个村头种有世界上年代最为久远的红枣树的村庄,等自己立住脚跟回到娘家和兄弟要那笔由毛驴驮回的财富时,她的兄弟瞪着迷惑的小眼睛问他的姐姐:我什么时候替你收藏过那么多的银钱?

走了兄弟失了财的爷爷并没有趴下,他这一房在奶奶的经营下也颇有一些积蓄,他可以东山再起。谁知当他把内务交给奶奶自己重新走柳林时,奶奶却在生我小姑姑时大出血撒手人寰,更要命的是我这个小姑姑不久又被洪水冲走了。这个小女儿的死成了压断爷爷神经的最后一根稻草,他彻底疯了!最后在巫婆、喇嘛、人粪、烙铁、中医的综合作用下爷爷慢慢地恢复了记忆,从天上又回到人间。

家里接二连三地出事,从鬼门关回来的爷爷不想再待在曾经见证过仁兄弟辉煌的后街里,他在村子最边上自己家的西瓜渠开凿了一院地方,招了两户邻居住了下来。这一住,他自己都没有意识到,这是他仁兄弟农商时代的结束,又是他自己农林时代的开始,也是老李家耕读时代的开始。

离开后街里住到西瓜渠,爷爷再也没有走柳林。那么多的亲人在那么短的时间里丢失,让他对命运的无常有了一种看破红尘的顿悟。他不再关心银钱,也不再打理昔日商道上的生意。他感觉到银钱是靠不住的,他想给这个世界留下一些可以永恒的东西。来到西瓜渠的爷爷一心务农,我曾经和他一起参加过劳动,记得作为农夫的爷爷的坚毅和坚强。

我们清晨五点不到就起身上山开荒,要把队里分给我家的一块苜蓿地改造成麦田。这块苜蓿地里长满野草、荆棘、酸枣树、藤条,这样的地是无法套犁耕作的,因为犁一进去,牲口一用劲,犁铧就会被拉断,寸步难行,唯一的办法就是用镢头一寸一寸地开垦、挖掘。

爷爷的劳动有种仪式感、宗教感。在开镢破土之前,他把自己的鞋子整齐地并排放在山下,赤脚上山;到了田头,把外衣脱掉,用土块压妥;唾一口唾沫把手粘在镢把上,然后抡起镢头,镢头在空中停留一两秒钟后像闪电一样划过清晨寂静的天幕,然后你能听到土地开裂之时迸发出的撕绸裂帛般的欢畅之声。随着镢头如燕子点水般地飞舞,脚下的黄土地一会就变成片片凉席、层层梯田,一行行、一垄垄,整整齐齐,安安静静地躺在那儿。爷爷沉静不语,坚毅而执着,眼睛既不望天也不看地,入定般地两腮鼓气而行。他不休息,他知道在这样强度的劳动中人一旦坐下来就很难再站起来,他深知一鼓作气的道理。不一会,汗水就湿透了他的衣服,豆大的汗珠爬满他那张古铜色的脸庞,在镢头入土的那一刻,一震而落,滚入脚下的黄土地。我跟在爷爷的身后,能从侧面看得见汗水爬满他脸颊滚入黄土之前那雕像般的图画。此刻,读中学的我能想起"汗滴禾下土"的古诗句,但那些话太轻佻、太文艺,根本写不出劳动者的神圣、伟大、庄严。我们家除了后来出生的三弟之外所有的人都惧怕爷爷,他不休息,我就是累死也不会停下手中的镢头。我是学生,只是在假期出来劳动几天,而他是农夫,日复一日,年复一年,年年如此,终生劳作,他不言苦,我敢说累!更何况他最看不起下软蛋的男人,流泪的男人,在女人面前要嘴皮子的男人。再说人身上都有原罪,我也希望通过这最原始的苦力劳作换来日灼后的清醒和疼痛,提醒我自己,道行还很浅,要得道还得在脚下的这片热土上苦练、修行;我也希望通过高强度的劳作能把我锻造成铜筋铁骨以便迎接接下来的繁重学业。那么大的一块地,就是牲口犁也得一天,可硬是被我们爷孙俩赶正午时分彻底垦完。翻完地还不算完,要把上面所有的柴禾分类整理,向日而列,做到斩草除根,防止死灰复燃。最后把翻开的土地用拐头平整得整整齐齐,犹如女人在小溪边浣洗出的棉纱。平整完土地,爷爷会拿来背绳,给我俩一人捆一捆柴禾,好回家生火做饭。干完所有的活,爷爷会在地上取一把青草,把镢头擦得光明瓦亮,人影可鉴,然后插入柴禾的背后。干完了所有的这一切,他终于坐了下来抽一锅旱烟开始休息,"提刀而立,为之四顾,为之踌躇满志,善刀而藏之",庄子赞美的就是这些劳作大师。这时烟锅上的火或明或暗,烟雾和人身上蒸出的汗气、土地上冒出的地气，氤氤氲氲，青蓝相间，飘向天空，犹如仙境一般。在这个人世上，最快乐、最幸福的事就是劳作后的休憩！

等我休息过了，才发现自己既饥又渴！背上柴禾顺坡而下，在沟底看见一汪清水，我飞蛾扑火般地迎上前去，扔掉柴禾跪下来就想饮水解渴。爷爷在身后怎么喊都喊不住我，情急之下，他顺手捡起一块土疙瘩扔进水潭，于是水花四溅、黄泥翻滚，等水再清澈下来，他也赶到水潭边了，指着水潭说道："你看看，不要命了！"我低头一看，水底下全是头发丝般细小的游动的水虫，他说这是死水，喝了人会得盲肠丁，几分钟毙命。我一听，打了一个冷颤，惊出一身冷汗，不再觉得饥渴难耐，负起柴禾跟在爷爷身后，默默前行。行到村子中间的泉水旁，他才告诉我，去喝吧，这是活水。在中国农业社会，要生存真的需要经验和智慧。

爷爷是耕者，他伺候土地的水平出神入化、炉火纯青，极具艺术性。每年野桃花盛开的时节，陕北人的春天也就到了。我们家人少，爸爸又在山外教书，家里就有爷爷、我和母亲三个劳力。这时农人都在忙开犁，母亲要管弟弟妹妹、小猪小羊，还要给我俩做饭送饭，有时候就我俩和一头老黄牛相跟着上山了。黄牛在前开路，爷爷居中犁地，我殿后点籽，一行完了再启一行，黄牛在前喘气，爷爷居中流汗，我在后跟跟跄跄地播种，到了田垄的尽头，爷爷会扯开嗓子把牛回回来，那声音极为悠长而又忧伤。"拦羊嗓子回牛声"，农人田头垄亩上的咏叹非常辽远、阔达，类似天问，犹如天籁。

牛在前，爷居中，孙在后，一行行，一步步，从坡底到山顶，耕耘过的土地因为播进了种子，孕育进了生命，具有无限的希望。就像刚刚梳妆好盖上盖头的新娘，静静地等待着，散发着一种湿气，又飘逸着一种热气，那么静谧，那么丰腴。等母亲把饭送来，爷爷会采一把野草把手擦净，在地上画一个圆圈，把食物祭奠在里边，邀请土神和谷神一起受飨。祭奠完后，他才让我和他一块就食。粮食来之不易，爷爷非常珍惜粮食，有时在地上看到一粒麦子，他会在手指上粘上唾液轻轻地把地上的粮食沾起来送入口中，慢慢地嚼碎，和气送下。

爷爷喜欢种树。奶奶的坟头，大爷、二爷的墓园都种满了树。里边一圈是松柏，外边一圈是槐树，再外边一圈是枣树，再外边是梨树，最外边是果树。他的亲人就是走了，在绿树成荫、四季果香的世界里也会静享天伦。爷爷喜欢种树的名声很大，县广播台还表扬过他。媒婆到外爷家为我的父亲提亲的时候，外爷并不同意这门亲事，没有婆婆，人丁稀稀落落，女儿的日子不苦才怪呢！可媒婆的一句话说动了外爷："亲家，他家现在是穷，祖上的财也迷了，可就凭他家地头上的树木砍下来换成钱几代人也吃不光！"外爷最终同意了这门亲事。爷爷在村里头种完了树，又把树种到村子外头，直到改革开放以后，我们还从村外自家的地里运回过木头。

爷爷是耕者，是园丁，也是一位目不识丁的文化人。爷爷是东拉河流域著名的伞头。每年过完正月初一，他就带领他的秧歌队走乡过镇，外出演出。爷爷的秧歌队是一个响当当的品牌。我曾亲眼看到过爷爷的风采。他头戴火车头帽，身穿军用黄大衣，脚蹬一双狗皮窝子，左手舞动着红绸缠绕的铜铃铛，右手飞旋着一把由红布条装裹起来的灰布伞。他左挪右闪，进六退三；排兵布阵，撒豆成兵。他左手一指，队伍立马就变成一朵向日葵，右手一挥队伍变成八卦阵；锣鼓震地，黄土漫天；在震耳欲聋的鞭炮声中，他把棉大衣旋转成一件薄如蝉翼的风衣,铜铃清脆,青伞飞旋,人轻如燕。此时,他们是黄土地上的精灵、舞者,是沟通天地的巫神,是打通古今的圣灵。他们在歌唱,在舞蹈,也在狂欢、升华,他们要把黄土地上的欢乐、忧伤一股脑地倾诉完毕,以便迎接大山般沉重的未来。

爷爷是东拉河流域出了名的伞头,这是爷爷(居中戴眼镜者)和他的秧歌队以及陕北明媚的冬日暖阳

一个出色的伞头要舞得好、指挥得好,更要唱得好。陕北的伞头也要对歌,和电影《刘三姐》里的对歌一模一样,表面上一问一答,以歌会友,其实绵里藏针,外圣内王。你被别人问倒了,或者你提出的问题别人都能轻易回答,那是很没面子的。有时斗歌从日落时分斗到月上西山,爷爷从来不会输掉。就这样,他们越走越远,从正月初二出发一直到正月二十三晚上才风尘仆仆地赶回来,因为这一天是年尾,他们要向村人汇报演出。回来时每个人的褡裢都装得满满的,有红枣,有炒

货,有香烟,有红包,真是满载而归,但他们津津乐道的是又斗倒了几家秧歌队。

除了是出色的伞头,爷爷还是说"西游"的高手。陕北人管讲故事为说"西游",爷爷一个字都不识,却可以把中国的历史讲得清清楚楚。在陕北寒冬腊月的夜晚,大伙都钻到爷爷的土窑洞听爷爷说"西游"。他讲"封神演义""三侠五义",也讲"三国""水浒",但给我印象最深的是"火烧高楼汗巾记",这是一个关于爱情、传奇、公案、团圆的故事。灶头上一根枣木呼呼燃烧,灶台上大铁锅里白水翻浪,炕头热得坐不住,干脆蹲起来。油灯如豆,大家就着"西游"里的人和事,叹息着主人公的命运,推着岁月往前走。

我的爷爷还是一个苦行僧般的求学访道之人。他喜欢听戏,是一个超级秦腔迷。他自陈是一个名叫"黄锡吼"戏班的铁杆戏迷,每年只要这个戏班踏上无定河畔的土地,我的爷爷就会停止手头所有的活计,背负红枣一袋,腰悬清泉一壶,赴无定河畔把剧团迎过来,然后一场不拉地品赏他的年度盛宴、精神大餐。直到一月之后,他把剧团送出无定河,在无限惆怅而又满足的忧伤里返回自己的家乡,回到东拉河,开续自己已经艺术化了的农人生活。

在岁月的长河里,爷爷的性格慢慢地由执拗、坚毅变得温和起来,特别是我的三弟来到这个世界以后。在孙子辈中,我是和爷爷一起生活时间最长的,但他不大喜欢我,他也不喜欢二弟。我的性格天生忧郁、敏感,二弟喜欢诗歌集邮,叽叽歪歪,都不大入他的法眼。只有三弟机敏聪颖,敢闯敢干,于是三弟就成了爷爷的护从。爷爷带着他巡视我家昔日的土地、树林,把每一块土地的边界都指画得清清楚楚;他还带三弟巡视曾经埋过银元的祖宅。除了小弟,爷爷还偏爱我的儿子,他的重孙。后来只有初中文化程度的三弟在南方开了家很大的公司,我的小孩也以很高的分数考进长江边上一所有一百多年历史的985大学,让人不得不佩服爷爷那过人的阅人眼光。

与其他住不惯城市的老人不同,爷爷喜欢城市,他对我和爸爸工作的城市都有浓厚的兴趣,但他担心父亲一个人的工资养不活我们全家,他认为自己得留在乡下种地储粮,以备不时。他不去城里,我就得逢年过节回乡下老家探视他。回家时我都要带两瓶长脖子绿瓶西凤,爷爷特别善饮,一般班车进村已是日薄西山,饭后他坐在硷畔上拧开酒瓶抿一口烧酒,捋一捋自己的胡须,静静地吸着他的烟斗。再过几分钟,又拧开酒瓶很小心地抿一口,过不了多久,当他又把酒瓶扬起时已经摇不出一滴酒了,他会很惆怅、很惋惜地把空瓶子在手里把玩很长时间,慢悠悠地吸他的烟斗。烟斗上的火光忽明忽暗,照着他的脸,还有黄土地上盘古开天辟地时就有的那份宁静。这时我靠在屋檐下,看着爷爷的背影,祖孙俩沉默无语,默默守望着这段世界上最安逸的岁月。

晚年的爷爷脾气变得更加温淳、慈祥。回家过年,我们还在熟睡,他就走到我们的炕头,坐在炕沿上眼睛一眨不眨地看着我的儿子,脸上的那种怜爱、慈祥让人阅之动容。等孩子醒了,他会从怀里掏出一颗揣了很久的红苹果递给孩子,然后笑眯眯地出门抽他的烟斗。

家人没有谁意识到爷爷真的老了。只是觉得他吃得很少,也慢慢地变得消瘦,很容易疲劳,正在和人说着话就迷糊过去了,可你还没有走远他又开始和你说话了。一九九九年的夏天,我带爷爷、爸爸和我的孩子在县城的照相馆合了一个

影,当时就是想四世同堂,留个纪念,谁知竟是永别。后来我
接到家里的电话说爷爷走了,我匆匆忙忙从榆林赶回东拉
河,爷爷已经穿戴完毕,黄纸覆脸,向南而卧。我揭开覆盖
在爷爷脸上的黄纸,看着面容安详、嘴角微启的爷爷,握住
他已经冰凉的手,眼泪像断了线的珠子滚落下来。

爷爷、爸爸、我和泰娃

办完丧事我们开始整理爷爷的遗物。让我惊讶的是他那
三孔窑洞里满满当当装的全是粮食。陕北高原能够生长的粮
食这儿应有尽有,所有的瓮盆、粮仓都是满的,除了地上的粮
食,他还在空中架了竹竿,晾晒着豆条、冬瓜丝、红枣片、土豆
片、薯片,粮食吃完了,这些干货可以充饥、救急。一个农人的
心胸、谋略都呈现在这三孔窑洞里边。大陕北是由两部历史
写就的,一部是战争史,一部是饥饿史,而这两部历史的主角
都是粮食。爷爷当过支前民兵,参加过青化砭战役,他知道什
么是战争,什么是饥饿。爷爷的窑洞诠释着他对历史的思考,
对现实、未来的认知,也诠释着他对儿孙的责任担当和深沉
的爱。

　　除了粮食，爷爷还给我们留下大片园林，其中有三片枣林、两片果园、一片桃园，还有无法计数的各类树木。我之所以知道这些树木是老李家的，是爷爷锁了一生的红木箱子里的地契告诉我的。这些地契上记载的土地早已被分割，但这些土地边畔上的树木还归我们。

　　爷爷走后的这些年，我常常能想起他，有人生迈不过去的坎我就会到他长眠的新宅向他倾诉，讨主意。我一边叙说，一边给他斟酒，酒还是他极喜欢的长脖子西凤，说完了，心里也就有底了，也知道该怎么做了。在我心中，他已是一方神灵。

　　目不识丁的爷爷（中间持旱烟杆者）做校长时和他的全体师生。这是收进本书最古旧的一张照片，时间是1959年9月6日。算起来爷爷这一年才36岁，可看起来俨然一个老汉形象。有学人曾经描述过陈忠实，说老陈从来没有年轻过。她说的是关中的老汉，也是三秦的老汉，更是中国的老汉

外　婆　家

　　外婆家在无定河旁,而我家在东拉河,两地相距甚远,但童年时代每年寒暑假我和弟弟妹妹都要怀着热切的期待和巨大的喜悦奔向外婆家,奔向那个温馨、快乐、幸福的人生港湾。

　　去外婆家的路非常难走,也很漫长,充满了危险和艰辛,但我们每年还如候鸟迁徙一般义无反顾地迈上通往外婆家的幸福之路。那时候东拉河并没有通公路,要外出全是走山路、穿小道。离开村庄走不长时间的路,就要通过鬼门关。鬼门关是东拉河冲开一座小山形成的小关隘,河的两岸存有村子里边所有夭折了的小孩的棺木,时间久了,腐木成堆,磷光闪闪,小孩子路过怎能不害怕。过了鬼门关,不久要通过沙家河。沙家河河流湍急,落差极大,河水撞击在巨大的岩石上发出震耳欲聋的吼声,让人胆战心惊。但要到外婆家必须经过沙家河河道,河道里行走得非常小心,也要快速穿过,你根本不知道哪块云彩下面下过阵雨,洪水说来就来。走出河道,又要爬一座白家川的大山,上山的路有十多里,下山的路同样漫长,而且非常陡峭。清晨出发,下山时正是正午,骄阳考得玉米地吱吱直响,很像黄泥岗上白胜看到的情形,“赤日炎炎似火烧,野田禾稻半枯焦”,可我们还是不停歇,坚持走下去。翻完这座大山,再爬一座叫直川山的小山,就能看到炊烟袅袅、鸡鸣狗吠的外婆家的村庄,无定河臂弯里外婆家向阳的院落静静地在温暖的夕阳里迎接我们的到来。

我们要到外婆家的消息几天前就通过赶集的人捎口信带了过去，外婆算着我们到达的时间，早早地等在外面，她头上顶着一帕白手绢，手里拿着扫帚，手搭凉棚，眼巴巴地望着对面的山路。等我们到了，她一边用扫帚给我们扫身上的灰尘，一边用手抚摸我的小脑袋，笑眯眯地夸赞着我，小小的年纪把弟弟妹妹安全地带到家里来。扫完我们的身子，她会用热火烤炙过的老针挑破我们脚上打起的水泡。做完这一切，她又会用手抚摸我的脑袋，手心里全是怜爱和温馨，我没有奶奶，祖母的慈祥我只能通过外婆去感觉；我同时能感觉得到来自外婆的信任，被人信任是非常开心的，外婆的抚摸和信任让之前所有的劳累一扫而光。

外婆家的小院由五孔窑洞组成，院子宽宽大大，干干净净。院子周围用石头砌成一人高的石墙，上面铺着蓝蓝的石板，石板上铺着厚厚的土层，种着黄花、葫芦，打着极好看的花骨朵，散发着诱人的花香。窑洞脑畔上种着泽蒙，开着淡淡的碎花，送来阵阵暗香。屋檐下是成串的红辣椒，闻不到它的味道，可能想象得来它的美味。除了辣椒，还有整理得极干净的农人的手头工具，这些工具向来访者揭示了这户殷实人家的好日子是从哪儿得来的。放眼望过沟渠，在院子的对面是果园，靠近太阳一面的夏果已经泛红。看管这一切的是一只红冠大公鸡，此刻它就卧在大门门梁的正中间，雄视着一切。

外婆家的光景很好，是因为所有的人都很勤劳，不吃闲饭，不管是大人还是小孩都得上山劳动，就是我的弟弟妹妹也一样，来外婆家的第二天就挎着小篮子去打猪草了。我在刚到的几天里是不需要上山的，一则脚上的水泡还没好利索，二是外婆要和我唠嗑,她心爱的女儿还在家里受苦,她太想知道自己的长女在婆家的生活是否如意,她得一件事一件事地询问我这个长子。我从小听话,能体会到妈妈的心事,也能准确地把自己看到的一切完整地描述出来,所以外婆特别喜欢听我说话。外婆从我的口里知道,自己的女儿一年了没有添置新衣服;出山的时候一个肩膀担粪,一个肩膀挑水;弟弟不太听话,经常在妈妈出山的时候哭闹,惹得妈妈也流泪。听到我做得好的时候,外婆会轻轻地抚摸我的脑袋,听到我也无法帮到妈妈的时候,外婆会轻轻叹气。

在外婆家不上山的时候,我会协助外婆做家务。外婆做的饭非常可口,让我一生都能记得外婆家的味道。我在灶台下帮外婆拉风箱,外婆在大灶台上烙大饼。外婆用擀杖把一块很大的发面擀成圆圆厚厚的中秋月亮的模样,放进烧热的大铁锅里,慢火把饼烤得发黄发脆,你都能听见脆饼里边发出食物熟透了的那种声音。大饼出锅后外婆会把温开水涂到饼的外层,放进一个大瓷盆里,用一块干净的白笼布包起来,这样借助饼自身的热量就能把饼蒸熟蒸透,吃起来很筋道。饼子烙好以后,外婆就着铁锅里的热度,在铁锅里翻炒杏仁,炒出满屋子的香味以后放一撮泽蒙,把切好的大南瓜倒入大锅里,添一盆水让灶下的柴火慢慢熬煮。害怕烙出的大饼变凉,笼布盖住后放在热热的灶台前。锅里的南瓜慢慢地翻滚着,笼布里的黄饼散发着沁人心脾的香味,整个小院里弥漫着人世间最真实的幸福和美满。做完这一切,外婆会领着我打扫院子。我们会把院子清扫得一尘不染,等待上山劳作的外公和家人回家吃饭。这时大铁锅里煮瓜的热气一缕缕、一股股地冒出窑洞,屋檐上烟囱里的青烟慢悠悠地飘向天空,天空里的太阳劳累了一天,斜斜地挂在西边,微笑地注视这方干净的小院。白的汽,青的烟,红的夕阳,凝固成永恒的画面烙刻在少年的心田。不久,对面山路上走出了暮归的羊群,等了一天妈妈的小羊跑到小河的岸边去迎接自己的妈妈,为孩子攒了一天奶水的绵羊也咩咩地叫着,快步在小路上奔跑。牛羊下括,鸡栖于埘,在外婆家的小院我获得了少年时代所有人世间的美好情感。

外婆家的光景非常殷实,就是在中国最困难的岁月外婆家也不缺粮食。外公外婆这一代人非常勤劳,把人生所有的精力都交给了土地,他们的后代回乡探亲时间再短、职位再高都会上山。外公的弟弟在太原工作,妹妹在乌鲁木齐工作,外婆的弟弟是县长,探亲时都会赤脚上山,并且都是劳动的好把式,他们对劳动的认可和热情是发自内心的,再加上离家时间太久,亏欠家乡的太多,只有加倍的付出,离家的时候才会心安。外婆村庄上在外面工作的人非常多,人少地多,有工资的人可以捎回来当地有时都买不到的各色肥料,所以外婆的村庄有很好的收成。外婆的村庄里没有外姓,都是自家人,所以不需要折腾,不需要像我们村上把树砍了再种,种了再砍,历次政治运动对这个村庄的伤害都是最小的。家里的亲人在外地上班工作的人多,自己的弟弟也在位子上,不识字的外婆不用看书读报就能知道外面的大事、大势。外婆出生于20世纪20年代,经历过北洋政府、国民政府、边区政府,也经历过63年的大灾和"文革"的荒唐,深谙粮食在兵荒马乱年代的绝对价值。我的外婆害怕天灾人祸伤及自己的亲人,未雨绸缪,深挖洞,广积粮。她在自己住的窑洞里又套了一个小窑洞,存放各种瓜豆果薯和各色杂粮干货以备不时。除了这孔小窑洞,外婆还在大舅住的窑洞的地下挖了一条通道,在离地一丈高的地方又挖了一孔窑洞。通道太小,只能容一个人通过,大一些的器皿进不来,她就把藤条一捆一捆地拖进去,编织成盛粮食的大圆桶,用厚厚的黄泥糊好,放进粮食后盖上石板,用黄泥封死,这样的粮食储藏几年都不会腐朽、变质。我的外公的右胳膊作战时负伤残废,做不了重活,这一切全由外婆一个人完成。工程的进度不能太快,挖出的黄土没地儿堆放,只能藏在怀里,外出上山时趁别人不注意时偷倒在地沟里。家里有粮心不慌,外婆以自己的经验和智慧护佑着这个家,不管世道多么艰辛,外婆家从来没有断过粮食,她的家人从来没有挨过饿。外婆家不仅有粮,也不缺钱,外公是老红军有待遇,外婆出嫁时有陪嫁,外婆的钱不是纸币而是银元,她高兴了给我们的都是银元,我过十二岁生日、考上大学时外婆都用红绸给我包了袁大头。外婆去世后还给自己的孩子留下许多银货。外婆家的一切都令人好奇、神往。

外婆一辈子生了很多儿女,养成了八个孩子,我的母亲排行老大,也是外婆家唯一一个没有上过学堂的孩子。母亲在娘家出过大力气,小舅、小姨都是母亲一手带大的,可她来不及享受娘家的福就出嫁另立门户了,像戏剧里的王宝钏一样在寒窑里度日。母亲在娘家积攒下的威望和福报最后都集中在了自己的儿子身上。我的大舅和母亲关系最好,他自己喜欢男孩子,为了要儿子,他生了六个丫头,我又是母亲的头生孩儿,舅舅喜欢得不得了,他不仅给我零钱花,竟然偷偷地给我塞香烟,他认为男孩子抽烟才有派头。二舅在我刚到了的时候就准备了饼干,等我回家路上吃。那个年代饼干是非常稀罕的食物,它是新疆工作的老姑带回来分给他的,二舅自己舍不得,让给我。三舅是母亲带大的,他把对姐姐的爱都倾注到我的身上,对我最好。上山割草他先帮我把筐子装得满得戴了帽子,才给自己的筐子稀稀疏疏装一点,这样回家外婆会心疼地夸我。他带我看电影,不厌其烦地给我讲解谁是好人谁是坏人,影响了自己的观赏也不在意,只是一次看孙悟空三打白骨精,他实在给我讲不了,因为这是一部动画片,他自己也无法从文体学的维度给自己的外甥划分人的好坏。有时他带我上山打核桃,路过危险的路段,他把我架在脖子上扛过去,我是他外甥,更像他弟弟。在家都是我带弟弟妹妹,所有的都是先让着他们,而在外婆家我被照顾、怜惜,那种被人疼爱的滋味到现在都让我珍惜、回味。

外婆家几乎栽种着黄土高原所有的水果树,夏果、秋果、秋梨、团枣、秋枣、玉皇、杜梨、大扁杏,而最让我稀罕的是核桃。孩提时代没有地理知识,以为核桃这种长得像极了人的脑袋的稀罕物来自遥远的南方,所以格外珍惜。我的妻子和我有着惊人的相同的认识,她告诉我,小时候外地的亲戚给了她两颗青皮核桃,她喜出望外,拿着小镢头把它埋在别人看不到的地下,等青皮褪去后自己享用难得的美味,她几乎一天刨开一次,观察核桃的变化,可螳螂捕蝉黄雀在后,等有一天再刨开覆土核桃竟然不翼而飞,原来早有人跟踪她,趁她不注意的时候盗走了核桃,小丫头无比悲伤。可见核桃这种东西在陕北并不普通。三舅在我刚到的时候就把青皮核桃埋进地下,等我回家时就可以带回家给他的姐姐,这样上路时小袋里咣当咣当地响着令人愉快的声响,想到能带给母亲微笑,我就格外珍惜这些圆圆胖胖的小东西。除了核桃,外婆家还把杏子也埋进土里,杏子太多了,吃不完,埋进土里,褪掉皮后去壳留杏仁代替香油炒南瓜,所以外婆家的院子里常常飘着一种来自岁月深处的香味、乡味,历久弥新,永生难忘。

少年是忧伤的,没人能例外,我更是如此,由于去了外婆家和自己的家有了距离和对比,这种忧伤就分外浓郁。外婆家光景是好的,吃穿用度都比我家优裕,可我的妈妈很早就告诫我,别人家吃饭的时候千万不要去串门,路过吃饭的人家,要绕道而行,不要在别人的饭碗前流露出饥饿的神情。我当然知道外婆家不是别人家,不应该有见外的想法,可我还是在弟弟妹妹吃饭时流露出小猪就食时的喷喷响声很是难堪,对食物表现出贪婪,说明家里吃得并不好,我不想让外婆知道我们家日子过得很艰辛,对妈妈担心、牵挂,我也不想让外婆知道妈妈把我们照顾得不好。这些少年的心思无法向人倾诉,在出山割草、锄地的时候,我会吟唱着一个固定的歌曲的旋律,九九那个艳阳天,十八岁的哥哥坐在河岸边。这首歌也是三舅教我的,但我并不理解其中的意思,我只是觉得这首歌的曲调非常符合我忧伤的心境,唱着唱着,就会有眼泪流了下来,我也并不揩拭,任它挂在两腮,寄托我对故乡和母亲的思念。我想我在外婆家过着这样优裕的日子,而妈妈一个人在家劳作,时间这么久了,她也一定会思念我和弟弟妹妹。

外婆好像看出了我的心思,她对自己的外孙儿对母亲有那么细微、深沉的爱很是欣慰,她会细细打捆我们的行李,带给她女儿的礼物虽不重,但很贵,既能表达一个母亲对女儿的无限牵挂和思念,还不伤害女儿的自尊。要离开外婆家了,外婆又站在碛畔上眼巴巴地照看着我们,直到爬上那座山顶,最后看不见了,还在大声叮咛放寒假了一定再来。

到了寒假再去外婆家,就更开心、更幸福了。在冬日暖阳里,外婆用镰刀把高粱秆一劈为二,把中间的秆芯去掉浸泡之后,编织新年用的篦席。外婆头上戴着手帕,两只手左一下,右一下,不久,一行行的席子就由片成块,外婆坐着垫子,朝左挪一会儿,朝右挪一会儿,慢慢地一方席子就成型了,外婆就像坐在云彩上。那些用剩的细秆,外婆就编成枣串串,枣排排,有五角形,有灯笼形,还有燕子样,挂在屋檐下,让人不忍下嘴。这时外公把入秋后埋入黄土里的藤条挖出了,编筐子、编篮子。一只只筐子、篮子编成了,装进玉米、杏干,挂在树梢,晃晃悠悠,似灯似钟,装饰着岁月,点缀着光景,虽为农人院,胜似仙人境。下雪天,外婆家更忙了,杀猪宰羊,赶制年货,一派火热气象。还是那口大铁锅,大柴火熬着红枣水、萝卜水,最终要熬制成一块红红的酱膏,用来点染后锅里翻滚的猪头、猪手和大肉块。热热的炕头上被子里裹着正在发酵的酒曲和米面盆子,外婆要用它蒸制各色馒头和面花。有外婆的家是分外的幸福、安详、有序,不像我的家,只有爷爷,没有奶奶,家里就少了好多温馨、宁静和快乐。爷爷去世后,我的两个姑姑抱着坟头哭妈妈,我才知道她们和我一样,渴望有妈妈、有奶奶的家。

外公走了之后,外婆也就离开了自己的那座院子,到镇子上工作的三舅那儿去生活了。外婆家从此走出我的生活、走进我的记忆,被岁月凝结成永恒的思念,不时地出现在我的睡梦里,变成我在这个人世最留恋的地方和最珍贵的记忆。

父 亲 意 象

　　我的父亲与共和国同龄，是冬天的生日。在记忆的隧道里，关于父亲身影的寻觅，最早是他扮演《红灯记》中李玉和的形象，脸上涂有红粉，一袭长袍，身材挺拔而修长。不知道父亲为什么没有在戏台下卸妆，穿一身戏装就回了家。由于忘记带家门钥匙，他站在月光下等我们回家。那是我对父亲形象最早的记忆，深刻绵远而又异常清晰。

　　父亲小时候是一个苦孩子。爷爷由于前前后后走了好几个亲人，再加上一份好好的家业也散得几乎没有了，眼看着小康之家坠入困顿，性格变得十分焦躁。父亲十三岁的时候，我奶奶由于产后大出血，撒手人寰。于是父亲就成了一个没娘的孩子。

这是我见过父亲（左一）最帅的时候

在这样的家庭气氛里生活，父亲慢慢地变得沉默寡言起来。我的另一个二姑，也就是二爷的二女儿，曾经给我讲述过自己这个弟弟的苦难生活。冬天了，父亲还穿着秋衣秋裤。春天了，依然是棉袄棉裤，有时穿着没有染过色的棉布裁成的衣服，又硬又白。一年四季大都喝高粱粥，落下了终生难以治愈的胃病。有一次父亲上山砍柴，不小心让枣刺刺破了左眼，他害怕花家里的钱，也害怕大人担心，竟然没有言语，错过了最佳的治疗时机，从此落下了病根。

在苦胆汁般的岁月里浸泡久了，他不愿多言，也很少微笑。我们弟兄几个都怕他，不敢和他亲近。就是家里唯一的女孩小妹也害怕父亲，常常我们玩得好好的，听见父亲的脚步声，立即藏起玩具，摊开书本开始读书，或者立即开始做家务。只是有一次他在担粪的时候，不小心让脏东西溅到他身上，他见我看到了，很是尴尬，扭过头笑着向我扮了一个鬼脸，这是我童年时期唯一一次见到父亲微笑。此时我才知道我的父亲也会微笑，只不过平时的生活压力太重了，他得担待，顾不上微笑罢了。

父亲是学得极好的人，写一手好字，懂得周易，我的一个远房叔叔曾给我讲过父亲年轻时的学习情况。这个叔叔十分聪明，学得也

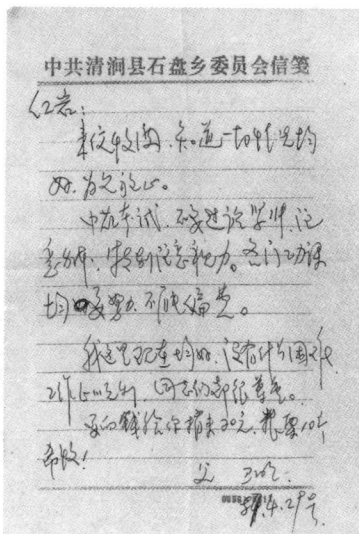

父亲的手迹

好,有些孤傲,但他一直很佩服我父亲的学习能力。他曾回忆道,父亲进城赶考时,寄宿在一个亲戚的办公室,只是复习了一个晚上数学,竟然答对了后边所有的大题,顺利地考上了中师。

父亲的学上得十分艰辛。现在算来他应该是十八岁结婚,婚后我们兄妹三人接连来到人世,生活的压力可想而知。可父亲从来没有放弃看看外边世界的梦想。一九七四年,他考中了我们当地最有名的师范学校,可他没有钱上学。对于他的上学我的爷爷和我的母亲有着巨大的分歧。爷爷是极力反对父亲外出求学的,爷爷有他的担心,他的儿子已经是三个孩子的父亲了,人还年轻,长相俊朗,而儿媳妇已经是三个孩子的母亲,又不识字,外边世界的诱惑那么多,秦腔里的陈世美他又不是没见过,所以他极力反对父亲外出求学。我的母亲却和我的爷爷持有截然不同的意见。母亲早年迫于生计放弃了求学的机会,她感觉做一个睁眼瞎是非常痛苦的,一个人能识文断字是多么幸福的事,就是她的丈夫将来变成了陈世美她也不后悔。爷爷是家里的绝对权威,说一不二,上学的事忤逆了他的意志,父亲就无法开启上学的行程。他上学用的一切都得用钱来买,没钱上什么学。眼看报到的最后期限就要过去,父亲还不能从爷爷处得到学费和生活费,我的母亲就回了一趟娘家,从我外爷家里借到了父亲的第一笔学费。这件事让爷爷感觉到了更大的难堪,在以后的岁月里,都是父亲再三恳求才能在爷爷处得到每月五元的生活费,爷爷没有多余的钱可能是真的,可最真实的想法是他害怕这个儿子学成之后远走高飞。爷爷的这些想法害惨了我的父亲,一月五元的生活费就是在中国最不需要钱的时代,也是杯水车薪。我到现在都无法想象父亲的学是如何坚持上下来的。

父亲中师毕业后，并没有变心，也没有远走高飞，他回来了，担起了振兴家族的重担，那一年，父亲才二十多岁。起初，他在外乡的乡村小学教书，不久就做了校长。做校长几年后，就被提拔成我们乡上的教育专干。父亲做教育专干的这段岁月是我家生活最幸福的时候，母亲在家种地干活抚养我们，父亲在外工作打拼，每次回家都会带给我们一些巨大的惊喜，我就是在这个时期有了第一套小人书《岳飞传》，在这个时期学会了骑自行车，在这个时期拥有了可以收听"小喇叭"的收音机。父亲从小没有母亲，也没有兄弟，现在他有了三个儿子，虽然他很少表达，但能看得出来他非常开心。不管生活有多累多不易，他都认为家里有人就有希望。一个家族人丁不旺才是最恐怖的。所以后来家里不管过得多么艰辛，父亲总是把所有的苦难自己一个人扛，从不喊累从不后退从不放弃。

父亲做专干不久，就被提拔成乡上的领导，起初他被提名为副乡长人选，不久之后他就被调到另外一个镇上做纪检委书记，从此他迈上了从政的道路。我家有四个小孩，早先由母亲在家务农养家，妈妈带着我们在黄土地里刨食吃，有鸡有狗有小兔，有云有溪有自由，我感觉家里的日子还是可以过得去的。后来我们上缴了土地，由农民变成市民，全家到父亲工作的镇上讨生活，他一个人的工资要支撑全家六口人的生活，生活的重担全部压在了父亲的肩上，日子一下子就过得紧张起来。

有一年暑假发大水把公路冲断了，外边的粮食进不来，我们家就吃了一个礼拜的水煮高粱饭，吃得人肠子都要被刮破了。我忍无可忍，竟然跳起来和妈妈嚷着要面吃，妈妈再三解释我都不听,最后我夺门而出,跳过墙,朝坡下冲去,由于用力过猛,我摔了几个跟头,在土坡上翻滚而下,极像一发脱膛而出的炮弹,徒留身后发愁的母亲。那时候我在县城复读,十几岁的我认为自己很重要,功课很重要,吃这么没有营养的东西怎能考上大学!后来母亲告诉我,我走后父亲深锁眉头,目光凝重,看着自己儿子离去的身影默默地抽了很长时间的烟。父亲在乡上工作的时候,分包很多村庄,平时下乡驻村,遇到乡上有集市回到乡上办公理事,有些老乡极淳朴,来乡上办事,他们认为是走亲戚,都不会空手过来,有时在架子车上拉一袋土豆、几个大南瓜、胡萝卜或一些小米、粉条。换了以前父亲是坚决不要这些东西的,可现在放暑假了,孩子们都回家了,不能让孩子们饿肚子。不得已他就用菜篮子装一些亲戚送的东西回家,菜篮子并不大,也不重,可父亲走得很慢,好像手里的东西累得他走不动似的。好在这样的日子很短,开学收假了,我们走了,他们的生活又恢复到以前的样子。父亲对这段艰难岁月里给予我们周济的乡亲一直心存感激,回城后只要他们有困难找父亲,父亲都会给予回报。

父亲是读过书的,也去过外面的世界,他知道他所掌舵的这艘家之舟该驶向何方。还在镇上工作的时候,父亲就在县城买了一院地方。那时家里还在受穷,买房子需要一大笔钱,逼得他和亲戚家到处借钱。他知道家不能永远蜗居在乡下,孩子也不能不出去读书,于是他把我送到县上,把弟弟妹妹接到镇上。作为一家之主,父亲未雨绸缪,运筹帷幄,以一个人的力量推着一个家艰难前行。

后来父亲进了城,在县人大任职,做一个专门委员会的主任。父亲进城后最棘手的事就是解决二弟的工作。二弟结婚时父亲曾给亲家有过允诺,会解决好二弟的工作,但二弟的工作一直定不下来,成了父亲心头的一块病。进城没几年,父亲的头发变成了苍白色,最后干脆变成了白色。可就是这样,父亲还不放弃希望和努力,一次他又去请办事的人喝酒,心事太重,父亲自己喝得不省人事,在回家的路上竟然失足从几米高的大桥上掉了下去。我现在还有父亲,或者说父亲从那么高的地方摔下去还好好的,一是因为那是个大冬天,他正好穿着一件黄军大衣,他在下落的过程中那件大衣像降落伞一样展开护住了他,等他落在河床的冰面上时那件大衣又像被子一样覆在他的身上,让他在冰河上睡了好久还未冻坏;二是他真的醉了,用庄子的话说是意真神全。但我想,父亲从那么高的地方摔下去还能活下来,是他的心还不死,他为之奋斗了几十年的事没有一个了结,他不甘心。后来二弟在一个事业单位做了合同工,父亲的心才慢慢地平和起来。

父亲退休后我家的日子慢慢好起来了,我在省城落了脚,老三在南方开了公司,二弟在他身边稳定工作,妹妹远嫁内蒙古过上了自己的日子,父亲在他的老年终于卸下了生活的重担,开始过踏实的日子了。他经常做的事就是靠在床上,闭着眼睛盘点我们兄妹的生活,盘点完儿女就想孙子的学业。父亲很小就没了母亲,爷爷三个弟兄只有我父亲一个男丁。原来弟兄三个才有一个儿子,现在我父亲一个人就有三个儿子,三个儿子又给他生了五个孙子,吃了那么多的苦,受了那么多的罪,父亲终于有了今天的欣慰。父亲每天会固定看两类电视节目,一类是天气预报,一类是财经新闻,他看天气预报是想知道儿女们生活的城市是否要变天,他看财经新闻是想知道国家的政策是否会影响到他儿子公司的运作。这些节目看完了,他就出去找人下棋,父亲的棋路极好,我儿子曾经和他爷爷交过手,他告诉我,他爷爷下棋,如果到了用一只手里的棋子敲击另外一只手里的棋子的时候,说明他已经看到了结局,对方已经是回天无力了。

最近几年,母亲有哮喘,不能闻油烟,家务就彻底归父亲了。很难想象过去从不下厨的父亲现在竟然系着围裙整日在厨房里忙碌,开始做饭的父亲再没有了过去的威严,变得慈祥起来。今年过完年,父亲到车站送我,望着冷风中白发飘摇,掉光牙齿的父亲,我一下子想起小时候父亲留给我的印象,那个月光下一袭长袍、身姿挺拔的父亲又浮现在了我的脑海。

我 的 妈 妈

前些天回家,妈妈在灯下为我缝扣子,一边缝一边讲老家村子里的人和事。她说堂兄到城里进货,返回时,货车在下坡路上侧翻了,货散了一地,附近村子里的人都来抢地上的饮料、洗衣粉、方便面,也没有人打120、110,他们害怕警察来了会没收到手的东西,眼看着人在旁边昏迷不醒,也没有一个人过来抢救。她讲老家婶子去城里看女儿,下车没踩稳,头一歪就再也没醒过来。妈妈还讲村子里的一个老太太走了,两个儿子分家产,最后剩下一块肥皂也拿刀子一分为二,一人一半。老年的妈妈说话很有机理,带有佛性,虽然她并不自觉。妈妈的眼睛早就花了,扣子缝了好长时间,才发现太上了,扣起来错了一行,她又拆了重来。我看着昏黄的灯下满头花发,陶醉在给我讲述中的妈妈,泪眼婆娑。妈妈是我和弟弟从死神手中抢回来的,我还能听她絮叨,她还能好好地坐在炕上给儿子缝补衣服,我已是万分地感谢上苍,感谢他把我的妈妈留在人间,留给她的儿女。

我的外婆育有八个儿女,我的外爷有七个兄弟姐妹,他是个老红军,在青化砭战役中被打坏右胳膊。外爷又是家中老大,所以我的外婆像王熙凤一样,既要打理自己的小家,还要帮助自己的婆婆打理那个大家,她没有一个强有力的帮手是不行的。有着超人的阅人能力的外婆选择了我的妈妈做她的助手来帮她治理这个大家庭。这个看似合理的选择最终把我的妈妈送上一条九死一生的坎坷路。我外婆的两个弟弟都做过县长,性强如钢的她对读书有种宗教般的虔诚,也希望自己的儿女学而优则仕。我的三个舅舅、四个姨姨都进过学堂,就我的妈妈没有去读书,因为我妈妈去上学了,家里就没人干家务、抱孩子了。

妈妈后来很平静地给我讲过她少女时代的生活,她对自己由于错过读书年龄而导致一生坎坷没有任何抱怨,她对父母给她安排的命运接受得非常坦然。家里她帮外婆挑水做饭,照顾孩子;家外她帮外爷犁地收割,辛勤劳作。她说她一个人上山砍柴,那么大的家业,她砍的柴烧都烧不完,垒起来整齐得就像砖头砌起的城墙,所有的受苦人路过都赞不绝口。外婆家修新窑洞时,她像一个男劳力一样,可以从早上六点开始背出窑面的大石头,背到日落西山,一块石头重到什么程度,你可以从《平凡的世界》中孙少平弯曲的腰背上称出来,而那时,她还不到十六岁。她的少女时代不是活出来的,而是熬出来的。妈妈少女时代最快乐的事就是给我的大舅往学堂送干粮,只有那时,她才会穿上姑娘家应该穿的花衣裳,和她的大黑狗箭一般地飞离村庄,飞向镇上的学堂。

我的妈妈没有上过学,一个字都不认识,但她渴望读书生活,十分羡慕读书人。到了谈婚论嫁的年龄时,外婆家看中了东拉河的我们李家。我的外爷在参加青化砭战役时和做支前民兵的我爷爷结成了拜把子兄弟,江湖义气会害死人的,我外爷仅仅是从道上听到我爷爷家有海量财富而并没有实地考察,轻信了我爷爷是地主的传闻,就把自己的女儿嫁了出去。迎亲的那天爷爷家连个吹鼓手都请不起,只是一个迎新的婆姨,两个牵毛驴的男人。
婚后的第二天新娘子发
现昨天的褥子都不见了,
追问之下我的爸爸才老
实回答,那是借别人家
的,已经还回去了。回门
的妈妈向外婆谈起这一
切时,我的外婆非常自信
而镇定地向我的妈妈说
道:"就是没有金银也无
所谓,你看他们家有那么
多树木,就是砍得卖树也

喜看君子兰开花的老妈妈

饿不着!"谁知我的外婆这次真的错了,我的妈妈真的还差一
点饿坏了。

　　意识到问题的严重性,外婆家开始以各种方式援助这个
曾经在娘家出过大力气的女儿。我外爷胳膊不好,他每次来
看女儿,背篓里要么背一头小猪,要么脚下赶一只绵羊,有时
背篓里既有小猪,又有晒干的红薯叶,光有猪崽,没有吃食崽
子是长不大的。解决了牲口的口粮,人的口粮呢! 每次妈妈
去外婆家,在要回婆家的前一天夜里,外婆都要偷偷地起身,
用细口袋把粮食装好,然后让外爷在风高月黑的夜晚把粮食
偷偷地运到村外,找一块玉米林或高粱地悄悄地藏起来,做一
个记号,然后摸黑返回。第二天我的妈妈会在亲人和村人的
告别声中净身出户,走到村外,在外爷留下记号的庄稼地里摸
出口袋,背起粮食,回到家中。这些行为之所以要掩人耳目,
是有原因的。二十世纪五六十年代,在我们这个国家粮食和

黄金一样金贵,又逢集体化运动和"文革",私藏、私运粮食是十分危险的行为!但官家有官家的政治逻辑,农家有农家的亲情伦理,大路通天,各走半边,并无挂碍。

妈妈的个性是极要强的,她之所以接受娘家的馈赠是她的家一贫如洗,真的需要援助。最重要的是她的儿子出生了,又没有奶水,比起儿子其他的都不重要,可一旦我可以站立行走,也可以吃大人的食物,她就立即谢绝了来自娘家的援助,独立自主,自力更生,就是再苦再累,她都不再向娘家开口。后来妈妈曾给我讲,有一年秋天,她腌了一缸大白菜,可她就是拿不出一元钱买腌菜用的大盐,时间久了,缸内的菜变色坏掉了,只好倒掉,再腌进一缸菜,等不到带钱回来的父亲,没盐菜又坏掉了,最后她无奈地向小学校长的家属开口借得一元钱,才把这一缸菜腌好了。每每讲到这儿,她都叮咛我,千万不要忘了你婶子的大恩大德,她家的后人以后有事找到你,千万不要推脱。

生活的苦,日子的难,都不会打垮我的妈妈,最后几乎把她逼上绝路的是纷乱的家事。我的妈妈和我的爷爷两个人都视我如命却不能和平相处。我的母亲出身不错,家境殷实,自己成家之后还延续着娘家的习惯,凡是有人有难求到她的门下她都会出手相助,我们一家吃粗粮,别人开口借小麦,她从不犹豫;我家果树上摘下来新鲜的果子她也会毫不吝惜地和邻人共享;爸爸捎回来自己的工资,有人来借,她也会接济。我的爷爷家道中落,老想在他手里精打细算把衰落的家道复兴起来,而母亲的这些行为爷爷都归结为媳妇不会过日子,所以不可避免地产生一些矛盾。夹在中间的爸爸十分为难,他既不能替妈妈辩护,又不能为爷爷求情,妹妹出生后,父亲考取了中师到山外上学去了,沉重的生活负担加上无法抚慰的心灵熬煎,我的妈妈真的不想活了。一天她竟然把自己打扮得清清爽爽,在一碗饭里加进了剧毒农药,走投无路的她想寻找解脱之道,一了百了。看到妈妈的反常,我依偎在妈妈的怀里问她:"你走了,别的孩子都有妈妈,我们去哪里找妈妈?"我的妈妈被我问得泪如雨下,把那碗饭倒进灰坑里,把自己的头埋进被窝,哭得肝肠寸断,天昏地暗。闻讯赶来的外婆是阅世的老道,她一边在怀里抱着妹妹拍她入睡,一边用手帕揩女儿的泪水,她叫起妈妈的乳名说道:"一个女人,前半生看夫,后半生看子,你现在走了,就什么也看不到了!"妈妈虽不识字,却颇富慧根,闻言如醍醐灌顶,从此以后,她握着生命的航舵,再不轻言放弃。

我的妈妈非常勤劳,也非常能吃苦,好像浑身有使不完的劲。她担粪上山的时候,另外一个肩总是担着水桶,这样别人分两次干的活她一次就干完了,当然这也就意味着她只能一鼓作气到达田地,中途是不能歇脚换肩的。我们在老宅的时候妈妈开始谋划置办家具,她很早就把树木砍伐回来,等晾干之后把木头绑在树上拿大锯把木头划成大木块,等匠人来了,为了省钱,亲自和小工拉锯划木头,等小工累了她又要立即下厨做饭。孩子们出生后妈妈又谋划着修新地方,她为修新窑积攒了几年的小麦,积攒了几年的工匠钱,印象中的妈妈额头的汗水从来没有揩净过。

那个时候妈妈的日子真的难过,孩子长不大她要急,长大了不听话更让她愁。我的二弟是个文艺青年,虽然境遇不好,但酷爱创作、集邮、剪报、摄影,不大爱过俗世的形而下的生活。他结婚后依然我行我素,对媳妇爱答不理,他最大的能耐就是忍受孤独,只要不入他的法眼,他可以一年不和你说话或一生不和你言语,忍受不了的弟妹斗不过她的丈夫就转头迁怒其他家人!在这件事上我的妈妈表现出了极大的忍耐和智慧。妈妈有自己的天理:她没有婆婆,做媳妇受尽委屈,只要她在世一天,绝不会委屈自己的儿媳!于是她可以忍受一切来自晚辈的怨怒。在漫长的岁月里,妈妈用眼泪和委屈一夜又一夜地等待着天空晴朗的那一天。直到有一天,弟弟的女儿降生了,看到在西天玩够了的弟弟回归了家庭,妈妈对这一家人的担心才彻底解除。除夕夜看完晚会,弟弟抱着他心爱的女儿,侄儿抱着一个大大的礼包,一家人浩浩荡荡离开之后,妈妈会指着他们的背影告诉我:这不是好好的一家人!然后她会背着手心满意足地踱到她的房间休息。此时她的神态像极了在白鹿原祠堂里主持黑娃拜祖的白嘉轩,一个小孩子在外边,不管玩得多久,他总会回来的!作为长辈,你只要学会等待就行了。

记得《康熙王朝》里孝庄太后曾经给蓝齐儿说过做女人的不易,一半的心要给丈夫,剩下的要割碎分给每个儿女,就是没有留给自己的。在漫长的岁月里妈妈除了等待二弟的回归,还要等待小弟的回归。娘疼小儿天经地义。我的三弟长相英俊,内心聪慧,思维清晰,说话做事干脆利索。为了早些挣钱养家糊口,很早就离家闯荡江湖。他自己找媳妇,结婚的时候家里一个人都没有去,小孩出生了还没有见过奶奶。很长时间里,妈妈凑不齐路费看儿子,儿子凑不齐路费看妈妈。天各一方,思念成河。终于有一天弟弟有了钱,打电话说要回家过年。弟弟回家的前一天晚上大雪纷飞,漫天遍地,黎明时分我起夜,影影绰绰地看见一个人影,走近一看却是我的老妈妈。妈妈身上落满白雪,双脚早被厚雪簇拥,周围却没有一个脚印。弟弟的火车五点才到,妈妈一夜未眠,包好了饺子两点多就到路口等候。我责怪她,让她回去休息,她笑笑说,等一等就回来了,回去也睡不着。

　　早年的体力透支和长时间的生活重压给妈妈的健康带来极大的伤害,她长期患有哮喘、心绞痛、骨增生,没有一种病可以让她的生活轻松一点儿。九七年的春天,我的儿子降生,这是妈妈的第一个孙子,欣喜万分的妈妈从老家赶到榆林守她大儿媳妇的第一个月子。期间她发现她的左腰部有一个瘤子,去看医生,医生说问题不大,门诊上就可以做手术!谁知检查结果出来说腰部的瘤子没事,但她的胆结石已经到了非做手术不可的地步,医生一提醒我们才意识到她无端地肝区疼,满脸蜡黄,疼起来满头大汗,无法阻止!找人立即住院制定手术方案,说好第二天中午做手术。谁知手术提前到了早上,我赶到医院时妈妈已经被推进手术室,她一再给护士说等等她儿子,可手术排得很满,护士没有理会她,直接就把她推进手术室了!等我赶到时妈妈的床已经是空的,邻床的阿姨捎话说,让我来了一定到手术室去看看,可我已经进不去了。我知道她一定是害怕万一出不来,想给我说句话!我赶忙给院办我的学生打电话,让她穿着手术服进去给妈妈说,我已经来了,在外边等她平安归来!妈妈已经被注射了麻醉药,闻言微微地笑了一下松弛了下来,如释重负地出了一口气,慢慢地闭上眼睛,沉沉地睡去。

　　这台手术是一个姓杨的主任亲自做的,手术后主任端出来一个托盘,里边大大小小有十几颗结石,走路的时候盘子里的石头咣咣铛铛响个不停,最大的一颗有鸡蛋黄那么大,摸上去坚硬无比,其余的有指甲盖大的,有枣核那么大的,一个胆能有多大,里边全装满了石头怎么能不疼? 十几年了,妈妈就是携带着这么多的石头推着岁月往前走,她怎能不沉重,怎能不痛苦,我到现在都无法知晓妈妈是怎忍耐过来的!

二〇〇九年,我读博士的时候,妈妈出去倒垃圾,由于骨增生,她的腿脚很不灵便,摔了一跤,摔断了股骨头,她还坚强地站起来走了回去! 害怕影响我的学业她竟然不让家人告诉我! 后来爸爸实在拿不定主意在哪儿做手术,打电话跟我商量时我才知道真相! 等我从西安赶回去时已经是第三天了。妈妈生完小妹后休息不好,月子里哭得太多,身体开始发胖,由于在床上动弹不得,再加上人胖,已经有长疮的征兆,如果去榆林或西安手术又得两天,褥疮漫延了会更痛苦。权衡再三,我冒险在县医院的手术室给妈妈做了股骨头移植手术。大夫们要把断骨锯掉,安装一个钛金的仿真股骨,这截股骨要用水泥固定在旧骨头里,一旦水泥溅到骨髓里人可能就不行了! 我胆战心惊地在手术书上签了字。在我爱人、老家所有大学同学的陪伴下经过漫长的一个下午的等待,妈妈终于被推出了手术室,万幸的是手术成功了。可我有时呆坐在沙发上想,如果失败了呢? 妈妈不仅是我一个人的妈妈,她还是其他三个孩子的妈妈,万一因为我她走丢了,我怎么向弟弟妹妹交待! 好在我的冒险成功了,上天在保佑善良的妈妈!

二〇一六年,我和家人去内蒙古给妹妹的小孩过十二岁生日,我们刚刚下了飞机,留在老家的侄儿打来电话说昨夜奶奶心绞痛差点儿过去了。过完事我们匆匆返回西安,到西京医院挂了一个专家号,教授听了一半连检查单都没开命我们立即住院! 西京医院的床位紧张得不行,妻子托了一个关系才在下午四点钟住进去,从上海赶回来的弟弟以为第二天检查做完才会决定是否手术,就到外边买饭吃,因为从早到晚三个人滴水未进。谁知他刚走,主治医生就让我们立马进手术室,吃了一半的弟弟提一袋子食物跑回来时,妈妈已经被推进了手术室,弟弟说他守着让我去吃一口,我刚吃了几口护士的电话打了进来,我跑去一看,护士告诉我,老太太可能下不了手术台,三根心脏血管第一根彻底堵死了,没有任何希望,另外两根一根堵了百分之八十,一根堵了百分之九十,手术随时会中断,让我在病危通知书上签字,并做好准备。弟弟一听,哭成了泪人儿,这个挺过了〇八年金融危机的硬汉在这时挺不住了!我当时还冷静,立即在病危通知书上签了字,并告诉护士请她转告教授,请他尽力,我可以接受任何结果。在漫长而揪心的等待中我在想,妈妈肯定会没事的,因为她的两个孙子还没有考上大学,她等这一天已经等了十几年了,未了的事妈妈绝对不会轻言放弃。也许是家属的鼓励起了作用,从六点开始,到晚上十二点的时候,教授把我叫了进去,通过视频,教授给我解释了手术的所有经过和结果,并说,你们家老太太真坚强,都到了这个程度还能坚持到今天!不过他这次只安了一个支架,后边还要装两个!不一会妈妈被推出来了,我和弟弟立即迎上去,迎接我们从死神手中抢回来的妈妈。妈妈这时已经苏醒了过来,反而安慰我俩说"没事,过来了! 没事的,过来了!"过了两天,又要做第二次手术,我没敢告诉妈妈真相,只是说看手术效果,她的心脏已经堵成这样了,一说还做手术,反而会坏大事,还不如不说的好! 可一进手术室,她就明白了一切,她静静地给我挥挥手,示意我把她的拖鞋拿出去,然后静静地闭上眼睛等待麻药的作用。这次手术很顺利,由于前边已经抢通了一根血管，这次医生的压力小了许多，手术时间也短了许多。

出院后，侄儿才告诉我，他奶奶知道自己这次手术凶多吉少，也做好了心理准备，在我用车接她去医院前，她把我侄儿叫了进去，关上门安顿了两件事情，一件就是告诉她孙子，如果奶奶回不来了，她还有五千元钱藏在柜子衣服的夹层里，等他考上大学后去用；还有一件就是让爷爷再找个老伴，如果儿女反对，就说是她的主意。

生命是一个链条，下边连着自己的儿女，上边连着自己的父母，中间是幸福或不幸的自己。妈妈在自身诸病缠身的情况下，又遇上我的外婆和爷爷同时倒在病床上，外婆是因为高血压引起的，而爷爷的病我到现在都无法知晓。妈妈赶到娘家向外婆陈说利害，外婆有三个儿子，照顾她的人很多，而我爷爷只有我爸一个儿子，于情于理怎能不顾！外婆攥着妈妈的手不放，不说话，只是流泪，其中的况味只有妈妈能够体会。在老家代夫侍父的岁月里，我的妈妈表现出了极大的宽容，看到说一不二、意志如钢的爷爷被疾病折磨得骨瘦如柴，妈妈彻底原谅了我的爷爷之前对她的伤害。周末爸爸回家时，爷爷对他儿子说："是我对不起红岩的娘！"农历十一月四日是我爷爷的生日，已有预感的妈妈为爷爷包了人生最后一顿饺子，在开饭前，我的妈妈对爷爷说道："爸，今天是你的生日，你的儿子有公务回不来，就让儿媳给你叩个头吧！"说完我的妈妈跪在地上，给爷爷叩了三个响头，已不能起身的爷爷靠在被子上一边还礼，一边老泪纵横，妈妈用自己的善良消融了横亘在爷爷心中多年的误解的冰块，让这个饱经沧桑的老人感受到人世最后一抹温暖。

爷爷走后不久,我的外婆也油尽灯灭,驾鹤西去。血压高到看东西都模糊的妈妈悲伤得已经流不出眼泪,自私的我竟然用所谓爱的名义阻止了妈妈出席外婆的葬礼。妈妈当时很大度地接受了我的建议,在我们离开后的日子里她把自己关在房间里放声嚎啕,人生实难,她只能以泪洗面。若干年后,妈妈和我讲起这件事,她依然会说:没能送你外婆上山差一点把我急坏。

忍受了人世间的贫穷、歧视、疾病、死亡带来的所有折磨后,妈妈变得更加沉静。早晨她吃过药后会去广场上跳舞。有一次我偷偷地跟了过去,想知道这个从土地上归来的妈妈如何在城市里生活。我看到妈妈站在最后一排,其他的阿姨两个动作都完成了,妈妈还在完成第一个动作。害怕她看到我不好意思,我悄悄地退了出来。中午她会去邻居阿姨家说话,妈妈的人缘好,走到哪里都有交心的朋友,晚饭后她会和父亲一起看儿女所在城市的天气预报,看完后把家收拾干净去休息。妈妈晚年的生活终于平静如水,自然如风。

晚上吃过饭,又和妈妈聊天,害怕费电的妈妈又把灯调得黄黄的,她盘腿坐在炕头,讲完村子里的人和事,讲她的陈年往事,说到最后,她告诉我,年轻时吃过苦的人生才是好的人生!此刻岁月安澜,月光如泻,让我很难理解这句话出自不识字的妈妈口中。艰难的岁月让妈妈饱尝了苦难,苦难让她成熟。有人讲,成熟则为佛。佛是一种和涵,和涵是执着的极致,佛是一种平静,平静是激烈的大限,荒寂和冷漠使佛有了一双宽容温柔的慈眉善目,微笑永远启动在嘴边。我想这位哲人的这些话其实讲的就是我眼前的这位老者,我那已有佛性的妈妈。

我的第二个家

陶渊明一生清苦,可他并不后悔在人世行走一遭。他曾说过:"茫茫大块,悠悠高旻。是生万物,余得为人",对自己能够结庐人境做人很是庆幸。我的父母也给了我一个家,让我有幸为人之子,体会到人伦里的醇美之爱;不止于此,我还做了别家的义子,让我在这个人世有了第二个家,体味到人性的美好和善良。

在我上高二的时候,我们班多了一个从外校转来的孩子,班主任老师介绍说他叫庄旭东。这个转来的同学最先引起我注意的,是他发自骨子里的忧伤、落落寡欢。每次放学后,别的学生拉上书包三五成群、呼朋引伴愉快地往家里跑,而他老是在放学后坐在安静的校园里的石凳上,双手抱着腿,把头深深地埋进去,直到暮云四合才拖着沉重的双腿慢慢地往家走去。我的家在遥远的乡下,回不去,时间久了,也很思念家乡。有心思的人走路就会很慢,于是有心思的我就遇到有心思的旭东。一次体育课后,其他同学都走散了,我俩把沉重的器材搬回器材库后坐在操场边的台阶上就着夕阳的余晖有一搭没一搭说着自己的过去和现在。说着说着,旭东就谈到了自己的忧伤。他初中毕业考到了县二中,就是毛主席写《沁园春·雪》所在的那个地方。和他一同去乡下读书的有好几个城里孩子,他是最早转学回城的一个。他人回来了,可心还在乡下,还在那帮兄弟那里。他常常想乡下的时光、乡下的同学、乡下思念家人的情愫。一个孩子有过过继的经历,再回家就会有心理阴影,我从乡下来,只是暂时待在了小城,旭东是城里小孩,却去过乡下很长时间,对乡村共同的认可,让我们有了相同的情感认知,我们由相识到相知,最后成了无话不谈、无事不说的好朋友。就这样慢慢地我走进了他的世界、他的家。

我到现在都能记得第一次走进旭东家的情景。印象中那是由三孔窑洞组成的一个小院,坐落在县城中学背后的大山上。院落干净得一尘不染,种着许多我叫不上名字的花草。三孔窑洞,左边是仓库,中间住大人,右边住小孩。在我走进这个家庭之前,旭东不只一次地给我介绍过他的家人,所以我没有任何拘束地走进了我人世间的第二个家,那个家也热情地接待了我。那一天旭东的妈妈给我做了饸烙,那是陕北人在过去的岁月里招待客人的最高规格!旭东的妈妈用温温的淡盐水和白面,把鸡蛋在铁鏊煎成薄纸般的小饼,切成小菱形洒在汤头上,黄黄的,和绿绿的韭菜叶飘成我永远走不出去的妈妈的味道。吃完饭,旭东的爸爸给我沏茶让我喝,茶杯很漂亮,上边镶嵌的金色花边我现在还记得。这个家安静祥和,叔叔婶娘话语不多,他们把对我的热情全都倾注进饭菜里、茶水里。那是 1986 年,陕北还是缺衣少食的时代,我喜欢上这个家不是我能吃到学校压根吃不到的食物,也不是可以喝到别人喝不到的佳茗,而是我能在这个家里感觉得到呵护、平等和爱!

在这个家里喜欢我的还有旭东的弟弟。这个叫六毛的小男孩长得圆圆的,圆圆的脑袋,圆圆的眼睛,圆圆的口,圆圆的酒窝。他后来成了我的"亲弟弟",我和他相处的时间超过了他和旭东相处的时间,我和他的感情超过了我和老家弟弟的感情。他最初对我的崇拜来自我的学业,他搞不清楚我怎能知道那么多的历史地理掌故,怎能记得清楚那么多的王朝皇帝,怎能在很短的时间里就能写出一篇作文。后来我们一直没有走散,旭东离家后我俩一起承担了家务,也一起度过了等待当兵的哥哥回家的岁月。

我第二个家里的父母兄弟

第一次去旭东家,我就感觉到他家和我家不同的地方有许多,但还有一个不同之处是我有一次在他家吃鱼的时候才意识到的。陕北人吃鱼不老练,像我不仅不喜欢吃鱼,也不会吃鱼,就是到现在了,自己有工资了,也很少碰那玩意,可旭东爸爸会吃鱼,一条小鱼从他的口的一边进去另一边出来的时候就只剩下骨头了,骨头还完完整整,把我看得目瞪口呆。我吃出来的鱼骨头上全是肉,而鱼骨头却常常进了我的喉咙,要喝水或喝大量的醋,还不一定解决问题,鸡飞狗跳,狼狈不堪。后来我才知道,旭东爸爸的老家在广东海丰,他们家是大地主,他母亲的娘家是开工厂的资本家,他母亲嫁过来时还陪过来一堆丫头,后来因为接受改造他家被迁徙到陕北清涧,但那种南方人特有的精致还完整地保存在了这个黄土高坡上的小院里。

旭东的妈妈我的婶娘是个持家的高手。她常给我讲自己的过去,小时候她家里孩子多,照顾不过来,就把她过继给现在的娘家。为了生活她在修河堤的工地上做小工;用铁锤敲石子换钱贴补家用;在工地做大师傅,一个人做许多工人的饭;把一个夏天的桃核、杏核积攒在一起卖给干货店,换回一年的油盐。让我印象深刻的是,她给我讲这些的时候都是微笑着的,对命运、生活没有丝毫的哀怨。婶娘后来去了绣花厂上班,练就了一手极好的刺绣功夫,这个家的门帘、窗帘上都有很清新、很简约却极耐看的芙蓉花、海棠花,表达着黄土高原上这座院落的与众不同,也表达着这个家族对远在珠江故土的思念。婶娘是个极有爱心的慈母,一年腊月三十,她家的坡下搬进来一对年轻的夫妇,做妻子的肚子大到眼睛都看不到路了,可她还在艰难地搬家。原来这个男孩的母亲走了,父亲又找了个女人,凶恶的继母大年三十把快要生孩子的媳妇从家里赶了出来,婶娘猜度这对可怜的孩子可能没有置办年货,就从家里拿出庄叔为单位接车时在南京买的四包挂面中的两包送给这对饥寒交迫的孩子。后来这个男孩和我一起成了这个家的儿子,生死不渝,终身相随。庄叔一辈子远离家乡,漂泊流浪,他们夫妇对流浪在外的人怀有天然的同情。

叔叔婶娘能照顾得了别人家的孩子,可一度时期却无法照顾自己的孩子。旭东去乡下上学的时候父母牵挂得要命,但父母忙于工作、生活,无法照顾到他,更没有时间去陪读。

旭东上高一的学校虽说是县二中,但那所学校在乡下的一个镇子上,教育质量不太好,再加上学校环境不好,他的学就上得不太上心,父母意识到问题后,费了很大的力气把他转回县城中学,可两所学校的师资、教学进度都不一样,虽然我在尽力帮他,可他的功课和别的同学相比还是拉得很远了。

高三快要到来的那个秋天,旭东决定去新疆当兵,那是一个让我觉得无比忧伤的秋天。政审通过后,我陪他去体检,我多么希望他的身高不够,体重超重,或者是个近视眼,这样他就去不了边关,就可以留下来和我一起上学,可他体检的时候很顺利,一路绿灯,项项过关。旭东走的那天,我和他的父母一起送他上车,在告别的时候,旭东妈妈微笑着告诉自己的儿子:"旭东,等你上车了,妈就回去了。"谁知送亲人的鞭炮一响,旭东的车刚刚驶出县中学的大门,旭东妈妈就晕倒在地上,不省人事。我们手忙脚乱地把她抬到旁边剧团收发室里的床上,过了好长时间,这位坚强的妈妈才苏醒过来,眼泪流得就像决了堤的黄河,怎都收不住。我在那一刻才知道,一个母亲有多么爱自己的骨血。

旭东离开家乡去到遥远的新疆阿勒泰当边防兵,虽然我的地理学得极好,但我还是算不出新疆距离陕北到底有多远。他走了,同时也带走了我的灵魂,对遥远边疆的亲人的思念让我变得更加沉默,缺少欢乐。旭东走后的那个除夕夜,我把自己一个人关在房子里,买了一盒空白磁带,用借来的录音机给他灌录了一盒磁带。磁带的一面是我说给他的话,是我对他的入骨思念和无尽牵挂;磁带的另一面是我唱给他的歌。录完后,我用自己的手帕裹住磁带,用泡沫包起来,装进我亲手用小木片钉成的一个小木盒里。我用小刀在木盒的外边刻上旭东在新疆阿勒泰边防站的地址,然后再用毛笔描出来,邮给远在天山脚下当兵的大哥。旭东离家去戍边,不仅带走了我的心,也带走了父母的心,家里少了好多快乐,大家尽可能不说当兵的事,可逢年过节,或天气变换,一说起旭东婶娘的眼泪就涌了出来,叔叔的烟头上的烟灰就永远断不了。

后来六毛也到延安上班去了,我就担起了照顾叔叔婶娘的责任。他的家在山头上,那座山上有十几排窑洞,他家在最高的那排。要在那儿生存,有两项巨大无比的工程是要完成的,一个是吃水,一个是取暖。每年冬季到来的时候,我和叔叔都要把一卡车的煤从山脚背运到山顶的院子里,垒起来供一年烧用;每个礼拜我要花一天的时间把所有的水缸挑满,供一周使用。做这些事的时候,我甘之如饴,能替戍边的大哥照顾家人,有种道义上的自足和情感上的愉悦,劳作时的汗水可以减轻对远方亲人的思念,脚下迈出的脚步,也在缩短和远方亲人的距离,我和叔叔婶娘在一起安度的岁月,正好可以消弭他在边疆思念亲人的忧伤。

我的兄弟们走后,我就顶替他们住进叔叔的办公室。叔叔是单位会计,知道我复习功课需要安静,他就提一堆账本到单位会议室或出差同事的办公室做账办公。下班前夕,他会给我泡一杯龙井或毛尖,把火炉捅得旺旺的,带上我的脏衣服、床单,然后把门轻轻一关,只留下袅袅的茶烟,我于是心静神清,有了继续看书学习的无穷动力。庄叔叔作为广东富家子弟的后裔,携带着一个鲜明的文化印记就是精通茶道,他非常喜欢饮茶,就是在五十年前陕北那么贫瘠的地儿,他都省下钱喝最好的茶叶,可在我复读的岁月里,他把自己的这一享受让给了我。

　　旭东到新疆当兵离开故乡后的几年，是我留在家补习的几年，是他的父母陪我走过我青年时代最紧要的几年，给我留下了永恒的温馨和美好的记忆，也让我拥有了这个炎凉人世的第二个温暖的家。这种温暖没有因时过境迁变凉，而是一直延续在血液里边。读陶渊明的时候，有两句话印象极深："落地为兄弟，何必亲骨肉"，非常幸运的是我在我的第二个家里体味到了这份人间大善、人间大爱。

岳　　母

　　妻子和我结婚前一再叮咛我,婚后要改口,得叫她的母亲妈妈。我很为难,因为在我的老家岳母只能是婶婶或姨姨,是不能升任妈妈的,妈妈只能是生你的那个人。事实也是这样,新婚回门的那天,敲开门,口张得很大,妻子在背后使劲提醒,我才把那声妈妈叫出了口。当我的母亲看到我叫自己的岳母妈妈时心里还是不太痛快,只不过母亲善良,不说而已。起初我也是小和尚念经有口无心,跟着妻子叫妈妈,可随着几十年岁月的流逝,岳母慢慢地也真的变成了我的妈妈。

　　九四年的初秋岳母把家从县城迁到市里,这是她漫长人生里无数次流浪中的又一次迁徙。大卡车拉来整整一车东西,在院子里堆成一座座的小山,让我犯愁,真不知从何处下手。岳母指挥着一家人,先把家具的外包装就地打开,用抹布揩拭得一尘不染才慢慢地抬进内屋,家具进去了,她让我们按照包裹衣服、被褥的外包装上的标签对应原来的柜箱一一归位。收拾完衣物,她让我在煤气灶上烧几壶开水,用来清洗所有的碗筷灶具,清洗干净后才物归原地。做完这一切,她领着全家人开始洗那些包裹家具、衣物的包裹单,我洗第一遍,妻子洗第二遍,大哥洗第三遍,姐姐在洗衣机上往干甩,慢慢地院子里的树上、晾衣绳上挂满了飘着淡淡暗香的衣物。洗完衣物,她让我们把满院子用来捆绑家具的乱若团麻的绳索一一梳理,然后按照粗细装进不同颜色的纸盒,标上说明,归进房檐下的一个小房。做完了这一切,已是日薄西山,残阳如血,她迈进后厨开始生火煮茶造饭,烟囱里不久升起青青炊烟,伴着衣物上肥皂的清香,飘满小院上方的天空。在驼城一个叫西沙的地儿,岳母为我的小儿建起一个长大后想起就会泪流满面的外婆家,一个安静、干净、整齐的家。从此,我开始慢慢走近这个截然不同于生我养我的那个位于黄土高原上的本家的妻家,开启了我和岳母在人世间的另外一段苦乐岁月。

我不愿意呼岳母为妈妈,除了老家的风俗,还受了她的女儿、我的妻子的影响。岳母对儿女的管教达到严苛的程度,妻子告诉我她出去见同学晚上绝对不能超过八点,否则下次你连出门的可能性都没有。过年做一件新衣服过完年立即封存起来,等下一个新年再穿,谁知再打开箱子衣服已经小得穿不上身了。岳母在办公桌上改作业、备课,妻子就在她的脚旁的小桌子上写作业,你敢走神,一束严厉的目光像锥子一样刺了过来。哪里有压迫,哪里就有反抗,妻子就在日记里称岳母为

陪岳母礼佛法门寺

慈禧。其实不用妻子介绍，我也能感觉得来岳母为人的固执，她原则性很强，说一不二，从不妥协。我们一起到医院给她看病买药，能走路，她绝不坐公交，能坐公交绝不打车。好多次我都叫好了出租，可她毅然决然地上了公交车，徒留我和司机面面相觑，让我尴尬万分，也无可奈何，只能和司机说对不起，然后提着大包小包饥肠辘辘地去赶公交。

　　岁月悠悠，时光荏苒。等我自己有了孩子，有了日月，我才慢慢地开始理解过去我们认为岳母很过分的行为、举动。岳母的父亲是西北最早的革命者之一，在西安做官的父亲也曾把她从陕北接到西安生活，给过她童年一段难忘的幸福岁月，可不久父亲就因为历史问题被革职关押坐牢。从此后岳母只能跟随母亲相依为命，为了活命，给自己的母亲换回八百斤小麦、土豆的聘礼，岳母在自己十七岁的时候嫁给后乡做民请教师的岳父。岳母每次考试都能考满分，可她能考满分也不敢把答案都写对，因为她父亲是"特务"，是"叛徒"，她是黑五类的子女，害怕别人说她只专不红，每一次考试她都要故意写错几道题，或者空出来一部分，把好成绩留给班上出身好的孩子。可就是这样她还常常是班上第一，因为那些出身好的孩子就是把试卷全写了也考不过她。岳母有着那么好的天赋，可她就是无法得到一张书桌。妻子的哥哥、姐姐也学得好，特别是姐姐，整天抱着小说拿一块手帕拭眼泪，可一考就满分，她就连语文都能考满分，她中考时饿得眼冒金星、贫血，可还是考了全区第一。可两个孩子只能读个师范或小专，家里实在无法提供他们继续读书的资费。岳母她最渴望的就是漂洋过海，留学海外，讲学问道，开花散叶，可自己连读大学的机会都没有，考上公办教师后只能进修教育学院。前边两个孩子也因为家庭经济困难无法实现自己的抱负，所以她真希望小女儿能有出息，所以才对妻子有着那么严厉的管教。岳母有过苦难的童年，一生漂泊，她无法容忍打一次车挥霍掉一袋米面钱的行为，就是现在手头有钱，哪保得住日后没有难过的日子！所以她实在看不惯作为一家之主的我大手大脚，哪怕车是为她叫来的，哪怕这钱由我出，都不行。

把家迁到驼城后，为了截住光阴，把自己黄连般的苦难稀释给岁月，也为了给自己的后人留下解读自己内心世界的可靠文字，在没有任何创作经验和积淀的情况下，岳母开始建构自己的第一部文学作品。岳母在这部作品里交待，她创作不是因为自己会写，而是因为自己想写，她想用文学这壶老酒浇自己心中太多的块垒。在这部自传色彩极为明显的文学作品《收藏人生》里，岳母从自己记忆里的岁月写起，写自己在苦难的童年跟随母亲从陕北到包头、张家口、西安万里寻父的江湖历险，写媒婆为求聘礼差点把她拐嫁到三边的多舛命运，写和母亲相依为命的苍凉花季，写自己为了活命嫁到山里的苦苦挣扎，写自己中年讲台上的风雨人生，写自己晚年和命运讲和的万般无奈。这部蘸着血泪码就的文字成书后经陈黎力女士奉呈陈忠实先生，陈先生和岳母有过四十多分钟的电话交流。陈忠实先生一生在大关中生活，历经太多磨难、坎坷，可他没想到从大陕北来的岳母，有比他更为沧桑的身世。同时先生对岳母入木三分地描述生活表达了高度的肯定。岳母不会使用电脑，她又一生节俭，她在打初稿时，文字是写在那些废弃药盒的背面，只是在成稿时才工工整整地誊写在雪白的稿纸上。她的进度很慢，像吐丝的蚕，可神圣、坚毅，最后垒成厚厚的一叠，映着慢慢变白的银发，让人心惊，也让人感佩。

　　岳母出版了自己的第一部作品后还想继续自己的文学创作，她的第二部作品已经写到不错的规模，岳母原来以为自己可以沿着创作的道路一路前行，可出书不久之后她的孙儿工作到了西安，为了照顾亲人，岳母卖掉留有全家美好记忆的榆林四合院再一次迁徙，把家搬迁到关中。岳母曾经在西安生活过，她对这座给她留下久远、深刻记忆的城市并不陌生，这座城市留有父亲的气味和记忆，虽然父亲已经走远了，虽然父亲给了她太多的灾难，现在能回到父亲的气味里，父亲住过的城里，岳母在感慨命运的同时，也在接受这命运的安排。

　　路遥拼了命流尽自己的心血，是他非常清楚如果不能乘势写完自己的作品，他会像曹雪芹、柳青一样，把巨大的遗憾留给后世，留给家人。可谁知这样的遗憾却留给了岳母。她原来以为到了关中，远离是非，斩断记忆，离开陕北，她会有一片安静的天空，谁知命运又一次拿走了她安静书桌上的书本，给她的书桌摆满了治病的各种药丸。她从早上睁开眼开始服药，要服到晚上睡觉，她的精力要来治病，年过七旬的她再也无力提笔写这个可爱的世界和美丽的生活。为了不再受理想的折磨，她流着泪烧掉已经写好的十多万字的书稿，静候命运的安排。

　　知道自己的归宿也是好事，虽然无奈。岳母自己坐不到书桌前了，希望我能安静地坐在书房里读书、写作，岳母还送我一块很贵重的纯羊毛神木地毯，随着地毯送过来的是她的一封书信，她给我写到，她查出患有严重的冠心病，随时都有生命危险。在些许的震惊之后，还有一丝庆幸，因为如果最终死于这种病，可以快速结束生命，免去了苟延残喘。面对永恒的死，一切有限的生命均等值，因为长寿者将被带往与早夭者相同的地方。所以既可享高龄，也不虑早夭。自己一生有太多的灾难和痛苦,身心的巨大摧残和折磨,早已是伤痕累累。自己常为自己能活到现在感到惊奇,所以她完全可以平静地接受死亡的到来。她还写到,在离世之前,想送给我我的最爱,也是她自己的最爱——一套红木书桌、书柜。经过岁月打磨的古色古味的家具,自有一种沉静、厚重的感觉,它不豪华,但典雅;它不富丽,但高贵。希望我能喜欢,也希望这种物件的古典韵味,能引领我穿越时空,走近古今圣贤。她在信中写到现在回顾整个生命,所有经历的欢乐已不再欢乐,所有经历的痛苦也不再痛苦,都已变成只有自己才能理解的生命体验,她能做到的只是"我心无愧"。

在信的最后她希望我以后逐渐远离官场,静下心来,潜心创作。为写作吃苦,终究是值得的。没有什么能把美好留住,除了作品。正如落叶,落叶虽已枯黄,但在诗歌中将会发出永恒的金光。也没有什么能将痛苦转换,除了作品。正如《史记》,是司马迁耻辱与痛苦的结晶,却变成他尊严与成功的象征! 她说我还年轻,有足够的时间和精力干这件事。

我知道岳母在总结自己的人生,也在安排自己的人事。我收到岳母来信的同时,也收到小儿要上京读书的通知书和姐姐的小孩雅思考试的过关证书。人事有代谢,往来成古今。我的生母给了我生命,我的岳母给我的生命注进了灵魂。我除了感激我的亲生妈妈,也感激我的岳母妈妈。我曾经对我的岳母有着那么多的误解、那么多的抱怨,随着岁月的流逝我逐渐明白人生苦短,爱都来不及,哪来那么多的怨恨。明白了一切,我才知道,此生有一个妈妈般的岳母我是何等的幸运,何等的幸福。谢谢你了,我的岳母妈妈,如有来生,我还愿意做你的孩子,替你买药,带你挤公交!

挑毛衣的女人

　　我的姐姐、妹妹还有刚结婚的妻子都会挑毛衣。姐姐是她们三个当中最早学会打毛活的,可她的手艺最糟。她曾经给老爸挑过一件黑毛裤,试穿时老爸弯腰抻裤腿屁股后边竟然能露出里边红线裤的颜色,那件毛裤穿在身上就像时髦女士的网格裤袜,弄得老爸脸红红的。她不是有意偷懒,她给自己打的毛衣也是右袖长左袖短,于是干起活你就常能看见她左手老是把右手一抻一抻的。姐姐让我钦佩的一点就是她能一条道往黑走,全然不管这条道多么坎坷,得费她多少心血和气力。她曾不顾父母的再三反对和姐夫结了婚,谁知她的满腔爱意竟换得一颗冰冷的心,带着紫一块青一块的伤痕瘸着腿回娘家时,姐姐一句怨言也没有,怔怔地躺在床上(她坐不起来了),一个人流泪。实在苦得不行了,她就对我说是不是写封信能让她那爱恨不得的丈夫回心转意。就是走到这一步她依然一个人往下走,不想违背自己当初的选择,就像她织错毛衣从不拆了重织一样。世事沧桑,风雨飘摇,当懂得了家庭和爱的姐夫一边围着围裙做饭一边教儿子认字的时候,姐姐又挑起了她那永远也挑不完的毛活,无声地在毛衣上注释着自己对岁月的理解。每每看到这种情形,我都会泪满两腮。

　　与姐姐相比,我的妻子织毛衣就严肃认真多了。不合适她是绝对不会放过的。有时毛衣袖子都挑成了才发现胸前少走了几针,端详着一针一线织起来的衣服,懊丧、愤怒、自责都会交替着爬上她的脸。甚至睡在被窝里翻来覆去合不上眼,最后干脆爬起来一气拆个干净,然后如释重负地安然入睡,当我问她:"就不能将就些,怪可惜的!"她会回答你,不好就干脆重来。妻子让我看重的就是她那股子知错即改、为人处事的认真劲。她这种性格有时对我这种不修边幅、丢三落四的人实在受不了,出门不打招呼,日用品用完不归位,随意借别人的东西却久拖不还都是她不能容忍的。开头时我和她大吵特吵,慢慢地当我念书时犯下的胃病、脑神经衰弱在她的严格管教下日趋好转时,我也就接受了她对生活的这种态度。看着妻子痛快地、义无反顾地又在拆一件旧毛衣时,这时我就会想,我真的找对了自己的所愿。

妹妹也会挑毛衣,可她挑得很随意,没有人指望她能赶季节织好一件毛衣,她也曾给老爸织过毛衣,半年多过去了还只是巴掌大的一块。给她自己织更麻烦,一会这个样式好,一会那个样式好,等她下决心买好毛线动手时,街上又流行起另一种款式,最后干脆买一件好了,就好象她谈朋友一样,这个不帅,那个个子太矮,选来选去老没主意。她如果是中途织错了,既不像姐姐那样认为瑕不掩瑜一心走下去,也不像她嫂子那样干脆拆了重来。拆,舍不得,织那么一大片多么不容易,不拆又不好看,于是犹豫不决,心里永远装着一块病,看见妹妹这样我真担心她以后怎么面对生活。

也许女人织成的毛衣没有一件是十全十美的,可她们在毛衣里织就的情感世界却是那么的美丽,我想天下织毛衣的女人不外乎姐姐那样一错到底、妻子那样一丝不苟、妹妹那样犹豫不决三种态度,她们用自己的双手在毛衣里挑进那么浓的情和爱,那么多的希望和期盼,她们给那么多的心灵护上外罩,那么多的孤独穿上暖衣,于是这个世界才会这么温暖,这么富有人情味。

红　兜　肚

明年是你的本命年,
人们都说本命年多灾多难,
没有走出母亲的怀抱时
母亲和她的红兜肚,
护在你的胸前,
避灾避难……

（一）

中国民间艺术·泥人　　　心心相连

　　我的一个日记本里珍藏着一张贺卡,贺卡上面写着一首小诗:明年是你的本命年,人们都说本命年多灾多难,没有走出母亲的怀抱时,母亲和她的红兜肚护在你的胸前,避灾避难;明年是你的本命年,人们都说本命年多灾多难,走出母亲的怀抱后,我便是那红兜肚,护在你的胸前,避灾避难。送我这张贺卡的女孩叫刘卉,当时是我的女朋友,后来成了我的妻。来这个世界修行,我修成的最大的正果就是觅得自己的红兜肚,我和护佑我的红兜肚携手同行,共挑风雨,共证爱情的神圣。

　　我们于1991年相逢在榆林师范专科学校,这所在别人眼里太偏、太简陋的大学,对我俩而言却是沙漠中的绿洲、人世间里的天堂。每个人都有自己的宿命,卉儿从小便是读书优秀的孩子,一路顺利,但到了高中的后面却遇到了波折,她从理科转到文科,从头学起,和我一样,也是复读了三年才考上大学。我一直认为聪颖的卉儿也要受补习的煎熬就是为了等我!

在毛乌素沙漠边缘这所中国最小的大学里,在班级五十四个同学里边,我遇到了我的爱人!这个在别人眼里开朗活泼的女孩,眼眸里却时时流淌着忧伤和孤寂。这股气息深深地吸引着我,我开始关注这个我认为很深刻的女孩。

大一军训结束后,班里无记名投票选班干部,我和刘卉都被选进班委会,我担任团支部书记,她担任副班长。同时她还是她们宿舍的舍长。她是极有责任心和奉献精神的女孩,想大伙所想,急大伙所急,在班里很有威信,深得同学们喜欢。给大家取信件的活儿别人干得不好,不守时有丢失,她就接了过来。这的确是天使干的活,需要坚持、耐心、守时,但是她干得特别开心。她后来告诉我,童年时,她曾经跟随外婆每月月初到镇上的邮局取远方的大舅汇来的十元生活费,邮局于她如菩萨的驻地,神圣而又温馨!很多次,我看到在别人收到信件喧哗打闹的热闹气氛中,她静静落座,拥书自修,那份宁静淡然让我刻骨铭心。

班上为了加强团结,建设团队文化,在第一年过元旦时给每个男生宿舍分配三名女生,指导男生包饺子,共度新春佳节。又是缘分,卉儿竟然分到了我的宿舍。在大伙儿吃饱肚子,开始打牌的喧闹声中,我俩围着火炉第一次谈到了自己的人生经历和自己多舛的命运。那个丁申年的元旦夜,记忆中是那么温馨那么忧伤！那个夜晚，卉儿给我讲起她的生平。卉儿父母的婚姻不太平等，父亲是一个出身贫穷的农村孩子，而母亲出身大户人家，从小在西安长大，是她外爷两房妻子众多孩子中唯一的女儿。在那个连孔子的坟茔都保不住的时代，她的外爷，一个西北最早的革命者之一，由于历史问题被关进大狱，她的外婆独自抚养女儿，饿得浮肿到眼睛都看不到路，走投无路只好把女儿嫁到农村。她的母亲生了她的哥哥和姐姐后，不再想要小孩了，所以承受着岁月煎熬的母亲怀了她后一度想处理掉自己肚里的这个孩子，可去了医院医生说月份太大不能处理了。母亲无奈只好留下了这个孩子！农历庚戌年七月的最后一天，夕阳西下，牛羊下括，黄土地上半年的好日子都已经过完了，下半年的好日子还没有到来，正是青黄不接的时候，卉儿来到了这个世界。母亲生她时大出血，差点丢了性命。打小她就是极孝顺的孩子，每次母亲感动之余总会念叨，幸亏当初留下了这个闺女！她毫无怨言地做着一切，她说她要用自己一生的勤勉去回报这个世界的收留之恩。卉儿存身的世界是寂寥的，在无数个阴雨封道的日子，没有玩具、没有小人书的她，在掉光牙齿的外婆酣睡时发出的噗噗的气息声中数着窗外的雨滴雕刻着时光守心而过。卉儿用善良、宽容和这个世界交换生存的权利。

父母为了生存奔波各地，所以卉儿还很小的时候就被寄养在外婆家——那个西北极有名气的物流大镇上的杨家大院。在冷清的大窑洞里她和外婆相依相守了十多年。她深知自己的处境，怯怯地拽着外婆的衣角行走在外婆的身后。她非常乖巧，极有眼色，帮四妗子家带孩子，帮二妗子家抽豆角，帮五妗子家抠玉米，看到活就做，能帮别人的忙就帮。她用她的懂事和乖巧赢得在外家的好口碑,也赢得了存身之所。卉儿非常勤快,常常跟着小脚的外婆到马路边捡拾寒风吹落的枯枝败叶,挎着小筐子到别人收割过的田地里刨玉米根,她说最开心的是在别人收割过的地头里捡拾土豆、红薯,挖出一个漏掉的大土豆、大红薯,会让她和外婆惊喜不已。

童年里的卉儿

我们也各自谈了补习岁月带来的苦涩和收获,表达了由于自己的失误给家人带来担心和挂念的内疚,也表达了在自己漫长补习生涯中给自己无限力量和鼓励但依然徘徊在大学校门外的好友的无尽的思念。

在和她的交谈中,我很少听到抱怨、不满,更多的是感恩是对生活的热爱!对卉儿有了进一步的认识和了解后,让我更加疼惜她爱恋她,想牵着她的手走以后长长的路。在我的不懈努力和真诚付出的感召下,卉儿做了我的女朋友。在驼城的那些日子里,岁月流淌得平静而又幸福,秋天快要考试了,我们会钻进校园里的一个沙丘,坐在下边靠着土包整理笔记,背诵要点。不考试的日子里,我们会从图书馆借名著来读,特别是西方名著。有时名著被别人借走了,我们就借《十月》《当代》看。塞北寒冷的冬天来了,我不再害怕寒冷,因为在这个世界上我有了给自己打毛衣、织手套、织围脖的爱人,有了自己的红兜肚。我看自己的爱人给自己编织温暖和幸福,也正如读一本别样的书!

幸福的日子总是短暂的!九三年的深秋,我又一次背起行囊告别同学,告别我的爱人到延安大学读本科。当时家里并不主张我去读书,家境太艰难,弟弟妹妹也要读书,父亲太渴望我能尽快进入社会工作,和他一起承担家务。在我进退两难之时,是卉儿的鼓励坚定了我继续求学的决心。临别时她到车站送我,由于没票进不去,就双手抓着铁栏杆,双脚踩着栏杆的底部向里张望。后来车出站了不能逆行,要顺着那段栏杆走一圈,她并不知道我坐在这趟车里,双脚还踩在栏杆上,头歪在胳膊里,呆呆地立在那里,那么忧伤,那么疲倦!这分别的一幕像烙铁绘就的图画刻在心间,岁月的风雨再怎么洗涤都不能褪色,我们就这样彼此守望着,期待着,在爱的长跑路上一路坚持下去。

大学毕业后我很顺利地回到了自己的母校工作,卉儿早我一年分配到地区一所中专学校工作。这样两个漂泊了二十五年的灵魂终于走到了一起,开始筹备自己的婚礼。可筹备婚礼的艰辛却让人刻骨铭心,又让人心酸不已。我是家中老大,补习三年,大学四年,花光了父亲所有的工资,我实在无法向生计艰难的父亲开口要钱,朋友同学也都刚刚起步,谁手头也没钱,内外交困的我俩只有自力更生。人们常用家徒四壁,一贫如洗来形容一个人的贫穷,放在我身上一点也不为过。

好在单位分了办公室,我从部门办公室里借回来一张课桌和一张竹条床板,用砖头支撑起来当床用。在筹备婚礼的那段时间里,她用有限的钱精打细算,今天为房间挂块花布,明天给墙上钉串风铃,地板反复清扫,倒也把小房子收拾得很有味道!我的卉儿跟了我这样的穷光蛋,没有抱怨,没有沮丧,有的是对生活的无限热爱,很多次,看着这个小屋,我都是感慨万分,五味杂陈。

　　婚后的第三年我们迎来了自己的孩子。我们的日子过得太苦了,几乎背负了时代抖落的每一粒尘埃,身心俱累,步履蹒跚,所以等我们有了自己的孩子,卉儿发誓要将快乐、自尊、自由全都还给孩子。她小时候过年缝一件新衣服,正月刚过就被严令脱下锁到箱子里,外地工作的舅舅带给她一双新鞋子,客人刚走也被勒令锁进箱子里,等过年再穿,可下一次打开箱子衣服已经小得上不了身了。一年四季她只能穿旧衣服,时间久了她意识到自己的青春不再与美丽相关,也不再与新鲜相连,人是斗不过命的。现在自己有了孩子,她不想再把缺憾、自卑传给自己的孩子,只要不过分,她都会满足小儿的要求。她第一次去北京,在宾馆吃饱免费的早餐后一整天再不吃东西,省吃俭用给儿子扛回来一辆电动车,这辆车质量非常好,儿子开着这辆车,度过了他意气风发的快乐童年!当然,卉儿绝不溺爱骄纵孩子,在彼此充分信任的前提下,她给儿子定下了不能逾越的规矩,这样的宽严有度教育出了积极阳光上进的孩子。儿子一路走来,和妈妈相处得极为融洽,他们是很好的朋友!我从来没因为孩子的事操心受累。儿子考上大学后有一次和我促膝交谈,他告诉我,我们的家属院旁边有四十三家网吧,但他的脚步没有迈进任何一家网吧,儿子说他之所以不进网吧，是因为妈妈给他的信任比网吧里的快乐更值得他珍惜。

我和卉儿

儿子出世不久，单位就开始集资修房，当时我们手里仅仅有几千块钱，东挪西借拼凑够集资款后背上了沉重的债务，为了还清债务，我承包了单位的餐厅，可挣钱还债是我幼稚的设想，真正实行起来束手无策，困难重重。妻子用她的智慧、勤劳化解一个个困难。房子装修、服务员招聘、制度制定、餐厅定位、菜价确定、大厨的聘用都是她的事，一下班她进了餐厅就离不开，打仗似的饭时已过，她都来不及吃饭，又得赶校车上班。为了凝聚人心，她给员工组织生日晚会，带厨师的媳妇去医院孕检。她太了解我这个人，嘴勤屁股懒，做活又粗糙，所以自己能干的事绝不麻烦我，仅仅用了一年，我们就还清了所有的外债。

岁月馈赠美好，但也留给人遗憾、惆怅。我是一个渴望流浪的人,在世俗的庸常里浸淫久了,也常常追问窗外西垂的夕阳,明日你升起时是否依然如同今日的模样。我在课堂辛勤布道,也在职场勤勉工作,收获学生倾慕的眼光,也收获领导的赞扬。但杏坛上的神圣外衣有时被生活中的平庸剥得干干净净。此时我对世俗的婚姻、家庭有了深深的怀疑,我用所有的自由换来一个家,到底值不值。女人是通过征服男人而征服世界,可这个男人的世界空洞无物,你就是把他征服了又有何用!一个人的灵魂被命运规训到底是否幸福。带着这些疑问我开始漫游天下、遍访名山,到漠河、布达拉宫、扎什伦布寺、泰山、乐山、青城山、天山、塔尔寺、黄龙去寻找生命的真谛,说好两个人的朝圣此刻变成了一个人的旅行,徒留卉儿一个人在家,抚养孩子,料理家务。卉儿是极自尊的人,不会央求我带她一块出行,可当我转身离开的一瞬,她的悲伤逆流成河。每一次我要出行,卉儿都强忍着悲伤替我准备行囊,表面上她一如大学时代分发信件时那么安静、从容,可内心里她的灵魂已是涕泗横流、遍体鳞伤,可我浑然不觉,外出的脚步越来越快。有一次学校举行毕业晚会,她抱着儿子去看节目,当她看到台上少女们青春飞扬、活力四射,而自己被困在生命的围城进退维谷时热泪夺眶而出,儿子两只小手揩来揩去,怎都揩不尽妈妈脸上的泪水!

当后来翻阅卉儿写的东西读到她真实的心灵世界时,我非常愧疚羞惭,我是如此深地伤害了她!旅行无法解除孤独,行走也革除不了生命的庸常,是卉儿留在纸上的眼泪和悲伤撕开我内心自私的外衣,让我有了再次思考生命和婚姻本质的机缘。庸常不是生活强加给你的,而是你向生活妥协的恶果。庸常在侵蚀我的灵魂,也在侵蚀卉儿的灵魂,比起我而言,卉儿要面对更多的庸常。她要承担娘家的家务,也要承担自己家的家务,还要承担婆家的家务,家是爱的巢窠,何尝不是精神的樊笼;她要面对单位复杂的人际关系,也要面对我外出行走后家里的一地鸡毛;她要在杏坛上布道施教,也要在儿子的尿布堆里穿针引线,她要比我思考更多的灵魂层面的问题。当她凭借一人之力撑着婚姻的方舟穿过急流险滩把一个完整的家交还给我时,我除了额手相庆,也是细思极恐。

在婚后漫长的岁月里卉儿在坚持,也是在等待,她在自救,也在救我。她在修心,也在度我。她用所有的希望和幸福赌我人性的善良,感谢上苍,她赢了,我最终停下流浪的脚步,回到自己的家。

我们是专科起家,对知识有种天然的渴望。现实不允许卉儿脱产学习,她就参加了自学考试,等她考过所有的课目要到西北大学参加本科论文答辩的时候,内心深处真有种换了人间的感慨。她穿着从姐姐那儿借来的毛衣,背上论文兴冲冲南下西安取学位去了。四月的塞北还春寒料峭,可四月的西安已是花红柳绿,莺歌燕舞,彩裙飞扬,姐姐的那件好看的毛衣在西安热得实在穿不住。她脸上流的不仅仅是汗水,还有说不清道不明不知为谁而流的泪水。在西安读硕的同学和他在外资企业做高管的女朋友热情地接待了分别近十年的补习好友,可同学越热情越让她觉得同情的可怕。岁月的操劳已经让她和最好的同学都没有了共同语言,除了对昔日苦涩岁月的艰难回忆,就是难堪的沉默。那种事实上的不平等,让她再次意识到灵魂高贵的重要性。

她在自考时错过了学位外语考试,因此她的本科只有学历没有学位,这为她后来的进修深造带来了许多麻烦。好在我有学士学位，可以报考硕士。知道你要去那，全世界都会为你让路，可让出来的这条路只有我一个人独自行走。蜩有它自己浅飞低行的快乐，鲲鹏有它举翅翱翔时的孤独，特别是当它飞在九万里的高度再无法扇动翅膀时会更加惶恐。从2003年到2011年，我携了自己的灵魂负笈求学，先硕士后博士，又一次把尘世里的一切全都交给卉儿一个人打理。记得马尔克斯在写《百年孤独》之前把自己的小车卖掉，他把卖车的钱交给他的妻子就离开家到远方写他的孤独去了。等三年回来，他才知道卖车的钱妻子连一年都支撑不下来，他都不知道妻子怎么把这个家支撑到他回来。后来我知道，在我离开的日子卉儿承担了对婆家娘家父母的尽孝，帮我妹妹解除了失败婚姻的枷锁，又把我弟妹和上学的侄儿带到我家一块生活。但她给我的信永远是报喜不报忧，永远是鼓励宽慰！世界上只有两部书，那就是有字的书和无字的书，我在长安读有字的书，她在塞北读无字的书，书本上有的生活里都有，生活里有的书本上却不一定有。在我求学期间，她不仅妥善处理好家事，还成功地送走了两届学生，而最成功的是她的班主任工作已炉火纯青。她把魏书生先生的班级管理经验完整地引入到自己的班级管理中，每一个离开她的孩子除了怀揣大学录取通知书，还有了感恩上进的心，这段布道的岁月不但成就了她高级教师的名誉，更给她带来了从教的自信。她在成就我的同时也在成就她自己，她在为我做离开准备的时候，也在为自己日后有能力离开打捆行李。

谈恋爱的时候我只觉得卉儿织就的围巾、毛衣是我的红兜肚，可以遮风挡雨，和她几十年相伴而行，我才品味到真正能够遮风挡雨的红兜肚是卉儿给我精神世界带来的影响。

她帮我锻造灵魂里坚韧和勤勉的品格。我们只是看到鸭子浮游水面的悠闲、自在，谁能看得到为了这份悠闲、自在，鸭子在水底两只脚丫子的忙碌与拼搏。我曾亲眼看到过卉儿为赛教讲好李商隐的《锦瑟》而做的努力。她从早饭后坐到电脑前就再未离开，一直准备到午夜两点，第二天不到五点就起床，简单地洗漱后，默默地坐在小台灯下回顾要点，六点乘坐第一趟公交到学校去开讲。谁也不会随随便便地成功，能成功是因为你比别人多了更多的付出。我是在梭罗那里读懂我的爱人的：如果我们不是被我们的创造力唤醒，而是被某个仆人机械地推醒；如果唤醒我们的不是自己新获得的内心的力量和强烈的愿望，并且伴随着抑扬的仙乐和弥漫在空气中的沁香，而是工厂的铃声——如果醒来面对的不是一个比入睡时更为高尚的生活；那么这一天，如果还能够称作一天的话，是没有多少指望的。我从来没有见过我的爱人睡懒觉，等我醒过来，家里早已是窗明几净、一派生机。我也唯有勤勉上进才不会辜负她的期待。

卉儿给我打造的另外一件红兜肚是充盈于整个心灵的博大的爱与慈悲。她尽己所能帮助自己的学生，物质上帮助，精神上也帮助。她的一个学生临近毕业时欠了账拿不到毕业证书去单位报到上班，她毫不犹豫地借给一千元，那时候的一千元是她三个月的工资，快十年了这个学生还音信全无，偶尔谈起我笑她傻的时候，她会给我讲我们曾共同在毛乌素沙漠的沙丘上读的《悲惨世界》，米里哀神父送给冉阿让的不仅是银烛台，还有漆黑灵魂里的一丝光亮。学生还不还钱对她而言是无所谓的，她要的是自己的心安！后来她的毕业了好几年的孩子有了困难向她开口的时候她还是毫不犹豫地以最快的速度把钱打了过去。她说她理解孩子张口借钱的艰难，更珍惜孩子对自己的信任！她后来在一所名校任教，这里的教师有着佛性、母性的光辉，不管多么优秀或平庸的孩子，在这里修习三年后，都可以修成正果。老师们的压力和付出可想而知。她教诲富家子弟，也从不歧视贫家子弟；她教育上进的学生，也从不放弃自弃的孩子；她给诚实的学生委以重任，也教育谎话连篇的学生。学生爱她是因为她爱学生，毫无差别，一视同仁。一个学生因病悲观失落，无望的疾患让孩子近乎发狂，她给这个孩子调配了富有爱心成绩优良的同桌帮他学习，写信发信息时时鼓励孩子传递温暖，后来这个孩子考取了医科大学，他想成为医者，帮助天下如他这样的患者。一个孩子因为沉溺网络游戏，从学校最好的班级滚动到她的班上，课堂上玩游戏被她没收了手机，这熊孩子竟然买了一个模具，偷梁换柱，换回了自己的手机继续玩。距离高考不到两个月，她还不放弃，每晚发短信告知这个孩子作业内容和复习进度，她想告诉学生老师知道你换走了手机，也想告诉他不到最后绝对不要放弃。这个孩子最终在老师的付出下收回了心，用心复习，竟然也考了一个好成绩。每逢假期，家里总有成群结队的孩子来看望他们昔日的恩师，到处洋溢着欢声笑语，我羡慕卉儿身体力行着爱的教育，也收获着别样幸福。

　　卉儿还教给了我好多人生的功课。我是跟随着妈妈长大的，我小的时候妈妈有着永远干不完的活，还有弟弟妹妹要照顾，根本无暇在其他方面教育我。刚上初中我就离开父母外出求学，更是少了父母的管教。我使用过的牙膏永远不会盖上盖子，等下一次使用时干得已经挤不出牙膏了；我穿脏的衣服永远混在新衣服里，分别不开；我盖过的被子永远会像麻花一样扭曲在床上。我借别人的东西主人不讨要我总是记不住归还。我还有着根深蒂固的男尊女卑的思想，宁愿在办公室看书读报也不愿提前回家生火做饭，更不会饭后洗碗拖地，我认为男人是干大事的，不应该做这些妇人应该干的事。后来迈入婚姻的殿堂，是卉儿的严谨、勤勉、善良教会了我什么是责任，什么是承担，什么是平等。等我趟过女性的河流来到岸边，才知道天下男人的自私有时是渗入骨髓的，才知道天下男人有时愚蠢到幼稚的程度；等我躲过婚姻里的暗礁蹲在岸边看昔日的同类和自己的爱人讲理论道的时候，我才明白什么是悟道，什么是成长，什么是教养。婚姻里的学问博大精深，感谢在这所学校里我的老师，我的爱人，没有让我做一个拖沓的人，自负的人，自私的人。

儿子上了大学后，卉儿建起了自己的书房，她在中学老师的阅读层面之外开拓着新的阅读领域，除了教材和教辅资料，她在系统地阅读《尚书》《道德经》《庄子》《左传》《史记》等古代典籍和世界各大思想家的论著。没有功利的学习可能最接近为己之学，也是完善人性最近的路径。人生在世不可能穷尽所有人的生活方式，但借助书籍悟透生活的真谛，做一个明白人也是悟道的有效路径。她在备庄子时，给我讲对"相濡以沫不如相忘于江湖"的理解，她说人是有尊严的，爱也如此，两个人的爱与其到了相濡以沫的地步，真还不如相忘于江湖，我是读过庄子的，但从来没有把爱读到如此通脱、率真的程度。此时我俩正在室外散步，一轮明月，两袖清风，所谓悟道，莫过如此。

因为懂得，所以珍惜。我们非常幸运地躲过了命运设置的每一个陷阱，没有松手，没有放弃。因为我们深知，一旦放手,红尘滚滚,就万劫不复,永世不得相见。她用自己的善良、宽容,羽翼着我内心深处爱的幼苗,直到它长成参天大树,可以容纳我俩在树荫下谈天说地,默默相守。

刘卉是我的同学,我的朋友,我的妻;她也是我的红兜肚,我的菩萨,我的学堂。在这所学堂里学到的东西够我一生回味、珍惜。我常常想起那张卡片上关于"红兜肚"的那些话:走出母亲的怀抱后,我便是那红兜肚,护在你的胸前,避灾避难。有了善良、宽容、勤勉和爱,我们便会楫船同渡,笑对人生,不惧路途遥远,直到地老天荒。

致 命 天 使

我亲爱的儿子,今天是 2001 年的 11 月 5 日,一个塞北树叶盈天、冰雪满地的日子,你的父亲满含歉疚的热泪,灭灯秉烛,用他的灵魂和你谈心,希望你那才五岁的小心灵能够读懂为父那被岁月的沧桑冻结得不再富有怜悯的心肠!

泰娃小时候

我的童年是在父母无休无止的吵打中度过的,命运和岁月铸成的双刃剑曾让我和弟弟、妹妹变得那么倔强而又脆弱,我们是那么渴望离开那个没有温暖只有屈辱和争吵的家。倔强真的帮我离开了那个一度让我窒息的家庭,可脆弱又让我走走停停,围着命运绕圈旅行。这就是有时我虽然天马行空,可灵魂常在那个黄河畔的小村守留;有时我人和你一块观看《啄木鸟乌迪》,可心却在飞游四方。

我性格中的倔强让我能从头干起一件异常艰苦的事情，我曾在一所中学里读了八年苦书，在寒冷的冬季坚持狂奔十六公里，我能听得见结成冰块的血液在血管里艰涩地流淌，可性格中的脆弱又常常令我干每一件事都思前想后，最终中途而废，仰天长泣！

为父已入而立之年，这是许多成功人士的收获季节，可你的父亲每天苦读至午夜，还在狂热地追逐迷惘的梦想，我深知这场负伤大追寻可能血尽而亡，永远回还不得，所以为父潜意识里希望你——我亲爱的儿子能勇敢而坚韧地在这满是荆棘的人生道路上超出远比我的运数所走到的限度！为父残酷地把自己承担不了的重担压在年仅五岁的你的肩上，怯懦的父亲希望儿子能变得勇敢，殊不知这样做的结果会适得其反。

儿子，我亲爱的天使，诚如你的母亲所言，你已经是同龄孩子中最优秀的男人了！三岁时的你一个人提着书包在寒冬里神气果敢地走向学校，生意场上困厄的为父立在你的身后泪如雨下；四岁时的你一边在陡坡上滚向外婆家，一边勇敢地说："我不怕，你去上班吧！"，看着满嘴是土的你，为父在满是阳光的早晨像失去同伴的野狼一般长嚎乾坤。

在今天之前，我一直以为这个家，还有家中的你，是阻碍我走向成功的绊脚石，我曾经在那么不经意和没有付出的状态中和你们生活了五年，在没有负累的五年中我还不能远走高飞，我在悲哀地认命的同时，也在切肤地感觉到没有你们我的岁月会同失去血色的月亮，永远见不到太阳。

今天是 2001 年的 11 月 5 日，由于你在幼儿园门前看到锻炼回家的外公外婆要赖逃学，为父用没心没肺的脚让你像一只掠过天空的小鸟从我的手中飞向远方，顿时掠起满地红

260

叶,然后落红缤纷!你那出血的小脸在冻硬的水泥地上画成为父一生的心痛,你那松动的小牙为父发誓用终生的慈爱和歉疚去守护、弥补。

夜已经很深了,害怕回家见我,你和妈妈睡在了外婆家,拥影倚烛的为父真想去舔舔你的伤口,可我心痛得竟然站立不起,哪怕挪出一寸的脚步!我那致命的天使儿!

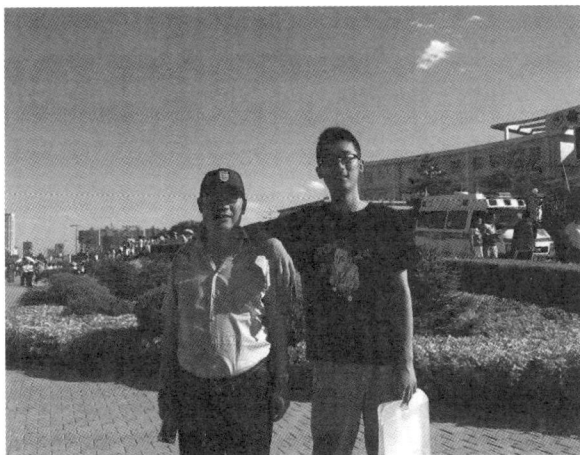

走出高考考场的泰娃

二　　康

　　二康是我的大侄子,由于我的小孩早于弟弟家的小孩出生,是李家的大康,他就成了二康。

　　我大学毕业后就离开父母到外地工作了,妹妹远嫁内蒙,三弟跑到江南创业,家里只剩二弟一家和父母一起生活了,其实二弟和弟妹也很忙,真正和父母一起生活陪伴的只有二康,所以二康的身份和地位在我心中就很特别,有点儿带刀侍卫、爷爷奶奶的经纪人的模样。前年老母亲做心脏手术,老太太自知手术凶险,害怕回不来,离家之前把二康召进卧室,把老家自己私房钱的藏身之所告诉了二康,让他继承,她还告诉二康如果自己回不来就让爷爷去续弦,就说这是她的意思,让二康主持公道,可见二康在他奶奶心目中的地位有多么重要。

　　二康小时候长得蛮好看,由于他长得胖,走起路来像滚动的皮球。这孩子语言迟,做事、想问题都在心里。他刚会说话的那一年,我们回家过年,穿着厚棉衣,拖着棉拖鞋,长着圆脑袋的二康伸出圆嘟嘟的手指告诉我和他大妈:一只蝴蝶,飞呀飞,飞到默默家,又飞到那边天。他的圆手指绕过脑袋,绕过小朋友默默家的房顶,最后指向小河对岸马路边上的天空,他说这些的时候,嘴也是圆的,由于好奇和激动,两只小手挥舞着,他说话很慢,反倒是两只小手挥舞得很快,他其实是告诉我们一个重大的发现,大冬天的,家里飞出一只美丽的大蝴蝶。

二康的童年还是很幸福的,但有些孤清。父母和二弟住的是县武装部的家属院,是旧式的窑洞,条件好一点的邻居都到城里住楼房去了,于是这座院落既有旧贵族的气味,又有人走茶凉后的孤寂,他就生活在散发着这种气息的地方,最好的朋友就是默默。寒假我们回家,每到饭时,二康会从他家跑过来叫他大康哥哥吃饭,他脚上拖着一双厚棉拖鞋,由于体胖,走路时会在地上敲击出如小兔子蹦跳时留下的声响。他手里举着一张他妈妈烙的硕大的圆饼,一边在上边撕咬,一边说,哥,哥,吃饭了!过完年我们临走的时候,他也会帮忙往我们车上搬东西,他还是圆胖,抱一颗大南瓜,瓜太大,遮住了他的整个脸,他就凭感觉往前走。我们要走了,他表现得非常平静,拉着他奶奶的手淡淡地向我们告别,我们的车开出老远了,从车子的镜子里还能看到二康和他奶奶在马路边站着目送我们,一老一少,孤孤单单,就这样一年又一年地过着,我总觉得好像要把自己的老母托付给一个小孩照顾似的,让人心里有种辛酸、歉疚。

二康是留在爷爷奶奶身边唯一的隔代之人,再加上父母对二弟的工作没有着落一直心怀歉疚,所以父母把所有的爱都倾注到这个孙子身上。二康也很争气,他的学习成绩很好,特别是数学学得更好,好多题他脑子一转就有了答案,这让他没上过学的奶奶十分得意。每年过春节回家,老母亲都会在给完压岁钱后当众宣布,将来大康考个清华,二康考个交大她会发更大的红包。二康也很有孝心,那年老母亲做了股骨头置换手术,行动不便,每天上学前二康都要早早地背好书包等在奶奶的床前,一直要等到把奶奶的大小便收集在一个黑色的塑料袋,送到外边的公厕后才去上学,妈妈给我讲这些时,嘴角含笑,却是热泪长流。听到这些,我也是泪满两腮。

为了给二康一个好的教育,好的前程,在他刚上小学不久,我就把他转到榆林上学了。这样二康就告别了他的学校、小朋友、父母、爷爷奶奶和那只飞过蝴蝶的小河,到一个陌生的地方生活。我的想法非常简单,人往高处走,水往低处流,榆林是一个非常注重教育的地方,文教事业一直薪火相传,长盛不衰,在市里上学总比在县里上学要好!还有大康的学习很好,兄弟俩在一起互相帮助,共同进步总比一个人单打独斗要好一些。二康在榆林的学习还可以,但生活就很单调。他没有小朋友,也讲不了普通话,很多时候写完作业一个人抱着一本书在书房读书,天很黑了他也不开灯,一个人呆呆地枯坐着,不知所措。有时我们进书房去备课,打开灯才发觉二康一个人坐在那发呆,催促他下楼找大康去玩,他也不反对,一个人默默地下了楼,绕着楼转一圈又回来了。问他怎么这么快就回来了,他会笑一笑说,不好玩。时过境迁,到现在我才知道那个时期的二康内心是非常孤单的,那么小的一个孩子经常一个人枯坐在那儿发呆,他一定是思念他的爷爷奶奶、想念默默小朋友、想念飞过蝴蝶的小河,可大人们太忙了,没有一个人停下脚步、弯下腰听一听这个寂寞小孩的心里话,陪他坐下来一起发呆、看看窗外飘过的白云、飞过的小鸟。

在我调到西安工作后,我又把二康转到西安读初三。我的想法还是非常简单,西安是十三朝古都,有着比榆林更优越的教育资源,孩子在省里上学总比在市里上学要好!所以,不由分说,我就把二康转到西安上学。二康在榆林生活的时间虽短,可他还是交到了一个陪他一起发呆的好朋友,这两个孩子都性格内向,不大言语,二康又要被我拽到西安去,他只能去和自己唯一的好朋友去告别。二康在榆林的时候他的妈妈还陪着他读书,后来他又有了妹妹,到了西安,父母就不能陪他上学了,他的学校距离我家又非常遥远,他就只能告别爷爷奶奶、爸爸妈妈和好朋友一个人独自住校上学了,这一年二康才十五岁。我当时并没有意识到一个小孩子上学没有家人的陪伴其实就是交给社会了,这是非常危险的,但我太忙,自己还没有在这个喧闹的都市找到北,哪儿来的精力管护二康。二康初三那年学得还好,中考到来的那天我从单位请了假,在学校旁边的宾馆订了一间房子,他去考试了我就在餐厅点好菜,等他考完回来吃饭。他去考场时手里只拿一个白色的塑料工具袋,袋子里边只装一张准考证和一些考试用具,他把袋子扇来扇去,不慌不忙,脸上笑笑的。这是我喜欢的状态,说明他不紧张,大考不紧张就是最好的状态。果不其然,他那一年最终考了不错的成绩,家里一分钱没掏他就进了学校的重点班。

在二康高一快结束的时候我接到了他班主任的电话,告诉我下半年二康要滚动出重点班,因为他的名次已经滑到最后几名了。二康住校,喜怒不形于色,又不好言说,我还以为他和初三时那样,一切俱佳,谁知他的学习生活一地鸡毛。他是外乡人,言语又少,更少朋友,一个本地的同学就欺负他,一次这个同学指使他干活,他动作迟了点,一只皮鞋就飞到了他的脸上。二康是心里做事的孩子,没出一个礼拜,他就请到了学校里打架最厉害的同学,在老大的喽啰捆住这个用皮鞋踢他的同学的双手之后,二康亲自扇了他两个响脆的耳光,把掉在地上的尊严又捡拾起来装入自己的口袋。这一切作为监护人的我竟然丝毫不知。

二康的学校在西安的纺织城,纺织城曾经是西安很辉煌的地方,纺织业衰落之后,这里也跟着萧条起来,街道狭小,摩的乱飞,物价很低却又购买无力。大人们忙于生计,哪来的精力顾及子女的教育,于是就有了很多邪道上的孩子。二康在骨子里是孤独的,能有同学看得起他帮他出气让他长脸,他内心里感到非常温暖,能看得起他的同学他都看作朋友。有一次二康去化学老师家补课,可过了约好的时间老师还等不来二康,便给我打电话询问,我打电话问他,他才告诉我他同学周五生病一个人住院了,他回家拿生活费买牛奶、水果去探望同学,谁知车堵在去医院的路上,所以不能按时到老师那儿。我当时只会埋怨他不守时让老师干着急,压根就没有考虑二康内心的温淳,他宁愿牺牲自己的学习时间也要花钱去看望一个人住院的同学!

二康很小就被我带离故乡和亲人,有一个日子在他心里非常重要,那就是自己的生日。每年二康生日快要到来的时候他奶奶都要打几次电话给我,千叮咛万嘱托要和孩子一起吃碗长面条,可我老是忙得焦头烂额,忘记了这个对孩子而言是非常重要的日子。我在外面漂泊得太久,好多人世间的重要日子都被我遗忘或者看淡,我连自己和父母的生日都记不住,何况二康的生日。在我的意识里人是靠理性生活而不是靠感性生活,一个人要前行是不能背太多的行李,所以对老母亲的叮咛并不当回事。等不来我的到来,也等不来我的祝福,二康就和自己的同学一起过生日。二康生日那天有十七个同学祝贺他,他很感动,也很开心,把自己兜里所有的钱包括补课费都用来请同学们吃饭。没有了补课费二康也不向我开口,补课就中断了,发生了这么大的事我还是什么都不知道。二康在中学期间唯一的一次挽回学习的机会就这样被我给放走了,回不来了。

高考结束后,二康自然落榜了。他谢绝了我们提出的在西安、榆林补习的建议,坚持回老家补习,这样终点又回到起点,二康又回到了生他养他的故乡。回到最疼他的奶奶身边生活,二康又感受到了熟悉的气味,听到熟悉的乡音,那里有他的发小,有飞过默默家房顶的蝴蝶,他又可以安静地生活、学习了。一年了,一直没有二康的消息,一年后家里来了电话,说二康考上大学了,还是一所本科大学。

五年了,伸手去抓,却空手而归;撒手而去,却又春风满怀。生命的际遇,有着自己内在的运行规律,非常神奇,让人很难看得明白。每一个人都是一座小宇宙,内心世界的宏博没有经历过岁月洗礼的人是看不懂的。每一个孩子的成长都是一场问道之旅,谁都无法代替,哪怕是以爱的名义。美丽的蝴蝶飞翔在这个宇宙里,春天飞,冬天也飞;风里飞,雨里也飞,飞多远,飞多高都是自己的运数。对于蝴蝶而言能够飞翔是幸福的,但更幸福的是自由、快乐地飞翔。蝴蝶是这样,成长中的孩子也是这样。秋天到来时,二康又要到我身边来了,这又令我想起那个圆圆胖胖的男孩,那只飞过默默家的蝴蝶。

二康和大康

文字里的岁月

——代后记

　　我今年都五十岁了，才有了自己的第一部书稿。像天下所有晚年得子的父母一样，生命中从此有了许多喜悦，也有些许忧伤。

　　对文字最初的热爱源自童年的阅读。那个时期给我留下印象最深刻的是读小人书《岳飞传》，有一个情景说汤怀、王贵这些人小的时候不爱读书，爱捣蛋，竟然把他们父亲给他们聘来的第一个老师气跑了。没有了老师的管束，他们彻底放了野羊。小人书这样描述他们的自在状态：王贵把一个孩子放翻，左手拦腰抱着一个孩子，右手锤人家的屁股，汤怀正在一堆麦秆上放火，把人家的水缸给打翻了，谁知里边跑出来一只老鼠，看到这，我会发出神往的微笑，笑他们天性烂漫，羡慕他们顽劣和自在的状态。后来他们的父亲请来一个很厉害的老师，可他们还是趁老师不在的时候溜出去玩耍，让岳飞替他们写作业。师傅回来后，发现作业完成得极好，就问谁来过，小伙伴当然回答说谁也没来，而心机单纯的王贵守不住秘密，脱口而出"岳大哥来过。"我现在都记得他仰天而答，没心没肝的模样，我也记得我阅读时开心享受的感觉。那时黄土高原暮云四合,残阳如血,有了心思的少年好生羡慕有书不读的那群富家子弟的自在,很是替想读书却请不起师傅的岳飞惋惜。

　　丙寅年的秋日,黄土地最美的季节,我们的语文老师李保雄先生带我们去延安秋游,返校后老师让我们写一篇秋游延安的作文,我异想天开地用几个类似电影分镜头的片段组成了这篇文章,作文本发下来之后我迫不及待地翻看后边老师的评语,却发现是一片空白,不着一字。那时候的老师都用蘸笔蘸着红墨水批改习作,后边的评语同学们非常在意。我明白这是一次失败的尝试,老师什么都不说就说明一切。转过头看同桌的评语,红红的一片,最后是一个优加。同桌的文章开头写道:延安是中国革命的圣地,也是我心中向往的地方,今天就要实现多年前的愿望,分外高兴,我穿上新衣服,坐上汽车,在一片小鸟欢快的叫声中踏上朝圣的道路。老师在这段文字下划了极好看的波浪线,并且在右边写了一个"妙"字。有了对比,就有了高下,我看了同桌的作文,也就明白老师为什么不给我一个字的评语。那是青春期一次很重要的有关写作和文字的事件,让我明白除了热爱还要有爱的能力、表达的能力。对待生活如此,对待文字更是如此。也就是从那个时候起,我开始记日记,想记录生活的美好,锤炼自己的语言,锻炼自己的文字表达能力。虽然事实证明这种没有天赋的努力作用十分有限,可我还是单相思般地热爱着文字。

　　辛未年秋日,我考进了大学,这张通知书是我用多年的汗水、泪水换回来的!记得在大一王文彪老师写作课的结业考试上,我写了题为《我是一个农夫》的作文,把自己多年积攒的委屈、苦闷一股脑地倾泄了出来,我右手奋笔疾书,左手不停地揩拭满脸的泪水。那一次的习作我得了满分。我第一次意识到文字有治愈的功能,写完作文的自己少了一些暮气,多了许多朝气。也就是那一年的冬天,我的第一篇文章变成了铅字,题目是《秋天里的思索》,责任编辑就是大名鼎鼎的女诗人刘亚丽。投稿的时候我忘了写名字,登记稿件的老师追了出来,问了我的名字,后来文章发表出来,把我的名字写错了,可我还是十分高兴,终于有了第一篇公开发表的习作。

丙子年秋日,榆林市作家协会的会刊《塞上柳》举办青年作家征文大赛,我第一次使用阿驼这个笔名投稿。阿是南方词汇,南方是我向往的地方,陶渊明就生活在那里。我生活在北方的毛乌素沙漠,一个有骆驼身影的城市,为此它有了驼城的别名。我要去陶渊明的家须得像骆驼一般坚韧地行走才能到达。那一次的大赛我得了第二名,奖金装在信封里,感觉沉甸甸的,我交给妻子让她买双好看的皮鞋。那个获奖证书特别大,里边的字体非常庄重,我一直珍藏到现在。那次参赛的文章叫《背书包的岁月》,获奖的幸福感觉现在还能够想起。

获奖带来的动力让我在工作之余醉心写作,后来我的文字走出了家乡,《三秦都市报》、《三秦广播电视报》、《陕西日报》上都有我的文章发表,省上的出版社还出版过我的报告文学,名字叫《创造现代神话的陕北农民》。

我和文学性文字的蜜月期工作后就结束了。我在大学教学,大学在意的是科研而不是创作,创作在大学里是不算数的。硕士论文、博士论文也是用文字组成的,但这些文字和我所热爱的文字不属于一个家族。我的文学创作热情因为工作的压力冲淡了许多,但很多个夜深人静的日子,我还是会拿起笔一行行地记录岁月里的温暖和忧伤。

　　庚子年初,我和大多数的国人一样因为疫情蜷缩在家里,每天只能通过电视屏幕了解外边的情况。数不清的同胞在灾难面前的负重前行让我一次次地感动落泪,可眼泪冲不走无助和苍白,什么都做不了的我开始整理这些年写下的文字,从辛未到庚子,我把自己从东拉河到关中地的人生经历写了下来,这些文字里的岁月是我经历过的,留下了我的体味和思考,我不想一松手这些日子就被风吹走,变成文字这些岁月和岁月里的故事也许会存在得长久一些。我不想让一个普通人的奋斗经历淹没在岁月的尘埃里,变成文字或许能给更多的前行者一些前进的动力。

　　感谢我的同学、朋友、妻子刘卉,这本书能问世离不开她的付出和鼓励。我虽然钟情于文学,对生活有细腻的感觉,但我是一个放羊娃,没有家学渊源,更没有扎实的文字功底,在最初的文稿里我呈现出来的文字是稚嫩的、青涩的,只是一些情绪的片段。是她逐字逐句进行了修改;我不大会使用电脑,最初的文字都是写在洁白的稿纸上的,是她一字一句地把这些文字敲在了电脑上,转化成现代文明社会认可的模样。我们的儿子因我外出求学,基本上是她一手拉扯大的,这本书是我们的又一个"孩子",没有她的拉扯是见不了世面的。我也感谢我供职的西安工业大学人文学院的各位同事,我是一个外乡人,是他们的容留让我有了一块立足的地方,并且还陪我在漫长的人生行走了十年的路。我也感谢南京大学出版社的编辑和领导,南京是我儿子读大学的地方,是他们的提携让我的文字走出东拉河,走过黄河,走进长江边,把我和我的文字带到更大、更远的世界。

　　这个"孩子"就要问世了,不管世人怎么评价,于我而言是我生命里的一个重要事件。我的岁月离不开文字,有生之年,我仍将用文字记录岁月里的思索和忧伤,记录岁月里的美好和沧桑。